"科幻作家走进新国企"中短篇小说精选

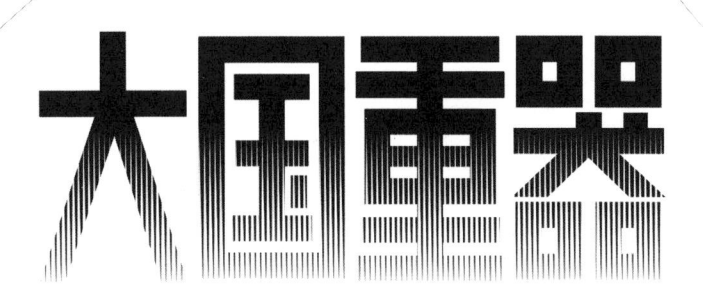

大国重器

未來事务管理局 编

中信出版集团 | 北京

图书在版编目（CIP）数据

大国重器 / 未来事务管理局编. -- 北京：中信出版社 , 2022.4
ISBN 978-7-5217-2881-1

Ⅰ.①大… Ⅱ.①未… Ⅲ.①幻想小说－小说集－中国－当代 Ⅳ.① I247.7

中国版本图书馆 CIP 数据核字（2021）第 039109 号

大国重器

编　　者：未来事务管理局
出版发行：中信出版集团股份有限公司
　　　　　（北京市朝阳区惠新东街甲4号富盛大厦2座　邮编　100029）
承　印　者：北京诚信伟业印刷有限公司

开　　本：787mm×1092mm　1/16　　印　张：26.25　　字　数：288千字
版　　次：2022年4月第1版　　　　　印　次：2022年4月第1次印刷
书　　号：ISBN 978-7-5217-2881-1
定　　价：68.00元

版权所有·侵权必究
如有印刷、装订问题，本公司负责调换。
服务热线：400-600-8099
网上订购：zxcbs.tmall.com
投稿邮箱：author@citicpub.com

目　录

序：新国企新科幻 / 001

序：国之重器，想象飞扬 / 006

电与雷　房泽宇 / 011

光伏英雄　七格 / 077

光之师　苏莞雯 / 107

鲲鹏之雨　康尽欢 / 129

颗粒之中　靓灵 / 147

落光　昼温 / 167

时间涡轮　赵垒 / 213

守灯人　苏民 / 229

天问　刘天一 / 245

逍遥网外　江波 / 285

月球夏令营　王晋康 / 323

月涌大江流　赵海虹 / 347

战争，飞蛾，流萤　万象峰年 / 383

后　记 / 411

序：新国企新科幻

韩松

接到写这个序的邀请时，我正在一家国企访问。那是很大的一家企业，站在它的楼上看去，海边码头上的集装箱像山一样，看不到尽头，来自各国的大型船舶停靠着，还有高耸入云的巨无霸吊车。在这里客人可以进行虚拟现实的操作，把集装箱放上船的甲板，还可以观看到很有未来感的5D电影，展示了数字化港口的未来。这家国企便是宁波舟山港集团公司，目前是太阳系第三行星上货物吞吐量最大的港口。我看了后觉得很有必要把它写入科幻小说。

其实关于国企的科幻写作一直就存在，比如叶永烈在《小灵通漫游未来》里写到的未来汽车公司和农业工厂，都是国企。刘慈欣《流浪地球》里生产出行星发动机、把地球送到太空中的制造业企业，也应该是中国国企主导的。这的确是世界科幻作品里一道很别致的风景，值得关注。而现在摆在面前的这部《大国重器》就更有分量了。它是一部科幻作家集体去国企采风后写成的中短篇小说的汇集。他们参加了2019年由国务院国资委新闻中心联合环球网、果壳、未来事务管理局、微博共同发起的"科幻作家走进新国企"活动。由权威部门组织这样一个科幻活动在新中国的历史上还是首回。这次活动引起了很大关注，新华社等媒体也派记者采访并报道。采风的作家们不仅创作了新的国企科幻，还在博客、微信朋友圈发表所见所闻和感想，上传图片和视频，让人看到国企的新成就、新风貌，进而展望了国企在中华民族复兴进程中的作用和意义，还热血沸腾地为国企的发展献计献策。

这让我感慨。想到20世纪80年代初最早读到的一批科幻小说，主要是欧美的，包括阿西莫夫的《我，机器人》，里面从事机器人大规模生产的是私营企业，还有克拉克的太空探索科幻小说，那里面开发空间站和太空梯的也是私营企业。有一个短篇叫《垄断权》，讲私营小企业如何在太空运输中突破大型托拉斯的垄断。这的确是很有意思的对比。以前我们采访杨利伟，他说将在太空中建立最高的党支部，而后来的科幻小说中也出现了政委，那么未来的宇宙中，国企会扮演什么角色？月球的开发，火星的移民，在星系中建设基地，会让国企大展身手吗？银河系会成为一个什么样的市场经济？所以这部书值得一看。

在我们的现实中，国企被赋予一种强大的角色。以前很多人从出生到死亡，都是国企管着。改革开放后，以公有制为主体的多种所有制经济共同发展。这过程中，国企被称作我国国民经济的中坚力量，发挥带头作用，担当改革创新的主力军和先行者的角色。所以这部书叫《大国重器》，它讲的是国企和其他经济形态一起，创造出的令世界瞩目的中国奇迹。我们一直说科幻是

"现代神话",因此科幻不写这个奇迹,就欠缺了什么。我看到,这回科幻作家们去到的目的地,实在是太精彩了,有可控核聚变试验装置、全球单体最大水电互补光伏产业园、龙羊峡水电站、拉西瓦水电站、全球最大主动潮流控制器、世界最深水下电力隧道苏通环保型气体绝缘输电线路(GIL管廊)、全球最大高端地下工程装备制造基地、全球首条智能化磁浮轨排生产线等,这些都属于国家的"命脉"产业。凭借这个,作家们可以创作出具有中国特色和时代特色的新科幻。

国企也是我国科技创新的重镇和高地,而科技正是我们生存和发展的核心要素。科幻是人类现代科技文明的产品,所以它是离不开科技的。在这次活动中,科幻与前沿科技有了更好的结合。当今世界正发生新的科技革命,有的科技成果超越了科幻的想象。如果科幻作家只是坐在家里,那是根本想象不出来的。只有重新走向前沿,了解当今科技的内涵和外延,领悟现代科技的魅力和意义,才能创作出有意思的新科幻作品。同时科幻作家也由此增添了一种使命感,更加积极更加自觉地参与到科技的传播普及中。科幻在这方面仍然是一个很好的知识载体,也是智慧的放大器,在文明的迭代升级中发挥着独特作用。

国企遍布在我国广袤的国土上,连接着千家万户,从雪山上的超高压输电线,到大海上的石油钻井平台,从飞向太空的导航卫星,到新能源汽车的生产线,都有国企的身影。国企为满足人民群众对更美好生活的向往提供着保障。这次前去采风的作家,有老一代的40后,经历了新中国的风风雨雨,也有80后乃至90后,在改革开放后成长起来。80后、90后大都没有国企工作经历，有的年轻人对中国的实际了解并不太多，但通过这次活动，他们走到了基层，受到了教育，认识了国情，从而写出更接地气、更加真实、更有能量的科幻。这对于科幻作家的成长，是无可更替的滋养。

国企也是面向广阔未来的，它们在加大体制机制改革的力度，优化布局调整结构，在做大做强做优的道路上奔跑。国企要到世界上去冲浪，也要到月球上、火星上，到辽远的星辰大海中搏击。我国已经进入新的发展阶段，高质量发展也好，科技创新也好，都离不开想象力，离不开创造性思维。各行各业都需要想象力，关系国之命脉的领域和行业更需要想象力。在这方面，科幻扮演着一个很特别的角色。现代世界上很多发明创造最早都是由科幻作家想象出来的。一个国家没有想象力，是无法进步的。因此科幻与国企结缘产生的效果是值得期待的。

国企的新发展再次唤醒了科幻独有的审美，黄金时代的质感似乎回来了。作家们很真实地写到了厂房、实验室、生产线、工作站、新能源、新技术，还形象生动地描绘了科研工作者和一线生产者。作家们由此实现了对自己的超越和突破。经过筛选，这部作品集汇集了13位作家的作品，它们具有新意，是想象力、科技感、思想性和文学性的统一。比如90后作家靓灵在《颗粒之中》写到一个医务工作者在去救人的飞行途中，遇到国家电网的工程师，又发生奇异事件，进入由百万伏特撕开的空间裂口，置身匪夷所思的世界。这里对电力技术的描写，非常细致而有说服力，如果没有到实地采风可能就构想不出这样一个独特的情节。而这篇作品更精彩的是作者在描写现实时并没有受到现实的束缚，进而表达了对存在境况以及宇宙真相的质疑。这样的勇气令人钦佩。同样年轻的作者苏莞雯在《光之师》中，书写了国企黄河公司从开发水电站、光伏电站发展到最终掌握核电棒，为人类开启宇宙航行的全新可能，并在这过程中，唤回灭绝的外星文明，表达了和宇宙的共情。故事意在表达，一个由中国的社会主义企业参与的宇宙是负责任的，它可以突破黑暗森林。年逾七旬的王晋康是这些作者中最年长的，他曾在国企担任过领导职务。他写出了国企与其他企业结合的混合经济体，这反映了国企未来的改革方向。在他的《月球夏令营》中，我国终将发展太空经济，利用新技术进行外星能源的开发，来解决生存问题。小说以另一种角度，触及了敏感的垄断问题，表达出作家对现实的锐利思考。企业即便到了太空中，也要思考如何回馈社会和服务人民。月球夏令营便是这么一个方式。小说写了上一代与下一代的接力关系，让读者看到了开拓未来的无尽可能性。

"科幻作家走进新国企"活动以及文集的出版，仅仅是一个开始。它表明科幻就是一种以未来主义手法表现出来的现实主义文学形式，它是要着力反映宏阔的现实生活和时代进步的。社会主义中国正处于巨大变化中，已经实现了第一个百年奋斗目标，并向全面建设社会主义现代化国家新征程迈进。2020年启动实施了国企改革三年行动，引起了世界的关注。希望科幻作家能够更深入了解这一进程，更多地走进国企，更加潜心学习，从坚实的大地上解放想象力。也祝愿国企与科幻作家的合作更加紧密，创造出一个更加生动而光明的未来。

序：国之重器，想象飞扬

@国资小新

@未来事务管理局

"科幻"是驱动地球的行星发动机，是打破时空的外星语言，是拯救人类的高维文明，是正在成为现实的人工智能。它代表着人类对世界的探索，对未来的想象，是人类科学和文化的结晶。

科幻的魅力能够跨越语言、文化和年龄，科幻作品体现出人类探索、求真、协作的精神，体现出一代又一代人的努力，其中有天才的灵感，有无名英雄的奉献，也有广大从业者的勤奋和尽职。

多年前，中国人在好莱坞的科幻电影中，看到了未来的景象。曾经有人评论说中国没有科幻的基因，因为我们缺乏科学精神，缺乏想象力；也有人说，即使那些决定世界命运的科技出现在中国，中国也拍不出好的科幻电影。事实果真如此吗？以今天中国科幻产业蓬勃发展的现状来看，当时的科幻差距，显而易见源自国家发展状态的差距，而那些所谓洞见不过是时代的局限。而今，数十年过去了，几代人辛勤耕耘，中国的科技实力已今非昔比，在多个领域位列世界前列，中国的基建数量和规模领先全球，甚至援建各国的重要能源、交通、通信工程项目。出生、成长在这个时代的读者，已经自然而然地开始接过想象力的笔，独树一帜地书写眼中的未来。在这些关于未来的故事中，我们坦然而自信地扮演着中国人在世界舞台上应有的角色，建造起宏大的地下城、顶天立地的核聚变地球发动机、拯救人类的行星级太空站……

如今科幻小说、科幻电影的成功，除了源自作品本身，更来自这个时代观众的期待。他们身处这个科技迅速迭代、日新月异的国家，已经相信未来的中国真的能实现这一切。科幻以一种令人信服的姿态，走进了大众文化之中：老师要用科幻辅助解释课本中的知识，家长要用科幻启发下一代的思维，艺术家要用科幻展示对世界的想象。为了回应这些迫切的需求，中国的科幻作家和科研技术一线工作者，想到了一起，走到了一起，于是，就有了这本以中国现实科技成就为基础的科幻小说选集。

刘慈欣曾在一次采访中指出："科幻文学吸引人的是借助科学给人类带来的神奇感，以及借助科学给人类带来的对未来的向往。但是目前，未来到来的速度太快了，现在的世界在某种程度上已经是以前科幻小说描写的世界，现实对科幻作家提出了更高的要求。"显然，科幻作家若能及时了解前沿科技，了解国家科研工程的现状和未来规划，就能更好地书写科幻作品中的人类未来。在西方国家，科幻作家与科研工程之间的关系紧密，NASA等科研机构经常邀请科幻作家参观访问，为其提供灵感和建议。在国外的科幻小说影视作品中，先进的国家科技机构和成果，已经深入大众认知，成为国家形象和文化宣传的重要组成部分。在我国，以往国有高科技机构与科幻作家之间接触甚少，其面向公众的介绍，更多是以传统科普作品而非科幻小说、影视作品的方式呈现的。

这种壁垒需要被打破。

嫦娥、北斗、蛟龙、天眼、天问、天宫、墨子、航母、悟空……国资国企作为产业升级、技术创新的中坚力量，拥有丰富的科幻素材。为了打破上述壁垒，也为了更好地将国企具有前瞻性、突破性的科技创新成果呈现出来，2019年上半年，国务院国资委新闻中心联合环球网、果壳、未来事务管理局、微博共同发起"科幻作家走进新国企"活动，以"脑洞电厂""人造太阳""未来电网""掘进地下城"等为主题，邀请科幻、科普作家走进中核集团、国家电网、国家电投、中国中铁和中国铁建等中央企业，向其介绍国家科技前沿工程的最新科研成果，与其交流了科技发展相关的灵感。在这次活动中，科幻作家们参观了可控核聚变试验装置、全球单体最大水电互补光伏产业园、龙羊峡水电站、拉西瓦水电站、全球最大主动潮流控制器、世界最深水下电力隧道苏通环保型气体绝缘输电线路（GIL管廊）、全球最大高端地下工程装备制造基地、全球首条智能化磁浮轨排生产线等多处高科技工程，完成了一场科技传播之旅。这次行程，对社会大众起到了良好的科普效果，同时丰富了科幻作家创作科幻小说的素材，由此催生了一批具有时代气息和精准的技术细节的优秀科幻作品。

这本书，就是本批科幻作品的精选集。

本书共收录科幻小说13篇，作者或有多年科幻创作经验，获奖无数，声名斐然，如王晋康、江波等，或是科幻创作生涯不长，却以其独到风格获得行业和市场认可的年轻新锐，如昼温、苏莞雯等。13篇作品，从不同的科技工程项目背景出发，为我们呈现出中国人眼中不一样的未来技术幻想。

高原之上的光伏电场阵列中，居然暗藏着未来星际飞船靠搜集星光进行远航的秘密。

托卡马克核聚变的高温熔炉里，居然进化出了一支与人类迥异的智慧文明。

当中国人的能源工程遍布非洲，冒险者在这块古老的大陆会经历怎样的新冒险？

当新中国建国初期的水利工程师，遇到来自今天的时间旅行者，会有怎样的交流？

如果我们复杂的信息网络工程中诞生了足以和人类抗衡的人工智能……

如果中国航天已经发达到可以轻松送一群孩子去月球参加夏令营……

打开这本书，自豪地在我们创造的现实成就中起飞，飞向那一切皆有可能的想象世界；插上想象力的翅膀，未来由你来创造！

电与雷

- 房泽宇 -

1. 撒哈拉电站

炎热容易让人产生幻觉，比如将空气扭得如水中透镜，比如能闻到一股氢被煮沸的味道。有时候那幽蓝的天空看起来就像是海平面，而沙漠有如海底。

但刚刚那个不像是幻觉。

杨石坐在两百米高的发射塔顶上，停止旋转面前天线上的卡锁，他仰望天空，四下寻觅着。

有什么闪了一下，天空中刚刚出现了一道比深蓝更明亮一些的痕迹，那光转瞬即逝，现在什么也看不见了。

沙漠继续吸食来自太阳的热气，此时午间晴朗，万里无云，基达尔正处于一年中最热的那几天。

杨石低下头，继续拧紧卡锁。他头一次在沙漠中工作，他以前见识过风暴，见识过暴雪，也见识过巨浪，但他没去过沙漠。在他的想象里，撒哈拉应是一望无际的空灵，远处荡着驼铃的回响。但他无法想象温度，痛苦的感觉总是很难用思考模拟出来的，刚来工作时他有一阵会热到恶心想吐，不过这两年下来，皮肤已经开始习惯黏答答的汗水了，脑袋也不再像以前那样时常眩晕了。他知道，想要战胜沙漠首先就要习惯它。

耳边的对讲机响了。

他的思绪在无尽的沙丘中游荡回来。

"杨教授，你还在上面？"

"在。"

"下来吃午饭了，不看看几点了。"对讲机里说话的是他的同事老陈，也是他的老同学，他俩同属无线导电界的领军人物，不过在外人看来，老陈更像是杨石的保姆。

"马上马上。"杨石将锁扣紧到尽头，"我再检测一次，马上就走。"

"你是在工作还是在玩命？"老陈用责怪的语气提醒他，"要不你也别下来了，我上去替你算了。"老陈的语气斩钉截铁，杨石知道这事儿老陈真能做出来。

"你那体重……上来的话这架子也撑不住。"杨石对他开了个玩笑，"别来了，在下面等我会儿，这就好。"杨石取下腰间的测试板，他已拧紧了最后一处螺栓，准备看看各处是否连接正常。测试板的导线与天线接头卡上后，检测软件开始自动运行，密密麻麻的线路指示灯在屏幕上闪亮起来。面前这块环点248的转点灯亮了，导入模拟电流后，217、336、752的环点灯也亮了，每个节点都显示出正常的数据。杨石滑动屏幕，结果都是满意的，他拔掉导线，将腿从卡眼中掏出来，起身迈到附近的天梯上。

无线发电站明天正式测试运行，他又一次提前完成了工作。

这种释然感有的时候会带来一种疲劳，杨石尽力不去想结束，他去想未来。那些景象还是在他脑海中挥之不去，刚来马里的时候他看到过渴死的儿童，那眼神中似乎还有期待。贫瘠的土地上庄稼倒下了，如朝圣时死去的圣徒。这个国家的水资源在变得枯竭，土地越来越沙漠化，没人知道那些地下水去哪儿了，但杨石并不是来寻找地下水的，他要做的事情更加重要，他做的事被人们戏称为第四代电气化技术带来的魔法。

几百座发射塔在撒哈拉沙漠边缘交错着，它们围着小如虫蚁、向下攀爬的杨石，犹如一座座铁风筝，犹如外星文明的遗迹屹立在这荒芜的沙漠上。工业感，层次感，一片片包裹着钢铁的金属块黝黑锃亮。他记得上次新来的当地工人，一到现场便被震撼折服了，一个工人甚至对它们跪地膜拜。确实，这些电塔更像是科幻电影里的产物，但又与以往传统的电塔不同。以前也有过很高的电塔，但没有现在这些厚重，还连着一片烦琐的电线。现在的无线发射塔不需要电线，这是第四代电气化技术带来的革命，它用无线信号在空气中便能产生电。这代表了人类能源史上的重大意义，机械设备再也不需要交流电源和电池了，能量会实时补充，电能可源源不绝。这项技术已改变了很多国家的样貌，它与前几年联合国研发的天空电技术名列前茅，成为世界上划时代的最重要的两项科技产物之一，前者使高空带电，而后者则为地表供电。科学界一致认为，他的这项为地表供电的无线充电技术，涉及的应用范围将更加广阔。

随着高度下降，沙漠渐渐被电厂的外墙遮住，刚刚脚下那片渺小如卵的办公楼显得高大起来。杨石下到底部，对他来说，这是寻常不过的一天，没有什么特别的。

但他又看到了天空上的一阵闪光。

"看什么呢？"老陈从建筑阴影中走出来。

杨石又在天上寻找了一会儿。

"没什么。"他低下头，掸掉绝缘服上的沙粒。

这身绝缘服严密而累赘，热气聚集，早就粘住了里层的T恤，那T恤也湿了个透，贴着蒸得通红的皮肤，就像刚洗完澡一样。

"你热不热？赶紧换身衣服。"老陈手拱成扇子，扇着脸上一片银光闪闪的汗。

"吃完饭我再上去看看，脱脱穿穿的太麻烦。"

"下面还有很多事儿等着你处理，明天要试运行了，我安排别人上去吧，不是都没问题了吗？"

"上面是没什么问题了，下面你算过了吗？外层面的接触数据复核得怎么样了？"

"刚刚算过，一切正常，电边膜和高空电可以产生衔接层，保护效果就像我们之前讨论过的那样，明天这两块电层就能连成一体了。该问的不该问的你也全都问过了，别操心这些，吃完饭再说吧。"

可杨石停不下来，他总有新的问题，总想把每处数据再重新复核一遍。他的脑袋像是会旋转，没办法停下。以往吃饭时、睡觉时，他会不断推演各种可能发生的情况，他的那些担心有时会让人听了想笑，万分之一的概率都要讨论其应对方法。不过也正是因为这样，同事们都信任他，毕竟这项无线充电技术就是杨石的成果，占满了他整个人生，对他来说比什么都重要。

"下午有一处环接点要重点检查。"杨石和老陈向电站食堂走去,"还剩那一处我没测试。"他边走边说,此时过道上没有一个工人,人们都去食堂吃午饭了,电站里空旷旷的。

"哪处环接点?"老陈问他。

"75号塔。"

"昨天不是就测试过那儿了吗?"

"第四节那里的绝缘块……"两人停下来,杨石看向电站西北处,"还是有必要再补上些涂层,总归是保险一些……"杨石指向那处的高塔,"你看相邻两座塔的距离,如果开始导电时,会不会……"

老陈等着杨石说完,但杨石指着那儿却不说话了。

老陈疑惑地望着那僵在空中的手臂,也顺着手指的方向看了过去。

洁净的天空下,三百来米远的75号电塔在视线中清晰无比。

可是在75号塔的塔顶上,正冒出一股白烟。

接着,那白烟变成了黑色,形成了浓烟,一片火苗正从烟中蹿出来。

噼啪一声,燃火处的储电箱爆炸了,火星从铁皮里洒落下来,滚出了一团火焰。

杨石大吃一惊,"坏了!"他喊道。

那是一座能抗几千度高温的电塔,现在并未运行,还是没有通电的状态,然而它却匪夷所思地爆炸了。热风顿时变得寒冷起来,冷汗沿着杨石的鼻尖滴落。

杨石很快回过神,老陈也在惊恐中镇定下来。"我去通知其他人。"老陈说着，转头跑向了办公楼，他在跑的时候就高喊了起来。

"电塔着火了！"他的声音在空旷的过道里回荡着。

杨石跑向另一个方向，在一座电塔的基座底上，紧急制动阀竖在那里。那是一个既能关闭所有电源也能发出警报的按钮。杨石想不明白，难道电塔通上电了吗？可即使通上电也不可能造成爆炸这么大的事故。他预想过无数可能出现的问题，担心过各种各样的场景，但一座耐火焰的电塔在无电的情况下爆炸，是他从未预料过的一丝可能性都不存在的事情。

杨石在胡思乱想中伸起了双手，汗水模糊了他的视线。心血，拯救，希望，它们忽然间变得脆弱了，一个无法预料的问题冒了出来，仿佛嘲笑着他，嘲笑着他一直以来的谨慎。他从未如此惊慌过，事情已远远出乎了他的意料。他在奔跑的时候还在判断着，是哪处电流过载？是同时有几人错误地输入了通电码？但怎么可能呢？就算是这样也不会引起爆炸，顶多毁掉的是断流保护器。他的脑袋开始混乱了，疑问开始变得模糊而诡异，难道是物理的基因发生了突变？是太阳开始爆炸？各种粒子开始革命？

把手伸向那透明的阀门罩，各种问题在他脑袋里不停地打着转。正当手要碰触到那阀门的时候，一道闪光出现在了他的面前。

耀眼的蓝色闪光忽然在他眼前掠过，紧接着，他的脑袋轰的一声鸣响，巨大的气浪迎面冲来，他仿佛一下变成了水中的落叶，被那股气浪直接掀翻在地上。

一刹那，他满眼全是黄土弥漫、金星直闪的画面。脑海中的那些疑问猛然间被击碎了，他的脑袋瞬间变得空无一物。他倒在地上，被这气浪给震蒙了，耳朵不停嗡嗡作响，产生的第一个问题竟是——自己在哪儿？等他清醒过来后，他看到一团火焰在眼前燃烧着，烧着那倒在地上的制动阀，它已裂成了几块，已经完全损坏了。

"杨石！"老陈的声音如驼铃般缥缈地向他悠悠而来。杨石转过头，看着那震起的沙雾，等它们散落的时候，他看到老陈咳嗽着，如雾中的残影般向他跑来。

又一声巨响，那声音仿佛苍鹰的啼哭，带着尖厉，弥漫到天际。

老陈停在了这声啼哭中，他身上燃着熊熊烈火，面向杨石，跪倒在地。

杨石仿佛是在梦中，当发现这不是梦的时候，他发出了撕心裂肺般的惨叫。他爬起来，捧起地上的沙子，一遍遍向扑倒在地的老陈身上盖着。但火焰很快隐藏了这些沙，继续发出如巨兽咀嚼骨头般的噼啪声。

那绝缘服上的拉链，在绝望与惊慌中怎么也寻找不到了，杨石嘶吼着，撕扯着它。可这些并没有改变什么，却仿佛化成了新的燃料，换来的又是一声远处的爆响。

几百米外的一座高空变压器再次爆炸了，接着，另一处也是这样，好像有一根无形的雷管连接起了它们，这些电塔相继地，一个接一个地——68号、34号、77号、136号……如节日广场上的礼花炮弹，爆炸并燃烧了起来。

这时候杨石已经看到了，那爆炸之前的一片闪光，晴朗的天空中，一条条蓝色电弧正在不断隐现，这些电弧不偏不倚，个个都正好落在电塔上。

杨石猛然醒悟，是这些凭空出现的闪电击中了电塔，也击中了老陈。

可为什么？杨石问自己，天空湛蓝，万里无云，究竟是为什么？

躁动的闪电舞动起来，像到了魔怪的诞生节。天空开始下起一片蓝色的电雨，不一会儿它们就覆盖了整座电厂。

几百条闪电此起彼伏，围绕着杨石，在他面前射穿了电塔，点燃了变压器，甚至击碎了绝缘体，掀开了楼顶上的砖瓦。

杨石的神色变得恍惚了，在电光中，像处在一场由闪电演奏的交响乐会上。这些闪电似乎在物体上寻找着特有的音节，每击打一样便会发出一声频率不同的声音，这些声音慢慢凝合，慢慢紧聚，一起形成了节奏，开始拥有了旋律。

贝多芬的《命运交响曲》奏响了！在电厂的每一个地方，这些闪电竟用击打声演奏出了这乐曲，那天空像是一个神灵正挥舞着指挥棒，像是在指引着闪电，像要把它的某种怒火彻底释放出来！

杨石旋转着身子，在漫天的电雨中，他展开了双臂，迎着那不断现出闪电的天空，发泄似的大喊起来。《命运交响曲》并未因为他那渺小的声音而停下，它继续洪亮地演奏着，仿佛是对他那不起眼的声音抛来了羞辱，回应着他那无知的呐喊。

这些狂热的闪电并没有羞辱他太久，在杨石头顶的上空，一道碗口粗的电柱出现了。它如魔鬼狠狠跺下了一脚，淫鸣着，如命运真的在召唤一样，笔直地劈在了杨石的头上。那闪电无视一物地贯穿了杨石的身体，将那身隔缘服随意地撕裂。一瞬间，闪电直通到地面，爆响之后便即刻消失了。

在电光中，杨石的灵魂缥缈而去，他晃了晃身子，在起伏的交响乐中，带着满身的火焰，默然倒在了身下这片陌生的大地上。

2. 蜂王

马里共和国，基达尔，无线供电站。

沙漠不展示悲痛，它只会掩盖一切，但在它到来之前，悲痛已经在基地蔓延，两个伟大的人物在昨日的烈火中与世长辞。

几乎所有人都在忙碌，悲伤让他们无法停下，谁也无法相信眼前的事实，可命运就是强迫人们接受。炎炎烈日下，在这些忙碌的人之外，在基地的临时停机坪，却有一个人什么也没做，他背着手，站在一架运输机后面，一动不动地看着叉车将一个个巨大的集装箱从飞机上搬运下来，他的模样既不悲伤也不忧郁，那面孔中似乎只有沉默，思考和冷静。

他的头发遮盖着一半眼睛，那瞳孔是闪亮的，透过发丝瞧着被搬下的集装箱。这些箱子都被漆成红色，每一个上面都带有圆形标识，这些标识是一个圆环，和他后颈处的那道伤疤形状一样。集装箱上的标识处还印着两个黄色的大字——蜂巢。

一些经过的工作人员看到他后就开始议论起来。

"这人就是蜂王?"一人问身边的人。

"好像是他,叫雷鸣,蜂王是他的称号……但我听说他这个人挺活泼的,感觉又不太像……"

他们嘴里的这个蜂王是个电网圈里很有名的人,他是个科学家,研发的电子蜜蜂人尽皆知,但圈里传播他的话题时并不是只有这一点。他这个人的性格不像个科学家,一直我行我素,亦正亦邪,也不在圈子里混,对他的评价都是两极化的。

有人说他真诚,有人说他虚伪。有人说他做作,也有人说他只是爱表现。他的梦想里似乎还掺杂着科学以外的东西,他喜欢冒险,喜欢徒步旅行,甚至在一个重金属乐队里当过两年主唱,早年做过生意,还编演过话剧。总而言之,正是因为有这样种种不同的言论,他总是能成为圈子里的话题人物。

但今天,他一脸严肃,完全不像人们口中相传的样子。

"因为杨石教授是他的老师。"一人道出了原因。

其他那几个人这才恍然大悟,不住地摇头叹气。此时的发电厂内一片焦黑,杨石付出的心血已毁坏了大半,工人正在紧急抢修昨天大火造成的故障。本来今天是试运行的日子,但此时这里只剩下了悲伤与失望。

"这下蜂王是无蜂可用了……"一个人看着运下的集装箱叹道。

集装箱里装着的正是蜂王研发的电子蜜蜂,它们也是基于杨石教授第四代电气化技术的产物。这些电子蜜蜂正如其名,是一些头上有感应孔,身下有小爪子的飞行机器人,再加上屁股下的探针，确实就像真的蜜蜂一样。只不过这些电子蜜蜂比真的蜜蜂小百倍，采用了一种纳米技术，不用高倍放大镜是完全看不见的。但正是这些小东西造就了蜂王的称号，这些小蜜蜂可以在无线电场中自由运行，力气也大，它们由人工智能芯片控制，其灵活性和多功能性使人惊叹。可现在无线发电厂没能如期运行，设备已无法让空气产生电，如果没有这次事故，本来是要测试这批新蜜蜂的，但现在看来是不可能了。

这些人正说着，叶向楠在他们前方出现了，他们走上前与他打了声招呼，便继续走向自己的工作岗位。

叶向楠是这座电厂基地的负责人，他此时一脸忧心忡忡，如果不是因为已满头白发，估计昨天的事故也能让这头发一夜变白。

他走到雷鸣的身旁，先是没有说话，同雷鸣一起看了会儿那些箱子。

雷鸣过了一会儿才注意到叶向楠，转身向他点点头，他们两个都知道彼此，但这还是第一回见面。

"什么时候到的？"叶向楠问他。

"没多久。"

"嗯，雷鸣啊……你的老师……"

"我已经知道经过了。"雷鸣打断了他。

叶向楠缓缓点了点头，接着又叹了一声气，说："你当时还在来的飞机上，我估计告诉了你你还是会来，但是你的设备现在无法测试了。"

"我不关心那些，我想问主发射机怎么样了。"雷鸣转过身来问他。

"好在主发射机没事儿。"叶向楠说,"其他你都看到了,很惨,不过这也多亏了你的老师杨石,他之前就决定把主发射机建在地下,所以这次事故没殃及它。"

雷鸣解开两个扣子,把黑衬衫里的热气散了散。"主发射机在哪儿?"他问,"我想去看看。"

主发射机在哪儿并不需要让雷鸣知道,但叶向楠还是同意了。两人离开了停机坪,叶向楠带他走进电厂大门。主发射机建在一处简易建筑里,从外观看不出有什么特别,但这里面有一道厚重的铁门,连着一条通往地下的通道。

"主发射机离地面二十米,中间有隔缘层,所以火焰没有影响到它。"他们进入通道,叶向楠边走边向他介绍。

"你说的火是指雷电吧?"雷鸣问。

"你也知道了,但是不是雷电……"叶向楠犹豫着,接着向下走去。

不一会儿,五列发射机在眼前出现了,它们巨大的机体整齐宏伟,一直延伸至地下机房一公里外的尽头,不过现在这些机器没有任何声音,因为昨天的事故已经临时断电了。

"事故原因究竟是什么?"雷鸣又开始提问,他从头到尾就一直在向叶向楠提问,就像他的老师一样,没多余的废话,全是问题。

"具体原因还不知道……现在考虑是不是太阳耀斑引发了电离层暴。"

"电离层暴是联合国的天空电范围,你说是自然原因?"

"大面积雷暴，没有一丝雨云，唯一的解释就是天空电由太阳活动引发了问题。"

叶向楠说的天空电技术比无线发射电普及得更早，它来自当年特斯拉的灵感。用一台放大发射机把地球作为内导体，地球电离层作为外导体，通过放大发射机与两者之间构成串联谐振，便能在空气中产生电，与无线发电站一样，也是无须电源和电池，装有此感应设备的机器就可以凭空在空气中获得电力。

但是这项技术有个问题，它在空气中有可能会形成"雷电"现象，虽然尚未有案例证实对人体安全有影响，但在应用的前期还是引发了不少恐慌。所以这层空气电最后只应用在了高层环境中，在离地面20公里外的上空才形成电层，这次的无线发电站就是要让地面电层与上层电网中和，起到调控电流密度，形成一道保护层的作用。但这强加的作用实际上只是为了让人安心，因为这几年飞机、火箭、高空运输都已采用了这种能源供给方式，地球的上层空间都已覆盖了天空电所提供的电网，一直没出现过事故，还有几次避免了灾难的发生。

"你应该查一查资料再下判断，太阳没有发生过剧烈活动，你的判断是错的。"雷鸣沉声说道。

叶向楠愣了愣，雷鸣的语气不太友好，但他想了想，雷鸣的老师刚去世，有点焦躁的情绪也是可以理解的。

"你说的没错，已经查过了，确实像你说的那样，这也正是匪夷所思的地方……"叶向楠承认。

雷鸣向他正了正身子。

"把目标放到正确的地方，今天马里有很多市民涌上街头，有组织地抵制我们这项无线发射电技术，你有想到其中的联系吗？"

"这种运动是必然的。"叶向楠说，"也是恰巧我们在建地面电站时出现了事故，很容易形成谣言和妄加猜测，就像几年前他们也抵制天空电一样。任重道远，需要向民众慢慢宣传其中的科学知识。"

"民众？"雷鸣用鼻子哼了声，"你应该看看是谁在其中煽动，是谁在引导着这场运动的舆论。"

叶向楠疑惑地看着他，"哦？这么说你有见解？"

"政局动荡的迹象在这儿早有显现，这种规模的抗议……某些反政府组织正在利用这一点。"

叶向楠皱起了眉，他可能没想到一个科学家会说出政治上的问题。"为什么要提这件事儿呢？"他凝神思考了一会儿问道，"这是别国的国事，和我们无关，就算是你说的那种情况，也应该是他们内部解决，现在我们要考虑的不是这个。"

"你还在装糊涂。"

"我装什么糊涂了？"雷鸣的口气就像在呵斥孩子一样，怎么说叶向楠也是这里的主要负责人，他开始明白为什么有人讨厌雷鸣了。

"电站外的军车是怎么回事儿？"雷鸣向外指着，"你们为什么要申请军队过来？游行不会一夜之间就组织起来，那些反政府的人早有预谋了，他们知道我们这儿会发生事故，早就准备好了，你还跟我说你没装糊涂？"

叶向楠的脸色迅速一沉，"雷鸣，这是在马里，这么大的事故，防范当然是必要的，可也不能随便下判断。"

"这是随便吗？"雷鸣质问他，"你听说过电离层暴会用闪电演奏《命运交响曲》的吗？我能听见别人在讨论什么。"

雷鸣说的没错，这些叶向楠也早就在考虑了，但这不应该是雷鸣应该想的事，不过雷鸣既然也说到这个点儿上了，叶向楠也正好有个问题想要问他。

"好，既然你说是人为的，"叶向楠努力压抑着心中快要爆发出来的怒气，"我问你，你和国际科技贩卖组织有什么联系没有？"

"你这是什么意思？"雷鸣反问他。

"没有别的意思。"叶向楠调整着语调，"我知道有一些贩卖科技的地下组织一直在向各个科学界渗透，他们先是与科学家结识，成为朋友，然后再慢慢谈合作。我就是想问你最近是否听说过什么人，在买卖些与电有关的科技产品。"

雷鸣的眼神似乎闪烁了一下，但他没有立即回答，像是在思考。

"如果就像你说的，是某个反政府组织对这次袭击负责，那他们的技术从哪儿来呢？他们没有研发这项技术的条件，只能是从外面买过来。"

"找到他们，又有什么用？"雷鸣看着那些发射机问道。

"有什么用？我当然要把所有有用的信息汇报上去。"

"叶主任，你再好好想想，这种组织已经存在很多年了，汇报上去怎么接触都是问题，他会让你们找到把柄吗？现在这个电站的完工迫在眉睫，我们连对方手中的是什么都不知道，在这期间他们会不会再袭击我们？那时候该怎么办？等着调查的时候这个国家就已经乱了，涌上街头的人群很快就会涌到这里来，时间还能等吗？"

"雷鸣！"叶向楠终于忍不住了，"这些不是你要考虑的问题，我现在就问你，到底有没有这样的人联系过你，其他的事我会想办法解决！"

"没有。"雷鸣回道。

"没有？你和各界的人都有交集，你会一点也不知道？"

"不知道。"雷鸣说，"我认识的人没有和这种商人接触过的，你要不相信就去问别人吧。"

叶向楠像中了一掌太极拳，发出的力全被软绵绵地弹回来了。"雷鸣……我知道你老师昨天刚去世，但你不想查出真相吗？你能不能配合一下？"

"我能站在这儿已经是配合了，再说了，你的方法也没用。叶主任，有个答案就想找人扣上，你以为亡羊补牢就真的有结果吗？别打了草惊了蛇。"

叶向楠被顶得一时竟说不出话来，这个雷鸣一会儿阴一会儿阳的，也不知道他到底在想什么。

叶向楠不再理他，看向前方，慢慢缓解着心中的气愤，可雷鸣接下来的话彻底让他炸了。

"既然无线电也没办法运行了，那你们继续抢修吧。我现在也没什么事儿了，说起来也是第一次来马里，我四处转转吧。"

"转转？"叶向楠瞪大了眼睛，"我看你直接回国吧！你以为这是在哪儿啊？"

"按照规定，你们不是会安排人保护我吗？"雷鸣说，"再说我也挺长时间没旅游了。"

"你！"叶向楠指着他，想一巴掌拍过去。

"你的老师刚去世，你还想着旅游？"

"叶主任，你别这么大火气，你这儿有没有漂亮的姑娘，对这里熟悉点的，我这个人不喜欢身边有男人跟着，要么你给我安排一下。"

叶向楠对雷鸣彻底失望了，他浑身哆嗦着，简直被气得说不出话来。

"好。"他咬着牙点了点头，"导游你就别想了，你随便，爱去哪儿去哪儿，我这缺人手，一个人也不会安排给你，但我告诉你，社会动荡，您自求多福吧！"

他说完，十分厌恶地向下一甩手，好像再也不想看到雷鸣了。

"那行吧，我又不是小孩儿了。"雷鸣对他哼了一声，他手向身后一背，也不多说，转身顺着台阶走了上去。

叶向楠闭上眼睛，长叹一声，杨教授这是教了个什么徒弟啊……

他失望至极，随后拿起电话。

"雷鸣的接待全部免去！"他把怒火全传入了电话之中，"其他人都做好手头的工作，不许任何人搭理他，就当没他这个人！"说完，他狠狠地把电话揣进了口袋。

通道漫长而幽深，雷鸣迎着烈日，走出了钢铁大门。

他的手包本来在进来前有人帮助照看的，现在却孤零零地被丢在门的一边，他拾起来，从里面掏出地图，在上面一个位置标记了一下。

随后他闲庭信步般地穿梭在忙碌的工人中，一开始还有人向他打招呼，可一会儿人们就像看不到他一样，目视着前方从他身边经过。

他从电站的一头一直走到另一头，在另一处电塔处停下，地上竖着一块牌子，上面写着"绝缘粉囤积处"。

他又拿出地图标记，这时工人们已经开始刻意远离他了，一会儿他站的地方就没什么人再经过了。

他四下看了看，慢慢走到这座电塔基座后面，他又看了一圈，近处一个人也没有了。

他忽然身子一闪，站到了基座后面，然后蹲下身子，从包里拿出电话，快速拨了一个号码，过了一会儿，电话接通了。

雷鸣四处张望着。

"喂？K先生吗？"他小声向电话里问道，"我是雷鸣，记得吗？去年我们在发布会上见过，对，就是我，蜂王，你在哪儿？有件急事儿找你，有笔生意我要和你谈谈。"

3. 巨鲸酒店

几内亚，康康省，康康市。

没人知道雷鸣去干什么，他对杨石的不敬已经传遍了电站。

他们就当没有这个人，不想再去讨论他。

可正因如此，雷鸣才躲过了其他人的视线。

他只身一人，已坐上了来接他的飞机。他告诉飞行员有个临时任务，要去一趟几内亚。

这飞行员跟他很久了，没有多问什么。雷鸣是国际上极具影响力的科学家，他要经常在各国飞来飞去，这架为他特别指派的飞机被免去了烦琐的程序，可以说是特殊待遇，所以飞机很快便起飞了。

在飞机上雷鸣再次核对了地图，将它折好放到包中，整个电站的建筑结构他已经了然于胸了。

一个小时后，他到了几内亚机场，走出 VIP 大厅，融入一片人山人海中。在出口大厅里，一架无人机发现了他，旋转着飞了过来，在他面前停住。它只有指甲盖大小，头顶着一个红色警示灯泡，以提醒别人误撞，机底有小喇叭，能发出设计好的声音。

几内亚机场早已配备了这种接站用的自动识别无人机。这座城市几年前就应用了第四代电气化技术，既有高空电也有地面电，便捷能源已完全改变了这个国家的面貌，几内亚的社会很快发展起来。

"雷鸣博士，请根据指引上车。"那无人机向他发出优美的女声。

雷鸣跟上了它。

走出机场，预定好的无人车停在指定的位置，电和网已把这儿的万物互联，每条信息都是互通的。那辆无人车比自行车大不了多少，四个轮子挨得十分紧凑，承载着半透明的躺舱，雷鸣刚走到它边上，那舱门就向上打开了，雷鸣坐了进去，无人车再次扫描他的脸部，随后关上舱门，无声地向城市中驶去。

在路上的时候，一块17英寸大小的浮空屏幕在雷鸣面前投射出来，这块屏幕是由左右两边的投射孔成像的，只要用双手向它一合便可以将它关闭，但雷鸣没有那样做，他是这项服务的全球会员，所有功能对他来说都是免费的。

他扫动屏幕上的洗浴键，随后，那按钮的图标闪了闪，一阵舒适的酥麻感由雷鸣脚下传上来，空气中的电开始运作，为他做了一次全身的电清洁。这些电能分辨出有害菌和有益菌，击散身体衣物上的灰尘和角质，比洗澡要干净和方便得多。

清洁完毕后，雷鸣关闭了屏幕，目视窗外。几内亚早已不是多年前他见到过的那副落后模样了。这里已成了顶尖的大都市，各种形态的高楼林立，街上的人穿着时尚。道路干净整洁，电将空气净化得十分清透，还洋溢出一股淡淡的花香味儿。树木和绿化植物在电催化下长得茂盛又多姿多彩，四季在这里会有不同的风景，空气电能塑造城市的环境，把这个城市打造得像艺术家的天堂。

高楼大厦上，屏幕各色各样，有三角的，有圆形的，还有从楼体脱离而出浮于空气中的。那些图案不停展示着这个国家的文化、风格和他们追逐的梦想。

非洲大地虽然改变了容貌，但据说国家公园里依然是野生的环境，空气电在那起到了监督作用，电信号可以快速发现受伤需要救治的动物，而盗猎在这种新科技下也早已销声匿迹了。

雷鸣仰望着面前那扇半弧形的车窗，窗外的天空上，云彩在这里也已经是人为的创作之物了。那几朵雨云犹如出自雕塑家之手，有狮子的样子，也有金刚鹦鹉的模样，还有成片的斑马和长颈鹿奔跑在像草原一样的云彩上。这些云被雕琢得十分立体，几个位置透出的蓝天正是身体上那些阴影的地方，这栩栩如生的云彩正是用空气电击打抽离塑造而成的，但是现在空气湿润，没有下雨的必要，所以它们此时只是为了点缀这座生机勃勃的城市，做锦上添花的衬托罢了。

改造后的天空的确让人印象深刻，但这并不是最震撼的景象。正当雷鸣望着那些雨云时，在一座摩天楼的后面，一个庞然大物悄悄露出了身影。

它处在比这些云更高的天空，露出来的头部便已能让人为之倾倒了。它实在太巨大了，这飘浮在天空上的东西有三十公里长，身形像一头在天空游弋的抹香鲸，它默默无声地向前滑行着，而它的周围，仿佛正有几百条鱼在与它同游，这些鱼通体洁白，忽上忽下地飘着。但它们其实并不是鱼的样子，而是一双双白色的翅膀，这些翅膀下面都有一个能供人坐进去的罩子，它是一种形象而艺术化的新型交通工具，能方便地将这飞艇上的人载下来。

雷鸣也是第一次见到这传说中的飞艇。巨鲸空中酒店是世界有名的风景点，它借助高空电的力量能使巨大的机体行驶不息，一天便能环游康康省的每个地方。

而雷鸣正是要去那儿。

车慢慢驶进了一座高楼，转了个弯，行进到空客电梯中。随后电梯自动启动，来到了楼顶的传送台。无人车一到这儿，便会被两边夹紧的装卡机安上四片螺旋桨，插槽是每辆无人车上都配备的，自动化城市早已将天空与地面的运输衔接得灵活无比。

螺旋桨轻微地颤动，无人车变成了无人机，它开始上升，向巨鲸酒店飞过去。

当靠近巨鲸酒店时，翅膀们自动为它让开了一条路，酒店侧面的一块舱门开启了，无人机穿进舱门，停在了里面大小刚好的停机坪上。

舱门打开后，雷鸣从无人机上走了下来。一套自动化程序识别了雷鸣的面容，接着识别器的下方弹出一张卡片。雷鸣抽出这张卡，它也是个屏幕，标注了路标，指示了一个闪亮的地点。随后感应门中的其中一扇自动识别到了卡片的信息，向雷鸣滑开。

雷鸣步入酒店，瞬间那繁华感便向他迎面扑来。

出现在雷鸣面前的是酒会一般的景色，巨大的天窗广场上，巨大的玻璃天花板透着外面的天空。在它下面，几百人三五成群，正相互交谈和欣赏着浮在空中的艺术画像。这里既是有钱人的天堂，也是旅行者的目的地。为人们倒酒的无人机穿梭在人群中，果品小食也在它们的架子上随手可取。而更多的人只是看着面前的浮空屏，那是电子赌场提供的服务，各式各样的玩法都化成了电子式的，输赢都会自动从电子账户中扣除掉。

但雷鸣并不为此所动，他直接穿过了这座大厅，按着指引牌的方位，又经过了一道门。在这扇门后便是人们必去的酒店花园。

这花园是传说中的梦幻之地，放眼望去，到处是鲜花和彩蔓，肉眼根本分辨不出花和藤蔓都是长在哪里的，它们像是在墙缝中滑行，如失重状态一样，有些从二楼的高台上垂下，有些则沿变幻着灯光的墙壁向上飘荡。但最壮观的还是三十五米高的反重力喷泉，那喷泉占了几千平方米的天花板，它最为奇特的是建造方式，它是倒着建的，水由上而下喷射。那道道水柱不停随音乐变幻，从天花板上洒下的水柱却不会落到人们身上。因为在空中它们就化成了雾，被电子分解，回到了循环系统里。在这里，人们躺在由电子托浮在空中荡漾的吊床上，悠闲地听着音乐，在那壮观的喷泉下冥想。

一个吊床飘到身边，雷鸣推开了它。他没有过多时间停留，继续走向卡片上所标的地点。经过一条通道，便是目的地前的最后一站了。

从通道中走过，激烈的音乐声便在雷鸣耳边响起来。在通道的右侧，一大群人在里面跳跃着。过道上的激光牌说明了这里的活动，一场裸体摇滚音乐会正在举行，灯光不停变幻，照射着那些陷入疯狂中的人。这些激光灯的样子像分子、原子或细胞病毒一样，它们在人们头顶炫舞，人们也在这些激光中挥手喊叫，虚拟音乐家在台上高歌。虽然是裸体音乐会，但其实脱去了衣服也并不是真的裸体。因为只要进到这个音乐场，身体便自动罩上一层电子服装，这些衣服可选，也可以自由订制，它们是由激光屏形成的，可以塑造成各种想象出来的款式。一眼看去，几乎无法分辨出每个人的样子，他们有的穿着激光塑成的盔甲，有的则变幻成一头巨兽，而有的十分性感，伸着触手在空中卷着。雷鸣变成了一架飞碟，身上喷射出像是来自宇宙的光芒，向脚下撒出一片星辰的影像。

雷鸣一直走到音乐厅的尽头，那飞碟的电子服才消失，面前出现的是一望无际的电梯。这飞艇有七公里宽，而这片区域则是通向私人房间的独户电梯井，按照卡牌上的指引，他乘上了向他打开的五号电梯，透过电梯上全透明的玻璃，整个闪亮的城市尽收眼底。

电梯门滑开，一股奇异的香水味扑面而来。他首先看到的是那半公里高的整扇落地窗，这扇窗没有一个接缝，人站在窗前仿佛置身露天的高台上。这正是巨鲸酒店的头部，也是最为奢华的一个房间。

房间中，一张悬浮的白色半弧形座椅向雷鸣慢慢旋转过来，那座椅上坐着一个男人，微笑着看着雷鸣。他打扮得像个老派绅士，头上一顶礼帽，手上一支手杖，戴着圆形的单片眼镜，手上戴着丝织的手套。他从那张椅子上走下来，用手杖向边上的沙发指了指。

"稀客，快请入座。"他用一股幽默的语气说道。

雷鸣没有多客气，径直走到沙发坐下。

与此同时，雷鸣也观察了一下这个房间。这房间装饰得极为奢华，到处是金灿灿的，但这里并不只有K一个人，还有另外三个人在房间的另一边。这三个人中有两人身材高大，肌肉结实，像保镖一样面无表情地笔直站着。而这两人前面还坐着一个人，那人与其说是坐着，还不如说是斜躺在沙发上。他脸形消瘦，头发在脑后扎成个发髻，戴一副蓝色露指手套，留着山羊胡子，上身是连帽的POLO衫，下身是黑色牛仔裤。雷鸣注意到，这个人的右额上有道文身，三个三角形并成一排，里面各有一只眼睛，那是文身中常见的上帝之眼图案，但他看出来那三只眼睛并不是文上去的，而是三道圆形伤疤，和自己后颈上的那道伤疤形状一样。

这个人微微抬头，眯着眼睛，用一股并不友好的目光看着雷鸣。

雷鸣没有理他，大大咧咧地把双脚架在面前的茶几上。

K拍了拍手，一架小型无人机从墙角飞来，它吊着一只镶嵌着金边的酒瓶，一直飞到雷鸣面前，将瓶里的酒倾斜着倒进桌上的酒杯中。

"我们似乎有一年没见了，时间过得真快。"K对他朗声说道，"第一次来吗？"他端着一杯斟满的酒热情地坐到了雷鸣的身边。

雷鸣拿起桌上的另一个酒杯，与K的杯子碰了一下，饮下了一口，顿感酒的辛辣，可他还是咽了下去，没有露出一点不适的表情。

K见状发出爽朗的笑声："这酒里混合着电，能打开味蕾，不过并不是谁都能习惯，看来您的舌头是很识货的。"

雷鸣接过无人机送来的手帕，擦了擦嘴角，仰头又看了看这间屋子。

"怎么样？"K笑着问道，"这酒店不错吧？这窗户，由一整块二十五平方公里的玻璃铸成，分割了两百多间，我这间是最大的，风景也是最好的。怎么样？过来住几天？我带你到处转转。"

"我可脱不开身。"雷鸣回道，"我能到这儿来就已经谢天谢地了。"

"怎么？还有人能管到你？"

"如果你去打听打听，就知道我混得有多惨了，算什么事儿，就快把我赶出来了。"

"哦？出什么事了吗？"

"我不想提这事儿了。"雷鸣摇摇头，"我是来和你谈生意的。"

K微笑了一下："蜂王……你这名字真响亮，我记得去年在发布会上你毫不犹豫地就拒绝了我，你却在刚刚的电话里说改变了主意，我很好奇，到底发生了什么？"

"还不是我那老师。"雷鸣说，"杨石，你知道他，昨天死了，我告诉你啊，他活着我就什么也干不了，还交易？就差把我锁笼子里了。"

"你俩关系不好？"

"好？我连他的尸体都不想去看。"

K又笑了笑："不可能，我印象里你可不是铁石心肠的人。"

"那是你不知道他以前是怎么对我的……哎？对了，你怎么没问我他是怎么死的呀？"

K的嘴角微微一动，微笑在他脸上僵住了，但马上又恢复了自然的表情。"这么遗憾的事儿主动询问多不礼貌，不管你们关系怎么样，对杨石的成就，我向来心里是很敬重的。"

"嗨，那算了，不说这事儿了，我这次来只是和你做个交易，反正现在也没人管我了。"雷鸣直起身子说。

"怎么？你那套小蜜蜂的技术打算卖了？"K问道。

"那个不卖。"雷鸣说，"我卖别的。"

"别的？"K皱了皱眉，"除了你研发的小蜜蜂，还有什么别的能卖吗？"

"当然有，但我不是卖给你，我想让你帮我找到一个买家。"

"什么意思？"

"你势力有多大我当然知道，我问问你，近期在黑市上有没有出现过这样一个交易，有一件商品与天空电有关，比如……能将天空电网的电引下来……就像一种武器，能制造雷电。"

K愣了愣，忽然哈哈一笑，拿起酒杯饮下了一口，无人机送来手帕，他挥挥手打发了，然后用白手套抹了抹嘴角。

雷鸣观察着他的举动。

"蜂王，你也太抬举我了，我只是一个做小买卖的商人，什么引电的武器？武器这东西我可不敢乱碰，再说了，你也知道我们的规矩，买家的信息泄露出来，那我的生意也不用再做了。我根本就不知道你在说什么。"

"别，你不知道还有谁能知道，你的生意是最大的。再说，你当中介者，什么也不用做，好处我还是给你的。"

"可我确实不知道。"K摇摇头，"但我好奇你要卖什么东西？有什么东西让你这么急着出手？"

"非常急。"雷鸣说，"是一份位置图，过了这段时间就没用了。"

"什么位置图？"K探身问道。

雷鸣压低声音，凑到他身边，"马里的事儿，你知道了吧？"

"什么？我不知道，什么事儿？"

雷鸣看着他。"老K……"他眼睛眯了起来，"你能不能真诚点，这么大的事儿你会不知道？你觉得我信吗？"

K想了想，放下酒杯："你是说……电站的事儿吧。"

雷鸣拍了下桌子："我就说你知道，杨石不就是在这事故中死的吗？我告诉你啊，据我猜测，不，应该说根据我专业的分析，绝对是有一种设备从高空电中取了电，造成了这次袭击。"

"这种事情……我就不能揣测了。"

"而且肯定是反政府组织。"雷鸣自顾自地说了下去。

"政治的事儿我也……"

"他们肯定急需我的位置图，但我不知道怎么联系上他们，你说我这什么都知道了，就差一个沟通，你还不帮帮我？"

K打量着雷鸣，又想了想："你要卖的位置图到底是什么？"

"主发射机的地下位置。"雷鸣说，"他们想要袭击电站，但根本没起作用，主发射机没事儿，因为它埋在地下了，二十多米，还有绝缘网呢。我已经亲眼去看过了，已经有了详细位置，如果我告诉他们，他们就能找着这个地方。"

"雷鸣，这是你们国家的项目，为什么……"K没有把话说完。

"我当然有我的目的。"雷鸣说，"再说了，马里又不是我的国家，有没有电又关我什么事儿。但有一点我能知道。"

"什么？"

"那就是他们要摧毁电站的原因，因为这无线基站对天空电有一层保护，如果它建好了，想从空中引下电来就不可能了，所以他们那武器也会没用了。就是因为这样，我的位置图对他们才很重要。"

K好好端详了他一会儿。

"你刚说很急,那么你急什么?为什么之后就没用了?"

"是这样,"雷鸣说,"因为我看出了他们那武器有一个弊端。"

"什么弊端?"K立即问道,但他问完一顿,马上又笑了笑,"算了,我听了也没用。"他又开始为自己倒起了酒。

"还真不能说。"雷鸣说,"说了就不值钱了,但是有一点可以告诉你,我昨天看到电厂那儿安排了很多军队,说明那边也已经感觉到是人为破坏——有所防范了。他们带了一些设备,我判断这种设备能查找到异常电子波,没准儿也能锁定那种武器的位置,所以如果对方再次袭击,没准儿就被抓个正着,要是那样,我就什么也卖不掉了。"

K思考了一会儿。

"有这样一句话。"他对雷鸣说道,"没有无条件的信任,你说的这些我拿什么来相信呢?要不这样,你想要多少钱?把信息卖给我,我来寻找他们,再以我的价格卖出去,就算没找到,你也没有损失,这样怎么样?"

"那当然好了!"雷鸣说,随后他向后一靠,"但是可惜了,我要的东西你给不了我。"

"哦?东西?难道说你要的不是钱?"

"的确不是钱。"雷鸣说,"我想要的是他们这套武器的技术。"

K又眯起了眼睛。

"这么说吧,我是科学家,其实对钱没多少兴趣,但他们手里那东西对我来说可不一样。你想想,有什么武器可以从高空电中引出闪电？实在太神奇了，我就想研究这样东西。"

K为他的这番话鼓起了掌："真难得，科学家的精神。但你知道，我是做小本生意的，新时代来得太快，我只是其中想得点小利的蝇虫，找一些缝隙，比如一些能利用的BUG。我也不标榜自己有多高尚，生意必定总会涉及一些不道德的事情，我会碰电子支付，会碰计算机勒索软件，但从没碰过什么科技武器，这么大风险的我不想沾边。你说的这个生意对我来说太大了，我吃不准能不能做，我就想问问，我能从中得到什么？"

"那可太多了。"雷鸣拍拍他的腿，"跟你相比，那我更算不上什么了，就那点工资，就算我得到了这项武器的技术，我拿什么去研究呢？在哪儿研究呢？"

"你的意思是……"

"当我拿到这个武器的技术资料，我打算和你合作，我们来研究一个新的东西。"

"新东西指的是什么？"K似乎对这番话产生了兴趣。

"气象武器。"雷鸣告诉他。

K屏住了呼吸。

"只要有他们那样技术，我就能利用它研究气象武器，到时候将不是什么闪电，而是整个国家地域范围的雷暴。现在大部分国家都在利用高空电，如果我们掌握了这种武器，可以使任何国家的领空和运输完全瘫痪。有了它，你说说，哪个国家想遭受这种毁灭性的打击？"

K不敢置信地看着雷鸣："蜂王，你的野心也太大了，你要统治世界吗？"

"世界在飞速变化，什么都有可能发生，既然马里的反叛军想推翻政府，我可以帮他们，各取所需，互不冲突，他们要他们的世界，而我要我的世界，很自然的事情。"

"我真是低估你了。"K点点头，"可我怎么确定你能研发出气象武器？这也太天方夜谭了吧？"

"我随后就可以向你展示资料，只要拿到他们的技术，你可以找人判断我提供的信息，并且我已经列出了时间线，两年内担保能造出来。"

K陷入了沉思。

过了一会儿，他将手杖在地上一顿，说："那我告诉你一件事情，关于你说的这件武器……"

雷鸣等待着，等着K把剩下的话说完。

可是，K没有再继续说下去。雷鸣抬起头，疑惑地看向他，看到K的身体正在发抖。

"你……"雷鸣顿时感觉空气中像有什么东西在传导着，他的头发飘了起来。

正在这时，巨响从天花板上传来，大片的玻璃在眼前碎裂，像下雨一样砸在了地上。

雷鸣下意识地捂住头，缩到沙发上，接着，房间里开始滚出浓烟。地板像地震了一样颤动，那两个保镖一样的人跌撞着跑了过来，可他们还没有到倒在地上的K身边，就突然身体一挺，雷鸣发现一道电弧穿过他们的身子，接着他们就倒了下去。

雷鸣摸到了自己的包，立即从里面掏出一个喷发剂一样的罐子，他将罐子紧紧攥在手里。他正要在浓烟中站起来，但马上感到一阵失重的感觉，他身后房间里的各种东西都像被海浪拍了一样，一同滚向房间的一边，撞击声刺痛雷鸣的耳膜。那张悬浮椅此时也倒在了地上，向前滚动着，直接从K的身上碾了过去。

浓烟更加浓了，显现出火光。雷鸣捂着鼻子，弯身寻找出去的路，他看到墙面在开裂，天花板在砸落。

这时他看到了那有三个伤疤的男人，他也在地上匍匐着，正向一处爬去。雷鸣跟在他身后，闪过一块砸在面前的金属板，在碎裂的落物中，渐渐地什么也看不见了。

他向边上一滚，躲到一张桌子边上。一块板子在上面向他斜过来，正好将他夹在三角的空隙里。雷鸣的左肩被拍中，他捂住胳膊，又从空隙中爬出来。他终于看到了一道正在开裂的墙，那道缝隙足够他钻出去。

穿过之后，迎来的是混乱的尖叫声和跑动声。此时的飞艇似乎正在努力控制平衡，它忽上忽下，一会儿左斜一会儿右斜，接着，进入滑翔状态。趁这机会，雷鸣向前跑去，他眼前的景象全都乱了。

大片的人影在飞奔，个个都像无头苍蝇一样，那音乐会上的激光在随意乱射，混着飞溅的火花爆炸。从音乐会中跑出的人全都赤裸着身体，他们相互推搡着，不断尖叫着。

雷鸣身不由己地被这人浪向前推去，不一会儿，水打在他脸上，让他几乎睁不开眼睛。那座天空喷泉已经失控，变成止不住水的喷头，向下洗刷着恐惧中的人群。吊床早已落在地上，那些摔伤的人正任由无数双脚踩踏。

雷鸣这时意识到，飞艇没有电了。

雷鸣掏出电子片,电子地图上到处都在闪烁,烟花般绚烂,随后就熄灭了。警报声随后沙哑地响起来,断断续续,就像垂死的老人在咳嗽。

正在这时,雷鸣感到胳膊被人抓住了。雷鸣转过头,看到一双凶恶的眼睛,而那眼睛的上方,排列着三道伤疤。

4. 巨鲸的陨落

巨鲸酒店将要坠毁!

所有人都不敢相信这是真的。街上的人群仰望天空,空中那条缓缓下落的鲸鱼像吞下了一串爆竹,它的身体各处都在爆炸,虽然看起来爆炸点像针尖一样小,但十分密集,难以想象里面会是什么样子。鲸头在向下倾斜,空中发出隆隆的巨响,它带着弥漫天空的浓烟,冲散了各种动物的雨云,向下而来。

人们这时才清醒过来,开始发出尖叫,没头没脑地逃窜进身边的建筑里。

失去电的巨鲸,此时几乎成了一座城市般巨大的废物,天上和天下的城市全都乱了,人们四下狂奔着,躲避着那天空投下来的阴影。

这是一场世纪灾难,而天空上也在上演着一场争夺战。鲸身在天空倾斜成90度,下舱口压满了人,口子一打开,人像雨点一样落了下去。上方的出舱口有人攀爬出来。一个人冒出头抓住一只飞过的翅膀，可他刚想跳进座舱，脚便被另一个人抓住了，他失去平衡，大叫着从空隙中掉了下去。而把他扯下的人随后现身，露出了头上的三道伤疤。他一把抓住那只翅膀，另一只手把雷鸣从舱口拎上来，他自己坐了进去，再把雷鸣拽进来。

但这是一间单人舱，翅膀向下一坠，它的电子感应系统察觉到了重量增加，翅膀拍动的速度开始加快。雷鸣与那男人肢体交叉，紧紧挤在里面。雷鸣的脸紧贴着玻璃，身体无法动弹，但他能感觉翅膀在加速下落。紧接着，他一阵眩晕，只听身后的男人不停叫骂，在骂声中翅膀开始打起了圈儿。

雷鸣觉得天地在眼前旋转，巨大的鲸身从他眼前掠过，而后是遥远的地面，没一会儿又变成了鲸鱼的身躯。他在远离它，因为已经可以看到它的全貌了。因超重而发出的警报不断在舱里鸣叫，还有一块浮空屏显示出来，闪烁着，但一半已经被雷鸣的身子挡住了。

这种翅膀是为飞艇贵宾配备的飞行器，它是艺术化的产物，但这种奢华也让它不如其他民用化的飞行器灵活。设计师肯定没想过会有两个人一同挤进这狭小的空间里，但现在是考验翅膀的时刻了，它的智能芯片在不停计算下落的速度，翅膀上下拍动得更猛烈了，可这依然超过了它的负荷。金属羽毛上开始冒出白烟，那只翅膀在烟中抖了抖，停止了运动。

一种过山车般的下坠感，雷鸣紧紧闭上了眼睛。他咧着嘴想叫，但那欲望一直沉在喉咙里。他只能等待着，等待着命运的撞击。

那一瞬间是突然降临的，就像头上被大力士重打了一拳，太阳穴刚抽跳起来，又是上升感，像被弹了起来。紧接着又是下落，这样来回了三遍，接下来才是翻滚。

它终于停下了，罩子弹开时，雷鸣从里面爬出来，接着他撑住地面呕吐不止。

这座舱是由高弹性材料塑造的，既能减缓下落的速度，也能保护座舱内的人。雷鸣由此保住了一条命，但他的脑袋似乎还在惯性里，视线模糊，不由自主地呕吐。

他们降落在城市的一座花园中。

可他还没来得及仔细辨认，后衣领再次被拎住，他被拖动着，直到离开花园。

这过程中雷鸣没有反抗，他的力气失掉了太多，最后只能跟跟跄跄地站起，跟着那人蹒跚着向前走。随后到了一台贩卖机柜边上，那人才把他放下，应该说是把他推到了贩卖机上。

雷鸣能看到街上还有在奔逃的人，天空上的巨鲸已经向远处落下去了，它如盖亚般的身躯已失去了灵魂，也许在最后一刻，飞艇的驾驶员依然没有离开他的岗位，因为那飞艇下落的地方避开了城市，它最终穿进了一片巨大的湖泊中，掀起如山的巨浪，随后沉了下去，只留了一截尾巴露在湖面上。

天空下起了雨，那是湖水被溅射散落了下来，它们就像这城市撕开的伤疤中涌出的鲜血，不断洗刷着人们的恐惧，让人清醒这不是一个噩梦。

那三道伤疤的男人揪住了雷鸣的衣领，他变得像一头发狂的猛兽，一遍遍将雷鸣撞向那台贩卖机。

"都是因为你！"这男人不断在咒骂他，雷鸣只感觉一阵晕眩。

终于这个男人放下了他，一拳打在贩卖机上。

"可我什么也没做。"雷鸣有气无力地回道。

"你杀了K！"

"我没有……"

"没有？"那男人恶狠狠地说，"你已经暴露了，那些买家被你引来了！"

雷鸣思考着他的话。

"是误会。"雷鸣支吾着，"你刚刚听到我说的了，我只是想和他们交易。"

"现在没有交易了！"那男人指着他，他好像还想骂些什么，但很快就把手放了下去，"他们找上来了，我也要完了。"

"是叛军？"雷鸣问他。

"还能是谁？"

"你怎么知道是他们？你见过他们？"

"你真以为K什么也不知道吗？"

雷鸣点点头，他意识到自己猜得没错："那样武器是K卖给他们的，对吗？"

"已经无所谓了。"那男人说，"现在我们该怎么办？他们肯定能找到我们，他们不会留活口的。"

"你能联系到他们吗？告诉他们我的目的。"

"不行，我必须到马里境内才能找到他们，这里的只是替他们干活儿的人。"

马里……雷鸣想。

"那我们去马里。"雷鸣说,"到那儿你再帮我引荐。"

"科学家先生,"男人对他撇了撇嘴,"我和你不一样,没有K的帮助我到不了马里。"

雷鸣点点头:"因为你安装了智能芯片。"

"所以,你还有什么想说的吗?"

当雷鸣看到这男人头上的三道伤疤时就知道那是植入了智能芯片。这种芯片能与神经系统相连,控制一些自动化设备,雷鸣后颈上的那个也是。安装这种芯片需要报备,显然这男人是通过非法途径装上去的。雷鸣不明白的是,为什么这个人的装在了脑袋上,而且是三个……但他现在没空想这些了。

"我有办法让你进马里。"雷鸣告诉他,"我有架私人飞机,我们现在就走。"他对那男人说。

5. 引雷师

飞行员有些拿不准,他在平板电脑上不停查阅规章制度。

这个有点像 DJ 的小子眼神看起来不怀好意。

"你的助手?"飞行员疑问道,他没见过这个助手。

"我有急事。"雷鸣说。

飞行员耸耸肩,程序过于简化了,身份证明都无法提供,有点出格了。

"我得做个检查……"飞行员放下平板,向那男人走去。

"检查什么？"雷鸣追在后面问。

"有些必要的程序。"飞行员带着抱歉的语气解释道。

可当他正要走到那男人面前时，空气中有阵动静传出来。

是刺啦声。

雷鸣停下脚步，警觉地看了看四周，机场远方的一片树林在风中晃动，一大群鸟在防护网外飞来飞去。

他感觉有什么东西在空气里。

这时，他看到远处一棵树着火了，紧接着，相邻的那棵也着了。

一道电弧打在了远处的跑道上。

"那是什么？"飞行员也注意到了。

雷鸣紧抓住飞行员的手，飞行员用莫名其妙的眼神看着他。

"我命令你立刻起飞。"雷鸣用非常可怕的声音沉声对他说道。

飞行员被这语气吓了一跳："可我还得跟塔楼……"

"马上走！"雷鸣说完头也不回地径直上了飞机，而那男人也轻蔑地瞥了飞行员一眼，跟着雷鸣上飞机了。

飞行员犹豫了一会儿，只好也上了飞机。

直到穿过国境线，雷鸣才松了一口气。

之后没再出现什么情况，但他现在可以判断出来这种武器是非常灵活的，因为如果能跟到机场，说明不是一件很大的设备。

但他还是捉摸不出那是什么。那个男人坐在对面，他一直看着窗外，这个男人有种放荡不羁的气质，帽衫戴在头上，挡住了眼睛。他听着耳机里的音乐，裤子松松垮垮的，露指运动手套上好像有一块污渍，像是街头玩街舞的少年。但他看起来也有三十多岁了，想想刚刚在飞艇上的样子，应该也是K身边一个重要的角色。

"怎么称呼？"雷鸣问他。

但那人仿佛没听见，只是看着窗外，过了一会儿，他才打量过来一眼，向雷鸣的手上扬了扬头："那罐子是什么？你为什么一直拿着它？"

雷鸣向自己手上看去，是啊，从飞艇上开始他就一直拿着这个罐子。

"我有哮喘。"雷鸣告诉他。

"哦？这么大一瓶……用来吃的吗？"

"我的哮喘很严重……那些叛军到底是些什么人？你知道他们在什么地方吗？"

男人打了个哈欠，随后双臂交叉，闭上眼睛打起盹儿来。

刚刚的逃亡使得雷鸣也彻底疲惫了，他靠到座椅上，一边思考着，一边慢慢陷入了梦乡。

熟睡之中，他没有做梦，直到一阵颠簸把他惊醒，他下意识地睁开眼四处张望了一阵，看到那男人已经起身，正在向舱门那儿走。雷鸣这才意识到飞机已经到了马里机场，他也赶紧跟上了那个男人。

走出机场，在大街上，雷鸣寻觅着出租车。

"别找了。"那男人说，"那个位置是保密的，不能让别人知道。"

"可我们怎么过去？"雷鸣问他。

男人四下看了看，走向一间咖啡店，雷鸣跟他一直走到那门前停着的一辆小轿车前。

男人站在主驾驶门边，抻了抻把手，车门便打开了。"真走运。"那男人对雷鸣笑了笑，雷鸣知道自己在跟什么样的人打交道，便没有说什么，直接绕到副驾驶门边上了车。

随后车打着了火，开始在大街上行驶起来。

这男人没用钥匙打开了门，这可不是靠运气，雷鸣注意到了这一点。

车向前开的时候，街上的人开始慢慢变多了，一会儿看到远方有一大片人在漫行，车慢慢穿过他们，雷鸣看到这些人拉着标语，正在一起喊口号。

"拒绝无线供电！"

"要安全要生活！"

这次事故显然已经传到人们的耳朵里，开始造成恐慌了，但雷鸣知道，这些人中肯定夹杂着反政府组织的那些人。雷鸣看问题一向会站得更高一点，如果不是有人煽动，不会这样快组织起来，他向每个人的脸上看去，看到的都是愤怒，没有其他的。

随着车驶进游行队伍的前列，场面更加混乱了，叫嚷的口号声也变得更加尖锐起来。

"让政府下台！"那些人举着标语用喇叭高喊着。

随后雷鸣看到了火，他先是一惊，但发觉那不是因为雷电，是有人点着了垃圾桶，人们正像围着篝火一样围着它。

他又看到一群人正冲进一家政府开办的咨询处，玻璃碎在地上，几名工作人员正从里面跑出来。马里正在变得混乱，雷鸣沉默不语，思考着这些问题。但这时，他感觉车速加快了。

他看了一眼车速表，120迈。

"慢一点。"雷鸣提醒那个男人。

可迈速表还在继续上升。

"喂，你这样会引起别人注意的。"

一辆车迎面呼啸而过，差点儿撞上。

雷鸣的背紧贴在座椅上，他的手死死地握着扶手，身体不由自主地向后闪着。

"你在干什么？"雷鸣问他。

可车速依然没有下降，它直冲向前。这时，在车的右前方出现了一座立体停车场，当这四层楼的建筑正要从眼前掠过时，这男人忽然急转了方向盘，车发出一阵尖叫，然后直接冲了进去。

一个行人正从那门口经过，车冲向他，他根本来不及躲闪，在他还没反应过来的时候车头便将他高高地撞飞了起来，随后他又被砸回到挡风玻璃上，身体随车一起向前冲进停车场，等车刹住时，他飞了出去，在地上打了几个滚后便不再动了。

雷鸣解开安全带，打开车门，慢慢走下车。

雷鸣一直走到被撞的人身前，看着满脸的血，他蹲下去摸了摸脉搏，已经停止了。

雷鸣沉默地将死者的手放回地上。

"运气真不好。"车上的那男人走下来，看着这幅情景只是耸了耸肩。

"他死了……"

"今天死了很多人。"男人说。

"那我们呢？"雷鸣抬起头来看着他，"我们的计划还怎么继续呢？你能告诉我这一点吗？"

那男人一声不响地掏出手机，玩了起来。

停车场外一些人走进来，他们刚刚看到了这起事故，唏嘘着走向那具躺在地上的尸体。

雷鸣的心沉了下去，一切都结束了。

这时，他们的那辆车放出音乐，是这个男人用手机连接起来播放的。

那音乐在停车场中飘扬着，雷鸣听了一会儿，猛地抬起头来。

贝多芬的《命运交响曲》。

"你知道吗？K算是个好生意人，但算不上好老板。"那男人把手中的手机放进了裤袋。

"你在说什么？"雷鸣问。

"他很精明，你以为他会把那玩意儿卖给叛军？把他想得太简单了……他顶多只会租给他们用。"

"什么？"雷鸣还是没明白。

"那东西一直都在他这儿。"男人对雷鸣说道，"你知道吗？开始是一个医生发明的，用于疏导脑血栓，由植入的智能芯片控制，但这项技术竟然造就了一个美好的开端，你想都想不到。"

《命运交响乐》继续播放。

"是你撞的人吗？"围上来的人群中一个中年男人向他们走过来。

"不过其他的你都猜对了，很聪明。"带着伤疤的男人没有理会过来询问的男人，他继续说着，"的确是叛军想干点儿坏事儿，但相信我，对我来说这不值一提，他们的脑子还躲在旧时代，顶多算是小孩儿的玩意儿。"他嘲笑着。

"我在问你们……"走过来的男人加重了语气，但他话说了一半就停住了。

雷鸣缓缓转过头，向问话的男人瞧了过去，这男人正在颤抖，像刚刚的K一样，不光是他，那些走进停车场的人都是如此，他们正一起仰着头，眼睛向上翻着，脑袋前后颤动不止。

"对了，在飞机上你问过我的名字。"那男人轻蔑一笑，"自我介绍一下，我叫引雷师，你叫雷鸣，不错，这么一看，就好像是命运让我们相遇。"

雷鸣看向他的那副手套，这露指手套的中央有一条长方形的格子，他开始以为那只是点缀，但现在看来这一条金色的格子有五分之一暗了下去，这显然是由五块电格组成的电量条，雷鸣恍然大悟，这手套就是那个引电的武器……

"是你杀了K，击毁了飞艇，也是你袭击了电厂……对吗？"

"我能有什么选择，别人让我怎么干我就怎么干。"引雷师用那戏剧化般的眼神看着雷鸣说道，"但我现在有选择了，就当他快要被你说服的那一刻，我才知道我拥有选择。只有我会使用它，为了这东西，我还要在脑袋上打几个洞，你不应该用那东西伤害我，什么气象武器，你想让K抛弃我，可是，你知道吗？如果你也感受到过这种力量，你也会和我一样，你会觉得这东西无法再抛弃了……"

四周的人一个个在他面前倒了下去。

"你看。"引雷师挥动着手套,"你看这地方,空气中充满了电。"他又指指自己头上的那三道伤疤,"但我却能画出安全半径,我们在这个半径里,活着,而之外的全都死亡,你发现了吗?是尺度,我把握了生死的尺度。"

他的眼神像陷入了某种妄想。

雷鸣点点头:"你只是利用我,让我把你带到马里。"

"你是聪明人,我不能让那个电站完工,它想阻断我的力量,这是错误的。"

"我明白了。"雷鸣的眼睛动了动,"那我们合作怎么样?"

"我喜欢先看到对方手里有什么。"引雷师闪烁着狡猾的目光。

"在最西面。"雷鸣从包中拿出地图在他面前展开,"出口外的一百米,有个只有五十米高的电塔,发射机就在那下面,在二十米下的地方,有隔缘层,你打算怎么办?"

"怎么办吗?"引雷师好像在仔细思考着,一会儿他似乎拿定了主意,"作为对你坦诚的回报,我选择让你毫无痛苦地死去吧。"

"你……"雷鸣站了起来,"我们可以继续合作,气象武器我们也可以合作……"

话还没有说完,一道电弧就打在了雷鸣的肩膀上,一阵强烈的剧痛传来,雷鸣瘫坐在了地上。

雷鸣吃力地伸起一只手,说:"好吧,我知道了,你没办法研发它,可你还是需要我的对吗?"

"你似乎没听明白。"引雷师吃惊地看着他说,"我对你所谓气象武器一点兴趣也没有。力量,你懂吗?你看看外面,这个国家正陷在灾难中,为什么会这样?不欢迎你们的那些人控制了水资源,这就控制了社会,而我拥有的力量更强大,是世人所奢望的。这个世界缺少了信仰,原因很简单,因为从没有一个神真的在此降临过。"

引雷师的手套上开始闪烁起电弧,他把玩着那些电弧,就像孩子玩着泥巴,接着,他的手向雷鸣一甩,一道巨大的闪电直击向雷鸣。

6. 第一个神

雷鸣一直观察着引雷师手套上的电量条,他发现只要引雷师制造一次闪电,头一格便会暗下去一些。

但这么久了只暗了一格。

他看着引雷师手套上新出现的闪电,那一团电有如魔鬼的灵魂,这么一大团的电蓄力在手套边上,也只让第二格暗下了一点。雷鸣看着那团电正向内收缩,接着串成一条直线,向他喷射过来。

雷鸣立即举起早已准备好了偷偷藏在袖口中的喷罐,迎着那闪电按下了顶部。

一道灰色的雾气从喷口中喷出来,以极快的速度在雷鸣面前弥漫成了一朵云状的浓雾。这雾在那闪电到达之前就已经散开了，它与闪电一接触，便像个反射镜一样，将那闪电折了一个角，电弧向右一歪，冲到了旁边的一根混凝土柱子上。

柱子生生被这电弧的力量击碎了，就像被火箭弹炸了一样，整栋大楼都发出轰轰的震动声，水泥块从碎掉的柱子上方掉落，而雷鸣也被震到了十几米之外。

当他想要爬起来的时候，发现喷罐早已不知去向了。那是一个高隔缘的纳米喷罐，形成的纳米雾能阻断几十万的高压，但刚刚那一下还是超出了极限，他没想到一副手套就能从高空电中获取如此大的力量。

天花板崩裂坍塌了，它们纷纷砸下来，一辆轿车直接从楼上落在了雷鸣的面前。他顺势躺到地上，向车底一滚，底盘在撞击中向下挤压着，一个轮胎破了，车开始倾斜。

雷鸣瞄住另一边的空隙，爬了出去。他站起来，半躬着腰，捂着嘴和鼻子，从烟中一直向外跑，当跑到大街上的时候，他看到外面的行人都在躲闪着这片坍塌。雷鸣混进人群，又向前跑了几步，直绕到路边一辆停着的车后，他坐在车后轮边上，探出头看着那摇摇欲坠的大楼。

那大楼最后只是塌了一角，刚刚跑出来的地方已经被碎石掩埋住了。那手套让他惊异，不光因为它的力量，还因为其灵活性，引雷师仅靠芯片联动便能指挥雷电，这一点是他没想到的。

过了一会儿，雷鸣又看到了那个可怕的身影，引雷师出现了，他站在大街上，手插着口袋像散步一样，他背对着坍塌后的大楼，向雷鸣走来。

雷鸣赶紧转回身，隐藏起来。

引雷师没有发现他，他走到一辆车旁，打开车门，坐进驾驶室。

随后车发动了，驶向远处。

雷鸣马上从车后站起来，他跑到路边，满身灰尘的他挥着手，一辆出租车停在他面前。司机疑惑地打量着他，雷鸣立刻拉开车门上了车。

"无线发电基地。"雷鸣对司机说。

沙漠中的一条公路被沙子覆盖，四周一片死寂，仿佛没有生命在这里出现过。但很快从沙子里钻出的一只蜥蜴打破了这沉寂，它抬头警惕地看着，忽然头向下一垂，发现了动静，掉头重新钻进那滚热的沙海中。

车轮从那边上掠过。

这条盖着一层黄沙的土路已经不常有车了，附近有一条更干净的道路，但从那儿走会绕远一些。

"后面走不通了。"司机对他说，"我要拐到大道上了。"车转了一个弯，向另一边驶去。

雷鸣盯着公路的尽头，他祈祷不要看到那辆车。

过了一会儿，一座哨所从公路远方露了出来。

"这儿怎么了？"司机说，"最近不太对劲，你知道几内亚昨天发生的事儿吗？"

雷鸣没有回答他，车在哨所的横杆处停了下来。

这是刚刚建起来的简易岗哨，电站肯定戒严了。

岗哨有两名当地士兵，一个站在横杆处，另一个坐在哨所里。

"不能通行。"外面的士兵走过来对下了车的雷鸣说道。

雷鸣掏出证件说："我是这里的研究员，刚刚你有没有看到一辆车经过？"

那士兵检查了他的证件后摇了摇头："这里昨天就已经封锁了。"

"那你们有没有内部电话，我有事要给总部汇报。"

士兵向岗亭里指了指："有一台无线电。"

雷鸣收好证件进了岗亭。

司机把车熄火，下了车一边抽烟一边和外面的士兵攀谈起来。

"我是雷鸣。"雷鸣用无线电说，"叶向楠在不在？"

雷鸣看向窗外基地的方向。

无线电那边似乎有人在讨论着什么。

过了一会儿，一个熟悉的声音从那头传来："我是叶向楠，雷鸣？"

"是我。"

对方似乎还在生着气。

"找我干什么？"

"我知道是谁袭击的电站了。"雷鸣说，"他现在正在去电站的路上，准备进行第二次袭击。你把所有人撤走，他手上有能使用雷电的武器，非常危险。他会袭击西面5号塔的位置，那下面是绝缘粉，不会着火，但一定要让人员远离那个地方。"

"你在说什么？你在哪儿？"

"我在西北的岗哨这儿，现在没时间解释，你要相信我。"

"你等等，我现在派人过去。"

"我为我擅自行动道歉。"雷鸣严肃地说，"现在是人命关天的时候，你现在最重要的任务是让所有人都躲到南面。另外还有一件重要的事儿，主发射机可以启动吗？"

叶向楠的语气显出了一些犹豫，但过了一会儿那语气也变得严肃起来："不行，发射线还没有修好。"

"应该有部分修好了吧？只连接修好的那些呢？"

"覆盖面积只有方圆五公里左右。"

"够了。"雷鸣说，"以最快速度启动主发射机，同时打开蜂巢，情况紧急，请一定要按我说的办。"

"雷鸣，你到底在干什么？"

"我回去和你解释，但你相信我，我不会让杨老师白白地……"

刺啦声在雷鸣耳边炸响了，无线电立即失去了信号。

等雷鸣站起来的时候，他看到外面的那名士兵已倒在了地上，司机正呆呆地看着。接着，一道闪电也劈中了司机，他也倒下了。

岗亭内的那名士兵顿时大惊失色，他拿起枪，叫唤着跑出岗亭，雷鸣迅速蹲伏在地上。"别出去！"他大声警告那名士兵。

可已经晚了，又是一道闪电，那士兵还没跑出几步，便被击中了，随后一声不吭地倒下。

晴朗的天空慢慢炸响了，天上向下四射出道道闪电，出租车的引擎随后被击中，开始着火，又忽然爆炸。车身在爆炸中翻转过来，那爆炸的气浪冲过岗亭，瞬间就将它震倒击碎。

雷鸣趴在地上，碎木头砸在他身体上，不一会儿他就被木架埋住了一半。翻倒的那辆汽车在他不远处燃烧着，雷鸣捂着头趴在那儿，一动也不动。

有车的引擎声向这边传来，那声音混在闪电中，越来越近。

熟悉的声音飘进了他的耳朵，一辆车正飞速穿过岗亭，那车里放着一首音乐：《命运交响曲》。

引雷师来了。

但车没有停下，引擎声继续向前传去了。

雷鸣在木架堆中探出头，路尽头还能看到车的影子。车在向基地的方向驶去，而在那车的四周，一圈圈的闪电围绕着它，不停击打着，猛烈地击打着大地。

雷鸣从废墟里钻出来，四周狼藉一片，三具焦黑的尸体上火苗还未熄灭。

雷鸣向基地的方向看了一眼，迈开腿跑去。他已经很累了，烈日之下，他只盯着那地平线，他不知道叶向楠有没有听他的话，人有没有撤走。他知道一切都太冒险了，但是他明白，时间紧迫，只能这样铤而走险，时间对他来说是奢侈的，杨石的死也无法让他坦然接受，他不能像个局外人等下去。可他的这个身份没人会让他冒险的，他不甘于此，在来时的飞机上就列出了步步计划，他发誓要找出那个凶手，他要继续完成老师的梦。

不知跑了多久，那些铁风筝依旧没在地平线出现，沙丘一个接一个显露出来，仿佛永远都没有边际。他翻过又一个沙丘时，一道巨型的闪电将远方的天空撕开了个口子，那闪电从天上冲了下来，直击向地面，接着，巨大的响声撼动了大地。

引雷师还是出手了，雷鸣慢慢停了下来，用手扶住膝盖，喘息着。引雷师没有选择相信他的谎言，他显然没有相信军方有什么能侦察的设备，他没有K那么谨慎，他更傲慢。

电厂怎么样了，雷鸣想快点看到，引雷师会善罢甘休吗？他现在只能自己去寻找答案。

雷鸣蹒跚着，从沙漠回到那条公路上，热气让他失掉了太多水分，可他的意志还清醒着，支撑着他迎着那闪电的方向，继续走下去。

而此时，一辆车迎面向他开了过来。

雷鸣认出了那辆车，他摇摇头，转过身，向反方向跑。

车喇叭声响起来，在他身后不停地尖叫，那车如失控的疯牛般，直直地向雷鸣冲了过来。

雷鸣跑着曲线，但根本没起作用，车很快就接近了他。当车头就要撞到他的时候，忽然一个漂移，车轮扬起一阵黄沙，在他身后停下。

车门打开，引雷师打了个响指，引出一片电弧，从那车上走下来。

7. 蜂王的表演

雷鸣一瘸一拐地跑着，引雷师像散步一样跟着他。

直到一道闪电劈在了雷鸣的面前，他才跌坐在地上。

他在沙地上摸索着，摸到了一块从公路上滚下的石头，他将石头攥在手里，起身转向了引雷师。

引雷师看着他手上那块石头，"砸过来。"他说。

雷鸣摇摇头，后退了两步。

"砸呀！"引雷师大声叫道。

雷鸣看着他，吸足了一口气，他将最后的力量注入那块石头，扬起手，向引雷师的脸扔过去。那石头在空中翻滚着，引雷师根本就没有躲闪，石头还没靠近他，便碎开了。仿佛是空气中有一股无形的力量把它一瞬间击碎了，只爆出了一点蓝色的电光罢了。

引雷师的身边环绕着电，雷鸣知道石头为何无法击中他了。

"我预料你也不会说实话。"引雷师一点点靠近过来，"没有爆炸，没有着火，什么也没有，和我预想的一样。"

"的确有发射机。"雷鸣后退着说道，"但位置不在那儿，如果我告诉了你，我就没命了。"

"现在呢？你以为你还活着？我得向你解释一下，现在你的身体不是你的身体，而是一个能承载痛苦的工具，你本可以安静地死掉，但我尊重你的选择。"

雷鸣看着他的手套，有三格是暗的了，满电的只剩下两格。

"你在看什么？电量吗？"引雷师也注意到了这一点，他笑了起来。

引雷师将手伸向天空，这时，雷鸣看到那暗了的三个格子其中有一格很快就又亮了，手套以极快的速度从空中取到了电。

雷鸣立即向他冲了过去。

引雷师手向下一挥，一道电弧击在了雷鸣的腿上，他跌在地上，嘴中开始呻吟起来。

"急什么，这些电都是送给你的。"引雷师又把手伸向了天空。

电击几乎让雷鸣疼晕过去，他挤着眼睛，看到第四格也亮了。

雷鸣再次摇晃着站了起来，他继续向引雷师走过去。

引雷师放下了手，好奇地看着他。

雷鸣走到他身边，伸出双手抓向他的胳膊，可手还没有接触到他，一片电光就将雷鸣弹开了。他再次躺在地上，大口喘息着，但是不一会儿，他再次用手臂支撑，站了起来。

引雷师在自己下巴尖挠了挠。"算了，我满足你吧。"他说。

"等等。"雷鸣对他摆着手，"资料都给你，什么都给你……"

闪电再次击中了他，雷鸣疼得大叫起来，他捂着手臂，身体在沙地上来回扭动着。

引雷师走到他身边，在他肋骨上狠狠地踢了一脚，雷鸣翻过身子，半垂着眼睛看着他。

"好吧。"引雷师想了想，"不过这是最后一次机会了，主发射机到底在哪儿？"

"神……不是用暴力统治的……"雷鸣对他说。

"神？你承认我是神了？"引雷师惊讶地看着雷鸣，随后他张开了双臂，"对，你说的没错，你感受到了幸运对不对？对，你真的很幸运，见证了世界上第一个雷神诞生，没错，就是我。"

"但你表现得还像是一个人。"

"你是科学家，我差点儿忘了这点。"引雷师将手背到身后，"科技就是科技，不过也是力量对吗？神话不就是科技吗？我相信这一点，随意控制雷电，对了，你觉得怎么样？我能成为国王吗？会成为人们的信仰吗？想想就有意思，一个真正的神。"

"或者只是一个疯子。"雷鸣对他说，"你知道妄想症吗？就是那种会让所有人都敌视的一种病，得这种病的人早晚会受尽折磨。这个世界没人会爱这种人，更别说信仰了。如果有人发现某人真的有什么力量，那人们巴不得这个人快点死掉，这就是注定的未来，所有人都会唾弃他，他永远不会快乐，因为他不知道，没有一个人能凌驾于自身之上。"

电光中，雷鸣蜷缩了起来，他的心脏一瞬间像是被什么捏住了，大脑似乎沉睡了几秒，他在幻觉中以为会永远这样睡去，但剧痛又唤醒了他，他抽搐着，看着自己的衣服上冒出了烟。这一下恰恰打在他生命的边界上，让他的灵魂恰好没有迷失。可这痛感却是实实在在的，他的头向沙里不停钻着，眼睛被电出了眼泪。

引雷师像吹枪口一样吹了吹自己的手指，他在雷鸣身边徘徊了几步，似乎欣赏着生命在手中的挣扎。

"这绝不是最疼的。"引雷师对他说，"因为真正的痛苦你从没有感受到过。"他伸出双手，像魔术师一般，像操纵着看不见的魔法球，随后，一道拱形的电弧从他手套边缘蔓延出来。他将手一挥，那半圈电弧正好卡在雷鸣的右腿上，像一个锁扣似的把雷鸣的腿固定在了地上。

那痛感让人无法忍受，雷鸣大声惨叫着，他想把腿从那电弧中抽出来，但一碰到电弧，皮肤就像被烧裂开似的。他感觉如果将腿抽出，就会被这电弧切割断，他按住那条腿，咬着牙，任由灼热的电弧烘烤着。

引雷师手向下轻轻一压，电弧又收缩了几毫米，雷鸣再次惨叫起来。

滚热的黄沙对他来说已经无所谓了，耳边的风声也不再是风声，而是不停地耳鸣，雷鸣的腿被电弧无情地切割着，他无能为力，只能忍受着。

这时，沙漠的远方传出了一阵动静，那声音就像一片湖泊一瞬间被炙干蒸发掉一样，又像亿万颗谷粒落在地上不再弹动。那声音虽然遥远，却很壮阔，引雷师转过头向声音的方向看去，远方的黄沙依旧，什么都没有改变。

引雷师转回头，继续看那黄沙上闪烁着的电弧。

但那电弧的下面，雷鸣已经不见了……

8. 新时代

苍鹰在沙漠上空飞翔，天色逐渐暗了下来。

引雷师的眼睛不停地转动着。

他的耳朵动了动，猛地转过身，身后什么也没有。

他向前走了两步，霍然旋转一周，四周很安静，无际的黄沙在沉睡中,他还是没有看到雷鸣。

他吞了口口水,眼睛继续保持着警惕,继续静听、寻找。

苍鹰在天空中发出鸣叫,他立刻向那声音看去,可只有那只鹰在不停地盘旋着,他抬起手来,瞄准了那只鹰。

这时,他脚下的沙子动了,接着,那片沙忽然扬起来,直向他扑去!引雷师发现了它,向后退了一步,沙子从他身旁掠过,引雷师立刻向下一甩手,一道闪电劈在扬起沙的那片地面上。

引雷师盯着那块地,那里没有动静了。

他小心翼翼地走了过去,用脚在那边沙子上蹚了蹚。

只是片沙子。

他耳朵又动了,身后又传来响声,他在回头之前便已引出了闪电,快速击向身后,又一片沙子冲他而来,就像谁拿沙子丢了他一把。可那沙子还没接近引雷师,便被围绕在他身边的无形电流罩打散了。

他用脚尖探着那块地,下面依然是黄沙。

他露出紧张的神色。

但随后,地上的沙子都不再沉默了。引雷师身边的一圈沙子都动了起来,这些沙子像变成了水在流动,围绕着引雷师旋转。接着,它们蹿了起来,如同被一阵龙卷风掀起来,刮起了旋转的沙浪,环形的沙墙紧紧地环绕住了他。

这沙墙似乎被一种无形的力量操纵着,逐渐缩小,向引雷师靠近。

引雷师看着这道沙墙,露出了震惊的表情。他大吼了一声,周身爆出一片蓝光,四射的光弧呈放射状爆开,冲进了沙墙中,引发出一声巨大的爆响。

电弧将沙墙震开了，这些沙子像被击毙了一样，立刻坍塌下去。雷鸣卧在散去的沙子中，咳嗽着。

引雷师瞪大眼睛看着雷鸣，他的出现就和他的消失一样诡异。

"你听我说。"雷鸣对他说。

"你干了什么？"引雷师甚至有点不敢靠近他。

"我这就告诉你。"雷鸣说着站了起来，可他看了引雷师一眼，忽然向边上一扑，又一片沙子从地上扬起来，把雷鸣裹了进去。

引雷师大吃一惊，赶忙挥手，将一道闪电打向了雷鸣，闪电直接击穿了那团沙子，沙团又是一散，雷鸣又不见了。

引雷师无法相信所见的一切，忽然觉得天空中似乎有动静。他抬起头，看到一团沙裹在离地几米高的地方，那团沙在天上旋转着，而雷鸣正在里面看着他。

引雷师彻底惊慌了，连连发出两道闪电，击向那团沙。而沙团中的雷鸣迎着闪电挥沙一挡，沙团马上就被这两道闪电震散了，雷鸣从空中掉下来，跌倒在地上。

"我说，我全说！"雷鸣坐在地上不断后退着，而引雷师则进入了一种不知所措的状态，他像是已经被眼前的事情弄蒙了。

"是我的电子蜜蜂。"雷鸣告诉他，"它们刚刚启动了，我让基地启动了它们，是它们衔着这些沙，你看，这技术难道不能算神迹吗？怎么样，这个技术也给你！都给你！"

引雷师把手攥得死死的，他不再想听任何话了，手臂运足了力气，一道闪电呼啸而出，直向雷鸣的头上劈了过去。而雷鸣则一个闪身，身体向后一倒，一片沙再次从地上将他席卷而起，升起一道沙墙，把引雷师再次围住。

引雷师被彻底惹怒了，他爆开电光，不知这是第几次将面前的沙墙击打得粉碎。

而雷鸣再一次奇迹般地卧在那散去的沙子中，依然咳嗽着。

引雷师看着他，已经说不出话了。

"我说实话。"雷鸣再次向后退缩，"其实我是叛军派来的，他们想要你的这种技术，所以想让我把你引过去，我现在把真相全告诉你。他们已经知道你了，我说，我们联手吧，引雷真的不算什么，他们能对付得了你……"

引雷师又试了一次，这次闪电终于劈中了雷鸣，他匍匐倒地，没有沙子再来保护他了。

"你……"引雷师已被雷鸣完全弄蒙了。

"我知道你不信。"雷鸣在引雷师的目瞪口呆中又奇迹般地爬了起来，"要不这样，你打一个电话，我和他们说。如果我说的是假的，你立刻杀了我，这是我活下来的唯一机会了，你是神，我明白，你还可以拥有更多力量，我承认，我愿意当你的仆人，我只是想让你知道，你还有其他敌人。"

引雷师向他举起了手。

雷鸣闭上了眼睛，嘴里依然喊着："就一个电话！打一个电话你就全懂了！"

闪电并没有劈下来，雷鸣慢慢睁开眼睛，引雷师在浑身发抖。

"你到底……"引雷师用颤抖的手指着他，"你到底……"

"我不想死……"雷鸣说，"你都不能相信我一次吗？"

"你到底要和他们说什么？"

"我会告诉他们你已经死了，就说这一句，你听听他们怎么回答，听到了回答，你就知道我有没有骗你……我已经累了……"雷鸣说，"要么你杀死我，要么让我将你送上神坛，这也是你的一个机会，你是一个神，都不敢试试看吗？"

雷鸣等待着闪电，但引雷师没那样做。

他的脑子似乎开始混乱了，摸了摸口袋，掏出了一部手机。

雷鸣看着他，他也看着雷鸣。

他点按了几下，电话终于接通了。

引雷师将电话抛到雷鸣面前，手套上的电弧在闪烁，随时都可能发射出来。

但雷鸣没有将电话拾起来。

"喂？"电话里的人发出声音。

雷鸣呆望着它，什么也没说。

"为什么不拿起电话？"引雷师警觉起来。

就在这个时候，雷鸣后颈的芯片运作起来，它顺着电话信号，在空气电中，就像找到了一根绳子，顺着绳子去了另一个方向。

雷鸣向那方向望了一眼，"原来他们藏在沙漠下面了……"他笑着看向了引雷师。

引雷师几乎被这话震到了，他愣在那儿，风在他身旁徐徐穿过。

紧接着，引雷师发出像被羞辱般的大叫，他挥出手臂，一道粗犷的闪电在他两手之中喷射而出，他扭曲着满脸的狰狞，双手运着那道闪电，像在用一把锤子，直直砸向了雷鸣的头顶。

闪电像撕开了风，像在空气中燃着了似的，完全劈在雷鸣的头上。那闪电穿透他的身体，爆在他身下的沙漠上，沙漠随后如同喷出了火焰，沙子四处飞溅起来，像大海掀起了巨浪。

而雷鸣却一动不动，他依然看着引雷师。

引雷师像化石一般凝住了，他眼睁睁地看着雷鸣在他面前消失了。

假的！投影！

引雷师的表情瞬间由震惊变成了愤怒，他这才意识到，原来雷鸣一直都在演戏！原来这个雷鸣只是个投影罢了！

事实正是如此。两排微小的电子蜜蜂正在不停投射，它们已经布满在电场的范围内，由雷鸣后颈的芯片指引着，衔起沙子，制造沙墙的假象。它们根本就不惧怕闪电，那些闪电只是为它们补充点能量罢了。而这些电子蜜蜂早有一批已经飞到了几公里之外，在城市的边缘，那里也出现了几个投影，巨大的投影正面向城市，面向着街上抗议的人群。画面上正是引雷师此时此刻那惊恐的面孔。

那张屏幕滚动着数据，电信号已经找到了叛军的总部，他们的资料网已经暴露了，屏幕上展示出了混入游行队伍中的叛军脸孔，而这信号也已发射到了马里的军方，锁定了叛军基地的位置。这一刻，那些伪装成平民的叛军也看到了屏幕，他们意识到暴露后便惊慌起来，停止了继续制造暴动，开始纷纷逃离人群。而游行的人也发现了这一点，他们很快比对出身边的叛军，那些人的惊慌逃窜已经说明了一切。理性迅速占领了上风，人们开始平静下来，流行队伍很快开始自行解散，甚至有些人开始帮助警察去抓那些逃窜的叛军。

等雷鸣再出现的时候，他依然浮在一片沙雾中。

引雷师已经完全丧失了理智，他一次次地用闪电击向那幻影，他叫骂着，挥霍着。可雷鸣已不再配合他继续演下去了，他的闪电也再震不开衔着沙粒的蜜蜂，电直接被它们吸收了进去。

引雷师终于精疲力竭地垂下了手，他看着天上的雷鸣，"你这个骗子……"他眼中还闪烁着不断熄灭的火焰。

"那句话怎么说的来着？"雷鸣对他说，"欲使人灭亡，必将先怎么来着？"

引雷师大叫了一声，他再次爆起闪电之雨，可这次什么作用也没有了。电子蜜蜂本身就是一个个的纳米蓄电池，这些闪电立即就被自动吸收为存储的电力了。

引雷师手套上的标记灰暗下来，只剩下了半格在闪烁，但他似乎还在被自己的妄想左右着，还沉醉在神的梦想里。他又将手伸向了天空，企图再吸满电力。但沙海已像云一样汇集在他的头顶，高空电被遮挡住了，他无法得到天空上的电了。

沙子迎面向引雷师散落下来，这是雷鸣对杨石老师的祭奠。那些小电子蜜蜂落向引雷师，撞在他的身上，释放出了刚刚储存好的电。引雷师开始尝到了自身的力量，他在那些击打他的电弧中一步步后退着，惊叫着，承受着每秒上万次的电击。

他倒了下去，趴在地上，半睁着眼睛，无神地看着空中的雷鸣。

这时，远方传来汽车的行驶声，一队军车正向这里驶来。

引雷师没再爬起来，他哆嗦着，看着自己手上那副神迹般的手套，又看了一眼雷鸣，发出了一声自嘲般的笑声，接着，他接受了命运，将手按在了自己的额头上。

一道电弧过后，世界上的第一个"雷神"死去了。

沙漠恢复了平静，雷鸣也在天空中消失了。

在一片不起眼的地方，那沙漠上的一片沙子中，就在引雷师死去的地方附近，露着一个人的鼻子。沙子向两边滑开，雷鸣从那儿钻了出来，他用沙子掩盖了自己，那条被电烤的腿依然通红。

军车在他身边停下，叶向楠从车上下来叫着雷鸣的名字，但那声音已变得模糊了。雷鸣看着他跑来的影子，慢慢闭上了眼睛，躺了下去。

叛军终于被端掉了，他们的基地也暴露了。他们一直都躲在撒哈拉沙漠底下，那几十米深的巨大基地一直垄断着这里的地下水，不过那已经是过去了。

现在的撒哈拉沙漠已看不见黄沙了，这里充满了绿洲，数百条江河汇集，农田布满大地。有时候，人们能看到雷鸣在那夕阳下挥舞着双手，千万亿只电子蜜蜂就在他手中劳作着，一粒粒衔起沙子，搬运到空中，露出生机勃勃的大地。那些沙子被电子蜜蜂们输送到高空，再由高空电引到大西洋里。

马里开始变得繁荣起来，成为一座新的大都市。

而杨石老师的夙愿终于达成了，雷鸣知道这也许是一个艰难的开始，但无线发电站终于再一次大放异彩。他看着人们脸上的笑脸，再看向远方，自己也笑了。也许在他戏剧化的人生里，还有很多事情在等着他，他说不出来，他知道困难总是会有的，但美好也总会有一个开始的地方。

广袤的撒哈拉沙漠被彻底搬空了，沙漠的存沙量之大让人惊叹。它们被搬进大西洋，竟在深海中生生填出了一座岛屿，后来这岛上也通了空气电，成了一座地标性的旅游胜地，很多人蜂拥而来，感受着岛上各种新奇的玩意儿。

一个时代结束了，另一个时代来临了，也许未来还有更多的不确定，但人们没有忘记曾经的阵痛和磨难，他们迎向新生活，世界总是向前的。

夕阳在那岛上落幕，雷电岛又要迎来它新的一天。

>>> **作者简介**

房泽宇，科幻作家，时装摄影师。酒醉时披上黑色幽默，在舞台上演一场荒诞的秀。代表作有《向前看》《青石游梦》《梦潜重洋》。

光伏英雄

- 七格 -

毒日在上。

无弋爱剑自信可以跑得比战车快，但没想到秦帝国最近配备了骑兵。该死的斯基泰人，他们什么都卖，从奴隶到镶金头盖骨酒碗，现在连战马都卖给秦人，这下倒好，跑得再快也搞不定了。必须另外想办法。投石袋里的石头已经用完，弯腰去捡已经来不及，口干舌燥，眼冒白烟，很想捧口水喝，但身后追兵离自己只有二十米不到，唯一的生存之道，显然就是正前方的那个山洞。山洞很小，如果能及时钻进山洞，对方就只能下马跟进来，如果无弋爱剑在前面猫腰放个臭鼬屁，对方也只能默默吸进去吧。之后事情就好办了，他们钻进来一个，就用投石索勒死一个。但要是对方不进来，在外面射箭怎么办？那就需要有岩石作为掩护。那要是烟熏火攻呢？要那样，山洞就必须另有出口，能让自己悄悄逃走，那山洞后面应该配一条天然暗道，最好钻出去后，还能在路边喝上一碗甜醋……

王撞想到这里，终于自顾自地笑了起来。这些日子他也是昏头了，整天陷在白日梦里，没事就想自己拍个电影，当个导演，拍羌族当年领袖无弋爱剑如何从秦帝国首都雍城一路逃亡出来的故事。王撞当然不是什么导演，也没什么艺术细胞，最多就是在无聊的日子翻翻历史书。但最近这段日子他的确陷入精神恍惚之中，因为李泡儿他们的研发团队搞定了太阳能光伏板。太阳能光伏板，就是用多晶硅材料研制成的平板，放在大太阳下，一大片一大片的，可以把太阳能转化成电能。这不算什么新技术，农民牧民家屋顶上装的太阳能热水器，都有这样的装置。只不过这儿面积铺得大，几十万块光伏板，按二十二块一组用单平轴串成阵列，随着太阳方位角而转动，活像一大片处于开花阶段的向日葵。

但这一次不一样，李泡儿他们把太阳能光伏板的光电转换效率提升到66.6%。这就闹大了。因为目前全世界能做到的转换率，量产的话，最多也就25%，通俗地说，就是光伏板每接收一百个单位的光能，只能转换出最多四分之一的电能，剩余的不是被弹回到空气中，就是损耗成了热能。以前，每年能提升一两个百分点，已经算是重大科技进步了。这下好，猛然间光电转换效率提至3倍，这还是人干的吗？这不明摆着要去拿诺贝尔物理学奖了吗？王撞想到这里，不笑了，因为这还真有可能。要真能把光电转换效率提至3倍，这意味着李泡儿他们团队另辟蹊径，用人造叶绿体这种生物工程技术，真的实现了本来该用物理工程搞定的目标。从王撞目前掌握的情报看，李泡儿他们研发的人造叶绿体，不仅能吸收阴天和多云天气的散漫射光，连晚上的月光都不放过,甚至红外光和紫外光,也能一网打尽,技术工艺上实在是扎心透了,他们要是再努力一把,继续把光电转换效率提到80%以上,全世界搞固态物理的都要来朝圣了。王撞认为朝圣的事情很可能会发生。因为自然界的叶绿体本身效率是很低的,再加上自然界的叶绿体不仅要把光能转化成电能,还要进一步把电能转化成化学能;但人造叶绿体就没那么多麻烦,它们激发出自由电子后,把产生的直流电汇聚起来,往王撞负责研发的储能逆变装置这里一送,就算大功告成,就可以写论文申请诺贝尔物理学奖了。如今这个奖,门槛越来越低,越来越偏向应用物理,所以李泡儿要是摘了那奖,在王撞看来一点不奇怪。

麻烦就麻烦在不奇怪上。本来,王撞负责的储能装置,技术储备上一直遥遥领先于李泡儿他们的。王撞团队研发的固态锂空电池,已经能把能量密度提高到每公斤五百千瓦,几乎可以说,李泡儿他们那边供应过来多少电,王撞他们就可以收下多少电,更何况在实际运用中,还要分出很大一部分电,直接供应到下游的龙羊峡水电站。所以王撞那段时间,每天都乐呵呵的,有事没事跑到隔壁团队转一圈,还特别乐于助人,帮忙指点这个指点那个,毕竟在固态物理这方面,他虽然跟不上新技术,但老本还是有的。再说,双方也不是竞争团队,而是上下游关系,帮好上游,也对自己下游好。更重要的是,集团已经把他这位首席科学家申报上去了,应该很快就能成为中科院院士。这是王撞这一生想得到的最高荣誉,为此他觉得自己必须豁得出去,让自己平易近人一些。也怪他平时太嚣张,上不尊重集团领导,下不体谅翻班工人,在技术研发上专制霸道,在日常生活中独来独往,这会儿快当上院士了，再这副样子给科技史留下遗憾多不好。所以，王撞决定必须给方方面面留下好印象，要改变自己，努力把情商翻一番。另外，好马配好鞍，王撞寻思着也得给自己找个老婆了。毕竟岁月不饶人，五十岁的人了，可以歇口气了，再这么忙乎下去，可能就真没孩子了。王撞一直想有个孩子，男女无所谓，但得有一个。他看过一本书，书里说，要孩子这事不是我们人类的需求，是身体内基因的需求，基因要我们去想，生一个孩子吧。王撞看完这书，心想还基因想呢，它们也有脑子？就我王撞自己想，想要个孩子然后等他懂事了告他：嘿，我是你爹！

但眼下这事越发没法收拾了。都怪自己前阵子太乐观，放松了对锂硫技术、碳纳米管和富勒烯等各种替代方案的研发，不然，这会儿自己还有几手牌打。现在好，要是李泡儿那边中试成功，真开始进入量产，那么从太阳能那里进来的直流电，储能装置根本吸收不了多少，逆变成交流电后，它们全都得喂给下游龙羊峡水电站。阴雨天也就罢了，光线不足，光伏发不了多少电，可要是轮到晴天，尤其在夏天，水电站那边根本不需要开闸放水，直接就可以把源源不断收到的光伏电加高电压后，再转手输送出去。要是这样，第一，水库水位会很快升高，对防洪不利，只能在白天开闸泄洪；第二，大量光能和水能被白白浪费，当作弃电扔掉，非常可惜；第三，晚上光伏系统不能发电，白天储能又不够，于是晚上依旧无法对水电站的输出用电进行调频调峰，提升用电品质。

除非王撞能在短期内把储能装置的能量密度也提升几倍，跟上李泡儿他们的节奏。

但这谈何容易啊。

整个黄河集团现在都看着王撞，就跟木桶原理一样，大家永远注视着最短的一块桶板，因为水可全在它那里漏了。这段时间，领导不管大小，看到他王撞都来一句，王撞啊，接下来就看你的了，不要有压力，我们都支持你。说完，就都一溜烟跑李泡儿那儿嘘寒问暖去了。王撞心里清楚，龙羊峡水电站为了配合李泡儿的技术突破，已经决定提前扩容，加装两条光伏输入和一条高压输出。大批中外媒体记者也正在源源不断赶来，幸好集团早有准备，充分安排食宿，吃好喝好，就不给他们进来采访，免得干扰中试进程。总之这么一来，王撞这中科院院士的头衔啊，悬了，他意识到李泡儿正在取代他的位置。他也想奋起直追，扩大储能实验对象，连常温超导储能这种超出他能力范围的方案都考虑了，但全都无功而返。唉，如果上天再给他二十年，是的，二十年，王撞认为只要再给二十年，让他从头把凝聚态物理好好钻一番，今天就不是这局面。然而，科学竞争太残酷，真的是太残酷，和爱情竞争一样残酷，前后只要差二十年，你就没希望得到皇冠上的明珠，或者心目中的爱情。

王撞这么胡思乱想着，一不留神走到果园里。现在正是晚春季节，梨花正和榆叶梅花一起，将白色和红色的花瓣溅满蓝天。等王撞意识到这一点，他已经在满树的花瓣中失去了视觉焦点。好吧，王撞心想，路已走到尽头，我也尽力了，我交枪，我投降，老天你就借黛玉把我当花瓣给葬了吧。

"王工，你在这儿啊，找你找了半天。"

王撞以为谁呢，回头一看，是李泡儿。这个女人这个时候来找自己干什么呢？是来奚落自己吗？那也应该找个大庭广众的地方啊，这满树梨花的、榆叶梅花的，白白红红，星星点点，多不配合啊。

"我给你带了件东西。"

"我不饿。"王撞低头瞅了一眼她手里提溜的那玩意儿。就一个保温桶似的东西，个儿还挺大，不知道李泡儿这一招玩的是哪出，难道想好酒好饭施舍与我？

"这是我部研发的储能装置，您老给把把关。"

王撞一脸疑惑地打量了一下李泡儿。没错，是她，四十岁的女人了，保养得就跟没结婚的姑娘一样。不过话说回来，人家的确没结婚，也没孩子，王撞暗恋她也不是一天两天，但偏要在面子上做出爱理不理的样子，平时见面打招呼也是随随便便，仿佛根本看不入眼。本来，王撞想着拿到院士头衔后，再改变态度，可以自信满满地提出一起去看场电影，庆祝一下什么的，这样的借口既体面，又藏着小秘密。可现在这局面，尴尬啊，憋屈啊，提不出口啊，没羞没臊。

见王撞一副魂不守舍的样子，李泡儿就接着继续解释："王工，别多想，没别的意思，就是在研发人工叶绿体的时候，意外发现反常量子霍尔效应用在常温超导上，特别适合你这边的项目，就顺带着做了个试验品。你看一下，要觉得可以，回头我把数据和技术文档都发你一份。嗯，拿去吧。"

李泡儿将保温桶似的超级储能器给王撞递过去，他下意识朝后一躲，脑袋撞树干，落了一头的梨花，也落了李泡儿一头。不过他看不到自己的狼狈样，就冲对方笑了。

"瞧你这一头梨花，哈哈哈。"

李泡儿也被王撞一头梨花的蠢样儿给逗笑了，两人分别拍掉花瓣。王撞接过储能装置，然后问了李泡儿一些技术细节，李泡儿回答得都在点上，显然，这不是一个玩笑。王撞的神色渐渐凝重起来。

两人回到储能装置实验室，王撞将电子门反锁，接好电源和数据线以及各类仪器装置，对李泡儿的这个超级储能器紧张地测试起来。结果非常神奇，储藏的能量密度比原先提高了足足一百来倍，达到每公斤五万瓦。

王撞惊喜得连连怪叫，甚至像个孩子一样，在实验室里上蹿下跳。这数据太猛了，就算青稞酒喝高了吹牛，也不敢吹到这分儿上啊。但最终王撞冷静了下来，他意识到，这不是他的科研成果。他慢慢坐回到工作椅上，这把椅子和他一样年代久远，都在这里服务了整整三十年，这一刻，他感觉自己和椅子年纪又各自加了三十年。

"祝贺你，人工叶绿体，超级储能器，任何一个，都足以让你当选院士了。"

"我想……把超级储能器这个成果，让给你。"

"啊？"

"你要做的，就是保密。回头我把所有实验数据和技术文档都发一份给你。这个事情有些意外，但你最好接受，好，就这样。"

王撞愣住了，但他很快反应过来，一下子从椅子上跃起，拦住李泡儿的去路。虽然对方是自己喜欢的女人，但这个节骨眼上，王撞已经无所谓保持风度了。

"慢点慢点。李工，你到底想干吗？"

"王工，事情很简单。我们是一个战壕的，虽然一直在竞争，但也一直在合作，我们是上下游关系。你帮了我们很多，没有你每次去我们那里现场指点，我们不可能取得那么大的进步。这是一个补偿，我欠你的。"

"李工啊，你欠我什么了？你听着，我们都是科学家，用不着像街坊邻居之间你来我往。你的就是你的，不是我的就不是我的，科学不是请客吃饭！"

"但这些发明，不是你的，也不是我的，是我们人类的！"李泡儿也光火了，她身体前倾，逼得王撞后退靠住了门。李泡儿虽然进实验室时换下了高跟鞋，但身高一点不比王撞矮。她手撑着王撞背后的门，几乎是脸贴着脸对着王撞低吼。

"冥冥之中，自有上天。上天以我为中介，发明了人工叶绿体，又以我为中介，发明了超级储能器，但是上天也说了，要我和你分享。你可以和我过不去，但不要违背上天的意志！"

王撞起初被对方的气势汹汹给压制了，但很快就回过神来。什么上天的意志，他王撞从小到大就没信过这类破玩意儿。这李泡儿，说什么胡话呢。

"李工，我们不扯这些好吗。这样吧，你要是有什么不方便，我可以代劳，我帮你去申报这项发明。我科研上不如你，但做人不会输。"

"中科院院士的头衔你不想要了？"

王撞愣了一下，但很快一股子愤怒在内心积聚。他将对方手臂慢慢用力掰下。五十岁的人了，像一个少年，涨红着脸，说话声音都气得发抖："士可杀，不可辱。收回你的发明，走吧。"

"王工，我知道你一时没法接受，但我相信人类的进步不是在于个体，我们不过是些参数，类似xyz，上天要把数值代入哪个参数，对上天来说是随机的事，但对我们来说，是命定的事。"

"你是说，谁发明什么都是命定的？"

"对，上天选择了我们。"

"那上天为什么不选我？"

"因为……你脾气太臭。"

"那上天又为啥不把两个发明都归你名下？非要分一个给臭脾气的？"

"上天说了，要共享。"

"那你人呢？肯共享吗？"

"你要吗？"

"你……"

"你要，明天就可以领证。"

王撞闭上眼睛。他本想说一句无耻的话，让李泡儿回他一大嘴巴子，这样就结束了，没想到，对方比自己更无耻，女神形象瞬间如花瓶遭液氮兜头一浇粉成渣。他怒火攻心，恨不得一拳将面前这女人打飞，但又尚存一丝理智，他怀疑李泡儿是不是连续搞定两大发明，整个人太兴奋，有些精神失常了。科学上任何现象找原因，都要遍历一切可能性，这事情也一律。王撞决定帮她一下。他克制内心的怒火，哆嗦着掏出手机，打算跟领导说明一下情况。

但李泡儿接下来的举动，彻底凉了他的心。

"你不是一直暗恋我吗？可以啊，我满足你。"

迎着对方挑衅的目光，王撞只挤出一个字：

"滚。"

三天之后，王撞一人出现在沱沱河流域。这里一年只有十六天不下雪，漫天飞雪中，王撞开着越野车到处瞎转。他决定在这茫茫天地里，缅怀自己一生，然后尽力把脑海里的羌人电影拍完，从此再不和人类世界有任何瓜葛。现在他开始承认，那本书说得对，一切都是基因做的怪，让他在李泡儿面前丢尽了脸。他如此骄傲，怎可能喜欢上这样一个没有底线的女人。王撞承认她长得好看，气质出众，身材高挑，但这些都是基因在引诱他产生兴趣，事实上他没有兴趣，他的兴趣只在于想要一个孩子。而现在对孩子的需求，看来都不过是来自基因的呼唤，而他王撞，不过是一具五十岁的皮囊。为基因辛苦打工五十年，他一事无成，最后被一脚踢开，来到这无人的沱沱河流域，打算自生自灭，成为没有完成基因暴君规定任务而必须被毁灭的一件废品，并且，报废走的还是自助流程。王撞想到这里哑然失笑，他第一次意识到人在脆弱时的一切奇谈怪论，都可以千真万确。

沱沱河这里信号不好，王撞收听的广播电台里，关于人类第一次拍摄到黑洞的新闻内容时断时续。不过王撞也是心不在焉，否则他也就不会注意到车窗外面不远处，一架巨型客机在满天飞雪的掩护下正在垂直降落。王撞现在满脑子都是无弋爱剑逃出生天这场戏，他还想着拍完后，他作为导演应该和扮演无弋爱剑的男主角一起，找家小吃店一起喝些甜醅。所以，当巨型客机停在正前方迫使他踩下刹车时，他才慢慢反应过来，开始判断这是白日梦产生的视幻觉，还是现实中的真实发生。

巨型客机的舷梯放下，下来一个人，朝着王撞这里迎面跑来。近了一看，浑身裹着兽皮，赤脚，手拿一根投石索，妈呀，一个羌人！王撞揉疼了眼睛，又快速心算了几个经典拉普拉斯变换，确认自己大脑正常，没受雪花干扰产生幻觉。这时羌人跑得很近了，大灯照射下，王撞看清楚了，非但是羌人，还正是自己脑海里日思夜想的无弋爰剑。无弋爰剑隔着窗，比画着，嚷嚷着什么。王撞忽然有一种悲天悯人的感觉，觉得自己要把他救上来，太多人要杀死他，他的命运和自己的命运是紧紧捆绑的一个人。

王撞熄火，打开车门，下车，紧紧地把无弋爰剑抱自己怀里，他听到对方像娃娃一样的哭泣声。是的，这是白日梦，但却是所思即所得的白日梦，如果这一切是假的，那么就让它永远假下去吧。王撞努力把自己想象成真正的导演，善于鼓励对方，说他演得真好，公元前452年的无弋爰剑就是这样的，走投无路，举目无亲。

这时手机响了。王撞懊恼自己没有把它调到静音模式，他掏出手机一看，是龙羊峡水电站的值班工程师桑吉打来的。桑吉人不错，机灵、懂事，任何技术难题，一教就会，王撞很喜欢他，经常给他出技术难题，让他苦不堪言。现在这半夜三更的，桑吉竟然打电话给他，难道上个月布置给他的高度平行密度泛函理论代码写完了？人才啊！

电话接通，不是代码的事，而是厂里出现了怪异情况：光伏阵列那里正在朝他们发电厂输送电流！但人造叶绿体还没上线，可现在是深更半夜，阴雨连绵，太阳能光伏板怎么可能会在没有光照的情况下工作？

王撞让桑吉立即把数据传送过来。通过手机上的内部软件，他很快看到了无数麻花棒一样缠绕滚动的曲线。王撞一眼看出了古怪，这不是正常的三相交流电信号，正常的三相交流电信号不可能叠加如此大量振幅、频率、相位不一致的正弦曲线。

王撞见多识广，单手从手机里调出一个他自己编制的外挂程序，将这堆乱哄哄的曲线输入，很快，相位谱和频域分布就梳理出来，最后在傅里叶变换下，形成时域波形曲线显示。王撞没时间仔细看，因为他还要用另外一只手拍无弋爱剑的背，安慰他，所以他选择播放声音，用耳朵听分析出来的波形结果：他听到的不是各种耳熟能详的啸叫，而是一段陌生的人类语言，正在循环播放。

"……命体，我正在向你广播，请你立即将无弋爱剑，还有你自己，带上飞机。否则，时空相变不可逆转。"

重复："我是另外一个世界的生……"

王撞立刻检查了手机，发现信号源的确来自这段时域曲线转成的声音信号。他摁掉手机，推开无弋爱剑，开始认真观察起离他不远的那架巨型客机。在越野车的大灯照射下，隔着漫天飞雪，王撞依稀能看清那个庞然大物，活像一头浅白色的蝠鲼。

王撞意识到自己如果不相信鬼的话，那就得相信发生了一些经验世界以外的大事。他听说过时空相变这类奇谈，以前在大学念书时，那几个搞理论物理的同学，天天就吹这个。王撞从小不信怪力乱神，对什么平行宇宙、回到过去这类物理猜想更是嗤之以鼻，认为都是民科，乃至双生子佯谬起初他都不信，直到学了广义相对论，面对闵可夫斯基坐标系下明明白白的几何证明，他都要在草稿纸上用代数方法验算一遍，才不得不服气爱因斯坦的理论。现在，他敢打赌，在猛拍了自己三下脑袋，疼得不想拍第四下之后，他必须确信周围这一切都是客观真实的。因此，作为一名科学家，一名走投无路的科学家，一名失去爱情、事业和尊严的科学家，就应该听从来自另外一个世界生命体的喊话……

巨型客机客舱一共有五百个座位，但客人只有两位。舒适宜人的温度让王撞和无弋爱剑不仅感到了安全，也感到了饥饿。过道上不失时机推来一部自助式餐车，王撞立刻找到了早就想吃的甜醅。这餐车也是入乡随俗，给的餐具也是大碗，不是那种小家子气的航空塑料杯。王撞毫不客气地给自己满满倒了一大碗，又给无弋爱剑来了一大碗，两人互相对视一眼，哗啦哗啦就连汁水带青稞都喝了个精光。哎呀妈呀，这趟旅行可值了。两人连着又各自喝了三大碗，才抹了嘴巴打个嗝，心满意足。王撞想，从现在起，才算是美好一天的开始。让李泡儿、"中科院院士"和超级储能器见鬼去吧，他王撞要和地外生命接触了，人类，你们这些渣渣，我不跟你们玩了。

那个生命体这回直接接驳上巨型客机的客舱广播，和王撞沟通上了。生命体告诉王撞，他们来自高幂宇宙，高幂宇宙对我们这个低幂宇宙来说，就像是 x 的立方对 x 的平方，他们可以和我们分享一部分三维或四维世界，但需要通过一些特殊的方法，比如借道下同调链，沿着纤维丛中某根纤维嵌入我们的宇宙里，就像他现在做的这样：先嵌入 2019 年黄河公司光伏系统的逆变器里，接着嵌入 2029 年上飞巨型客机系列 D919 的广播系统里，当然同时他还嵌入公元前 452 年的一个山洞里，把无弋爱剑带到了这里。

王撞很好奇，问他为什么在不同时空分别嵌入？这是来旅游还是来考察啊？生命体模仿人类笑声发出一阵类似打鼾的声音，说他是来工作的。他是第三高幂宇宙文明标定局的标定员，工号五十三。他们的工作就是给第五十二号梅森素数以下的低幂宇宙进行文明标定。做法很简单，就是给那些宇宙里所有大型黑洞进行量子纠缠标记，一旦有某个黑洞吸积层发出的光子被遥远的某个低级文明捕获并识别成功，那么他们那里就会得到一个量子反馈，于是他们就会派标定员去那个低幂宇宙的那个时空点去标定文明等级。这就类似人类勘测地形时画的等高线图一样，高幂宇宙也需要文明等高线图，方便他们对整个宇宙链系统地管理。

但是这次地球文明传回来的数据表明，这个文明在良性维度上的得分是负的，也就是说，它相当于一个人体的原位癌，搁以前，这样的原位癌基本就是定点清除了，但现在第三高幂宇宙文明标定局发明了一种新技术，可以在不影响整个时空环境的前提下，通过对当地文明科技树的表观修饰，将原位癌改成良性的，这就是他这次来地球分别采样公元前 452 年、公元 2019 年、公元 2029 年这三个时空单位的原因。他要把它们编成一个三联子，然后进行表观修饰。处理完成后他将原路返回，并把这次造访拓扑映射成是王撞自己的白日梦，这样整个地球的时空图会完全兼容这次造访，而不会产生任何逻辑悖论。

王撞抓住重点，问对方地球有什么问题，以及成了原位癌，要怎么个表观修饰法。

五十三号标定员回答：人类太依赖交流电技术，这制约了人类在电的储存和传输方面的科技发展，于是就不会选择在太空建造戴森球，并尝试全人类共享直流发电与直流无线传输的技术；相反，人类就会继续长时间依赖石油和页岩，并因抢夺能源爆发战争，这影响了地球文明朝健康有序的方向发展，而一旦地球文明再度衰落，那么低幂宇宙的文明等高线就要重新标定，进而波及全局，导致整个低幂宇宙文明被地球文明拖累，最终无法演化导致文明终结。

所以现在一切取决于王撞愿不愿意接受李泡儿的馈赠，将超级储能装置的发明归到自己名下，从而带领全人类走上健康发展的科技树。

王撞想了想，提议要看一下未来地球文明的发展景象。因为既然对方这么牛，可以在时空线上穿梭自如，那么要满足一下他的这个要求，应该也不难。

五十三号标定员想了想，同意了。

于是王撞看到了未来，他久久沉默了。

王撞最后问五十三号标定员，为什么不能让李泡儿一个人完成这项任务。

对方回答说：本来他的确想这么安排，所以他把研发人造叶绿体和超级储能器的灵感，全给了李泡儿。但没想到的是，李泡儿的自由意志非常强壮，超出了他的编程范围。李泡儿认为这种冥冥中的天意，是上天的馈赠，她一人独揽是非常不公平的。她清楚你王撞在这两个项目上付出的心血,也清楚你很想拿到中科院院士,她一时母性情感泛滥,我竭力想干涉,但根本不行,因为干涉太厉害会导致时空相变失控,所以我只能看着她来找你,希望你能同意。没想到你是个臭脾气,还让人滚,简直就是科学界的极品人渣。"

"那她喜欢我吗?"

"跟你一样,非要一直做出不喜欢的样子。"

王撞深深吸了一口气,靠在太空式舱椅上。

身旁,无弋爱剑已鼾声如雷。

这架 D919 巨型客机的动力,来自十组直流固态硅基动力电池,起飞最大推力超过 600 吨,最大单飞航程 2100 公里,另有两组备用电池,可不充电续飞 430 公里。由于采用无噪直流电刷技术,飞机在飞行时悄无声息,只有外面一圈活动裙翼在高速气流中微微波动,实时进行着飞行姿态微调。

七年之后,整个人类世界发生了翻天覆地的变化,在中国大城市市区的任何一个游客,都会惊讶地发现在这里看不到电线杆,直流电无线传输成了主流方案,配合上风能、水能与地热能,干净能源成了城市标配。核裂变电站不再新建,石油价格更是一落千丈,人们再也看不到加油站和油罐车,快递行当里倒是出现了一个新职业:送电员。他们负责将桶装水般大小的超级储能电池罐,送到无线传输暂时还送不到的偏远地区。用户只需将用空的超级储能罐换下,把新的储能罐装上去,打开安全开关,就能维持全家一两个月的电量需求。由于算下来这样用电要比用交流电价格便宜了将近三分之二,很多农民都索性把电闸拆了,免得一不留神开错开关。这样的局势下,很多传统发电厂要么倒闭,要么设备升级,加装反向逆变器,把生产出的交流电再转成直流电,并依靠地方政府补贴卖给国家电网或地区电网。他们唯一剩下的交流电业务,就是生产少量的无功电量,帮助有些还没产品升级的工业用电大户的电动机转起来。另一方面,电商业务已经在全国各地铺开,"江浙沪"一带由于习惯包邮,让那里的传统发电厂更是苦不堪言,不少从业人员目前都已改行做起了送电员。

王撞和李泡儿分享了当年的诺贝尔物理学奖,他们都很谦虚,说这不是他们的贡献,是上天启示了他们。他们说的是实话还是客套话,人们都无所谓,反正王撞如愿以偿地成了中科院院士,李泡儿次年也成了院士。

然后他们决定结婚。李泡儿浑然不知前因后果,只认为这一切都是上天的安排,让两个死倔脾气的人终成眷属。王撞其实也好不了多少,他把所有经历的一切,都当作自己那晚在沱沱河边上的白日梦幻想。那天,五十三号标定员让 D919 在无人区低空盘旋了一大圈后又原地降落,将王撞送回车内,接着再启程,把无弋爱剑推前到公元前 452 年的山洞,最后又拉回到公元 2029 年,把 D919 还了,然后才返回他的高幂宇宙,向局里递交工作简报。局里验收下来,标定合格,表观修饰合格,但需要封存观察十个地球年。

王撞和李泡儿虽然情投意合,但两人脾气都还是老样子,工作中就没几天消停,吵吵嚷嚷之间,竟又把超级储能电池的能量密度推进了两百倍。现在，他们不仅参与了电动飞机D919的设计制造，还开始了太空太阳能光伏技术研发。他们经常在实验室或者研讨会上进进出出，有时打情骂俏"撒狗粮"，有时针锋相对拍桌子，怒起来摔门而去也不是没发生过。集团领导也不大好劝，有一次某领导见李泡儿被王撞骂哭了，心下不忍，就单独找王撞做思想工作，结果做了一半李泡儿找上门，硬把王撞拉到电影院陪她去了，从此他们夫妻吵翻天都没人管。

岁月不饶人，老夫老妻的铁树就是不开花，幸好有人工授精技术，很快他们解决了这个问题，即将迎来属于他们自己的孩子。不过幸福归幸福，工作管工作。在D919最后一次试飞时，挺着个大肚子的李泡儿不想失去亲自获取数据的机会，非要登机，结果在飞行时早产。D919配的是新型矢量发动机，在姿态调整器的协助下，飞机紧急降落在青海湖边，李泡儿被立刻送到当地牧区医院。有惊无险，王无敌呱呱坠地，降落人间。王撞心急火燎赶到，孩子冲着他哇哇一顿说，发音之古怪，吐字之拗口，语法之复杂，令在场接生的医生护士都莫名惊讶，纷纷夸赞这孩子天赋异禀，遗传结晶。只有王撞忽然想起了什么，是的，七年前，有过一名羌人首领，名叫无弋爱剑，说一口谁也听不懂的古老语言。这些年，他已经慢慢从他构思的电影里淡出，这一刻，仿佛让他又想起了什么。

转眼王无敌三岁了。人类成立了太空联合总署，准备绕着地球，在外太空建造一圈环形光伏带，到时候，地球就会像海王星一样，有一条细细的带子，这条带子上的人造叶绿体光伏板，将会跟着地球自转一起旋转，可以一年四季不间断向地球输送电力。输送方案的核心部分，就是超级储能装置，但这个时代的人类已经放弃了固态容器，转而采取科幻作家刘慈欣提及的宏电子球状闪电技术，并参照土族盘绣编织结构，将产生的直流电全包裹在高速旋转的等离子气态壳里，再将之朝地球地面上相应的球状闪电接收设备推送。一般这样的推送每隔 24 小时来一次，届时在青海格尔木上空，人们会看到一枚闪亮夺目的电光巨球，自天而降，以流星撞地球般的速度冲入接收设备的大口里，然后再通过无线输送技术，向周边地区和其他国家分发本次收集到的电能。虽然目前还在中试阶段，但由于球状闪电过于绚丽，过于梦幻，以至于格尔木虽然成了禁飞区，但驾车前来观摩奇景的游客络绎不绝，害得当地牧民无法好好放羊，只能改行开旅社。

李泡儿一年中大部分日子都在太空，忙着督造这个环形光伏带一期工程，家里就基本扔给王撞去照顾。王撞也乐得不上去，他有恐失重症，一到太空环境就慌得一批。再说，他老来得子，更是巴不得整天都围着孩子转，哪怕在设计球状闪电输送测地线时，他都是一手抱着孩子，一手写着张量方程组。虽然王无敌这孩子自打第一天开口作惊人之语后再也没有学会过一句人话，但王撞不在乎，老话说得好，开口越晚，就越金贵。而且王无敌打小就有过人之处，别的孩子爬时他就会走，别的孩子刚刚能走几步他已跑得贼快。等别的孩子学会跑时，他早就能从这棵树跳到那棵树了。王撞心里又是担心又是得意，决定以后让他参加一个体育奥运早教特训班，结果在李泡儿一次又一次来自太空的通信催促下，他还是遵太太之命，在王无敌三岁时，给他报了蒙特梭利班，一种对孩子进行早期教育的机构。

王撞压根不信自己的孩子有什么问题，只是认为他有些后发制人。在蒙特梭利班上，老师给的那些玩具，他也玩得很溜，老师也说没什么问题，只是有些孩子的确说话能力发展得慢，要家长不要着急，耐心就会有奇迹。

奇迹后来出现了。第五次去那里上课时，王无敌挑选了穿绳的游戏。王无敌摆弄了一会儿五颜六色的木珠，在王撞的循循善诱下，终于将一颗红色木珠穿了进去，王撞立刻大声鼓励，要知道他在工作中从不表扬或鼓励人，最多点点头，人家已经感激涕零了。现在他可真是由衷的喜悦，但出乎意料的是，王无敌忽然将绳子捏在手中高速旋转，然后脱手，木珠带着绳子迅疾飞出，啪地命中教室角落里的一只电子玩具羊。玩具羊应声而倒，王撞心里咯噔一下。

王撞隔天就找上了儿童心理学家。在儿童心理学家的催眠诱导下，王无敌再次说出古怪拗口的语言，这回大人们都是有备而来，一旁的语言学家马上识别出这是上古羌语，经他翻译，方知王无敌对公元前452年无弋爱剑成为羌族领袖的事情如数家珍：当时，无弋爱剑逃进了山洞，然后敌人火攻时，天降大雨，雨雾中一块庞大无比的白色大石从空中降临，把秦兵吓得四下逃散，以为遇到了羌族敬仰崇拜的大神。

众人啧啧称奇之余，心理学家安慰道，这只不过是一种记忆误置现象。王无敌生活在青海，很可能通过电视、电台、互联网或走过路过时，听到过这样的民间传奇故事，虽然他不知道他们在说什么唱什么，但小孩子的大脑就像复刻机一样，会不加选择地全部默记下来。王无敌可能就是这种情况，所以小家伙没什么问题，大人不要疑神疑鬼。

王撞谢过各路专家，回到家里，哄孩子入睡后，被压抑的记忆终于迫不及待地全部释放出来。他完全想起了那晚的经历，并清楚知道，那不是白日梦，而是一场真实发生的事件：他，王撞，曾经跟地外文明接触过。

王撞没有急着跟任何人说这事情。他冷静地坐在沙发上，通盘考虑了很久。的确，千头万绪，纷至沓来，毕竟他已经六十了，再犀利的脑子，也扛不住岁月的磨砺。王撞首先明白，如果一切想起来的都是真实的，那么时间将回拨到十年前那个晚春时节。当时，他误入种了梨树和榆叶梅树的果园里，在那里他遇到前来送交超级储能器的李泡儿，然后发生了一系列事件后，他接受了五十三号标定员的建议，承认这是自己的发明，并重建了所有记忆信息，产生一个关于白日梦的时间戳，盖在那个晚春时节，让自己以为刚才所有发生的一切，都只是自己站在那里胡思乱想。因此，等他回到自己的实验室，他理所当然地看到了超级储能器，并认为自己早就发明好了，所以才会出去转一圈，胡思乱想一些电影的情节，让自己平静下来；接着，李泡儿发来的技术资料和数据文档，他也没觉得奇怪，因为这些本来就是他发给李泡儿，请她协助攻关的。有了高幂宇宙提供给他的第一推动力，接下来的研发工作就势如破竹，李泡儿那里也一样，她和王撞唯一的不同就是，她始终认为她的一切灵感来自上天，而王撞则一直冷嘲热讽，认为这全是他在一旁冷嘲热讽的结果。最终两人就这样相爱了，于是很多事情也就糊里糊涂不再追究，毕竟，又要生孩子，又要搞科研，还有一大堆中外媒体等着采访，这一切都够他们忙了。

王撞回想起来，今年和李泡儿闲聊 D919 工程时，说起他的那个白日梦，感觉李泡儿经常挂嘴边的冥冥天意，好像真的存在，因为目前设计中的 D919 外形轮廓以及颜色，跟他白日梦里见到的一模一样。李泡儿顿时就兴奋了，感觉这么多年潜移默化，两人终于不仅长得有夫妻相，思维也逐渐趋同了，她一高兴，就把冥冥之中她得知的一个神秘素数，告诉了王撞。

王撞现在才明白，53 这个素数，意义非凡。

其次，王撞得搞清楚，为什么自己的孩子王无敌会表现出很多无弋爱剑的特质。如果这一切不是白日梦，那么用记忆误置就说不过去，时空相变是不是影响到了王无敌？会有什么恶果？这是王撞想要弄清楚的。

最后，王撞还寻思着要找个机会，看看能不能重新联系上五十三号标定员，问他自己孩子是不是健康，另外也要问一下，地球文明现在是不是健康。

说干就干，王撞立即出门，到车库里唤醒新买的全自动驾驶飞车，打算再往沱沱河那里走一遭。

然而，王撞走到门口时，停住了，因为他注意到，自己的意念，已经比自己更快地到达了目的地。不论是空间上的到达，还是时间上的到达。

十年前，2019 年，王撞的意念回到了沱沱河边，这一次，他等到的并不是 D919，而是一片雪花。在无数纷飞的雪花中，这片雪花与众不同，它停在一个和地球自转角速度相同的位置上，六簇花瓣彼此之间都是超级对称，并且分形次数达到了无穷大。

"我是五十三号标定员，我们又见面了。"

"干吗把雪花修饰得这么完美无缺？"

"本来要做点投影破缺，就跟上次附着在巨型客机上一样，但这次有点仓促，来不及，只能原形毕露了。"

"我想问你一些事情。"

"我知道你要问什么。我来回答你。第一，你儿子的健康很有问题；第二，地球文明健康很有问题。"

王撞听了有些意外，他本来想应该都还算健康，都十年过去了，就跟癌症病人一样，手术后活了十年，那就是很成功了，最多就是还有点小问题，吃吃药打打针，去海南岛疗养疗养就过去了，但现在对方的回答，让他感到了不安。

"为什么会不健康？你们不是比我们高等吗？高等都会掉链子？"

"是高幂，不是高等，说穿了，我们跟你们本质上没什么不同，不过是一次又一次地加幂，却又想在有限里达到无限，结果出现了恐怖的幂零变换。"

"就是把你们全部归零？"

"不仅仅是我们，还有你们低幂宇宙的一切，包括你们地球。"

王撞知道幂零变换。最简单的是在线性代数里，这种变换，可以让某些矩阵自乘若干次后，变成零矩阵。他没想到，幂系列下的宇宙，也有类似结构。看来，构造宇宙的造物主也是很精明的家伙，总想着用最简单的元素，制造最复杂的物件，就像我们人类，只用红松木料，就完成了应县木塔。不过王撞的思绪很快回到现实，他必须问清楚，幂零变换和地球健康有什么关系。

"你还记得我当时跟你说，我不能控制李泡儿的自由意志，只能先让她来找你，我再出面说服你接受超级储能装置是你的研发成果吗？"

"当然记得。"

五十三号标定员沉默了一会儿，空中悬停着的雪花忽然加速旋转了一下，形成的气流将周围一大片雪花全都吹向了其他地方，它周围形成了一个椭球形的空场，很久之后，才陆续有雪花飘入，慢慢使这个空间均匀起来。

"由于你王撞本来不是我们表观修饰的一部分，现在被李泡儿强拉进来，这迫使我不得不对你的时空行为线也做一次表观修饰，本来我一切都算得挺好，但我没有想到，你们的孩子王无敌，这个高阶微扰量，和秦帝国时代的无弋爱剑，因为你日思夜想的电影白日梦，而发生了超距缠绕。超距缠绕，就是突破光速不变的信息传递限制，直接让不同时空的人物发生信息对接，并交互影响。"

"这会怎么样？"

"这会导致你们低幂宇宙时空相变出现不可逆转的幂率抖动，这抖动从下面沿着上同调链传上来，会让我们用零因子封住的禁闭园被冲开，导致高幂宇宙继续不断疯狂加幂，最终撞到所有这一切的宿命——"

"幂零变换？"

"是。"

"这……能修复吗？"

"能。"

王撞抬起头，他看到了希望。

"你把儿子杀了，一切都会健康起来。"

"我信你个鬼。"

王撞精疲力竭地从神游处回来。后来和五十三号标定员说了些什么，王撞已经记不清了，他只记得，必须亲自动手，杀了王无敌。没有替代方案，也没有讨价还价的余地，也不能告诉任何人真相。事成之后，他的大脑会对这一系列事件重新编码，变成是他在白日梦里，梦见上天要他杀儿祭天，挽救世界，他就这么下手了。之后他会和李泡儿离婚，并在精神病院度过晚年。但五十三号标定员向他保证，这是最好的结果，否则，地球准玩完，他儿子也会一起毁灭。

留给王撞动手的日子，只有四十八小时。过了窗口期再杀，就没用了。

王撞决定要和李泡儿取得联系，好好商量一下：从，还是不从。但李泡儿正忙得不可开交，不接他的空天长途电话，最后王撞胡说自己已是胰腺癌晚期，才听到了那边心急火燎的关切声。

挨了一顿臭骂之后，王撞问李泡儿，他爱不爱儿子？

李泡儿气得继续骂：你傻啊，你除了爱你儿子，你还爱过谁？

王撞想回答说我还爱过你，但对方比他更快地挂了电话。王撞不知道的是，李泡儿挂下电话，心生悔意，她本来想跟儿子说上几句话的，结果被王撞胡说给气得忘记了。她想重新再拨电话回去，但身边站着一溜工作人员，都等着她继续下一场会议，她只好收回心神，但心里却放不下儿子，她想也许她会见不到他了，这念头一起，顿时心乱，差点要哭出来。冥冥之中，她感觉到了什么，但强大的理性硬是压抑住了直觉，她示意身边工作人员将技术文档投影到屏幕上，她激励自己：早日完成，早日回家，和儿子紧紧拥抱。

王撞放下电话，抱起王无敌，问他最想去哪里玩。

去上海迪士尼玩，是王撞替王无敌做的决定。王撞认为，儿子不开口，老爸一样能拿主意。迪士尼是传说中最繁华最适合小孩子玩的地方，王撞在没有孩子的时候，就想着有一天能带孩子去那里玩。但显然王撞失算了。所有让其他孩子欣喜若狂的娱乐项目，王无敌一律兴致索然，里面的一切吃喝，王无敌也没任何兴趣。他只喜欢啃着自家带来的狗浇尿饼，就着凉开水，还不时从王撞那里要一些风干的牦牛肉干，使劲撕扯着，咀嚼着，两个腮帮子上醒目的高原红一鼓一鼓的。王撞穿着一身"土包子"衣服，照顾孩子时各种粗枝大叶，让来往游客不管是上海人还是外地人，都对他们父子产生了同情，有几个热心大妈上去问，孩子是不是病了啊？他妈没来吗？你是单亲爸爸吧？

"我老婆在天上好好的呢！"

说完这话，王撞也后悔，几个做妈妈的更是执意要把自己带来的速溶奶粉匀一些给可怜的"没妈的"孩子，还说这孩子看上去两腮通红，可能会是急性肺炎，最好别玩了，赶紧去医院挂号，这要传染给其他孩子，也不好。

说着说着这就成真的了，王撞有些急了，说自己是诺贝尔物理学奖获得者，这些最起码的做人道理也是懂的，决计不会带有传染病的孩子出来逛。

妈妈们从来不关心科学上的事，诺贝尔奖的名头倒还知道，她们一合计，认为这男的精神有问题，于是偷偷拨打了报警电话。

王撞识破了这群妈妈的阴谋，他抱起儿子，拨开人群赶紧逃离是非之地。王无敌顿时兴奋起来，大呼小叫，发出各种古怪啸叫，王撞感受到了儿子内心的快乐，就越发快跑起来，最后索性让儿子骑在自己脖子上，一路狂奔。王无敌终于完全释放出他的天性，他双腿紧紧夹住父亲的脖子，上身完全打开，热烈拥抱炽烈的阳光，仿佛那一时刻，他在率领整个部落，向着秦帝国的军队发起英勇冲锋。

最后，王撞累成了狗，仰天趴在大草坪上，只有喘气的份儿，王无敌在他身边开心得来回打滚，直到警察围了上来。王撞掏出身份证，警察一阵查验忙碌之后，立刻恭敬地退了下去，他们的领导还特地打来电话，说大大大大……大科学家，你有任何要帮忙的，在下一定尽力而为。

王撞当晚改签航班，就飞回了格尔木，并在领导的安排下，连夜乘上武警直升机，赶到唐古拉镇。次日一早，王撞带足干粮和水，开着车，就带着王无敌一路向西，前往沱沱河上游。

八月二十日的沱沱河上游，晴空万里，各拉丹冬峰下的姜古迪如冰川，绵延出数十公里的冰塔、冰柱和冰锥。王无敌号叫着，在冰的世界里欢叫。王撞也忘记了自己的年龄，跟在他后面一起大呼小叫。本来，王撞对孩子体内的羌人特质是有些排斥的，但到了最后分别时刻，王撞已经全盘接受孩子的一切，哪怕他永远不会说话，只要他开心，就比什么都强。

太阳就要落山了，王撞父子分享完了一大袋牦牛肉干，王无敌嘴干了，王撞豁出去，从车里拿出大牛皮囊装的甜醅，打算跟儿子一起分享这种带酒精的美味。

王无敌完全投入到对甜醅的豪饮中，父子两人一大碗接着一大碗，喝了个酣畅。

太阳很快落山了。温度骤降，周围一层层的冰柱从童话般纯真守序的晶格阵列，跌入鬼魂忧郁蓝黑的失配之中。王撞看了看表，还有最后五分钟。

王无敌吞下最后一口甜醅里的青稞，忽然开口轻轻叫了声：爸爸。

王撞当时眼泪就下来了。

君不能学哥舒，横行青海夜带刀，西屠石堡取紫袍。

王撞没文化，只会背唐诗。

>>> 作者简介

七格，作家、画家、编剧。毕业于华东理工大学生物化学工程系，而后赴美，获巴尔的摩马里兰艺术学院数字艺术硕士学位。现专业从事小说、剧本创作、动画设计、绘画雕塑等工作。已出版作品包括《圈形游戏》、《苹果核里的桃先生》、《哲学水浒一百单八将》、《脑洞大开的哲学简史》（上下册）。

光之师

- 苏莞雯 -

1

江凌走进那道古怪的门时,是带着任务的。

他从西宁机场一路过来,在青海的戈壁上颠簸了几个小时,途中反复在想这件事:他要去见一个外星人。

他下了车,望见天空仿佛被一片黑色撕开一角,而送他来的人却管那叫外星人的飞船。江凌就这样乘坐升降机登上了飞船。黑色之中,有门敞开,又在他身后关上。里头十分昏暗,难怪送他来的人把这里叫作暗房。

江凌忧心忡忡地看着唯一有光的地方,那是一个圆形的玻璃罩,里头飘浮着一个女孩,五六岁的模样。

"你好,第39人。"这是女孩对江凌说的第一句话,但她的嘴并没有跟着声音开合,因而场面颇显诡异。

"你是说,我是来见你的第39个人?"江凌尽量表现得体,"你就是他们说的彩星人?"

"我可以控制光,制造人的形态。"女孩忽而无声地旋转了一圈，两只眼睛瞪得大如铜铃，"为了显得亲切，我采用了现在的形象——这在你们当中的评价最高。"

此处是青海戈壁上的一座高新科技基地，由国有企业黄河公司主管。江凌不是职工，但曾经以摄影顾问的身份在这里短暂工作过。在掌握可控核聚变技术后，黄河公司成功开发了仅有铅笔大小的核电棒。核能是驰骋宇宙的终极能源，而核电棒正好让人类的星际航行成为可能。江凌本以为，再次来到这里时能见证星际飞船的成功发射。没想到，发射塔才刚建成，彩星人就主动现身了。

"不管你们来多少人，我都是一样的回答。宇宙很空，你们不要去。"这个模样像女孩的彩星人身上不断传送出声音，"不要浪费能源了，太多的文明被无谓的探索消耗，最终衰败。"

江凌按住手边的相机："可不管怎么说，这是我们自己的选择。"

"那是武器吗？"

"这个？"江凌摘下肩上的相机，"这叫照相机。可以定格你现在的样子。你不相信？"

他举起相机，对着女孩按下快门，又将那张照片预览给她看："我就是干这个的，我是个摄影师。"

"你和我，相似。"

江凌勉强撑起一个礼貌的笑容："什么意思？"

从暗房里出来时，江凌为自己捏了一把汗。升降机下方等他的人用目光询问任务进展，江凌冲他点了点头。

2

江凌带进暗房的，不是一台普通相机。

三年前，黄河公司为了捕捉可控核聚变的触发实况，研发了一套拍摄设备。现在，江凌用相似技术改造过的相机留下了彩星人的真实身影。

照片输入电脑后，彩星人的真实形象将通过能量数据转化呈现。类似人类女孩的影像逐渐淡化，最后成为一层透明薄膜。技术员将女孩身后的一处小型发光体拉近，放大，说："这是暗房后的另一个空间，真正的彩星人在里面。我们看到的女孩，只是对方放出的投影。"

"彩星人为什么要用投影来面对我们？"江凌问。

"应该是基于多方面的考虑，一方面不想直接吓到我们，另一方面不真实接触也可以隔离病菌。"

"就为了拍这一张照片，没必要大老远把我叫来吧？"

"彩星人出现两个月了，想阻止我们的'星际航行计划'。我们派了几十人去见她都没交涉成功。领导决定找多个行业的人来试试，表面上是要说服她，其实还是为了有更多观察的角度。"

一天后，黄河公司组织了一场特别会议。与江凌一同参会的还有国家专门设立的彩星人学习小组，会集了一批从清华、北大、中科院调来的学者。江凌拍下的照片，让他们对彩星人的了解有了新的进展。

"我们在地球上找到了一些可参考的生物。"学习小组的组长说,"到海底1000米的深处,最后一缕阳光就会消失。大多数生物的眼睛在这种环境下几乎察觉不到光。但是有少数鱼类进化出了特殊的视觉系统,能捕捉不同波长的光。对它们而言,黑暗的深海也是明亮而且充满变化的。这种鱼,与我们面对的彩星人有十分相似的生物特征。以它们为样本,我们建立了彩星人的模型。"

看到眼前屏幕中模拟出的形态,江凌举手了:"我……有个问题。为什么我们这么怕这个彩星人?"

"根据我们的了解,她之所以可以飞跃宇宙来到地球,是因为她有打开虫洞的技术。"组长答。

"虫……洞?"

"就是一种可以通往其他时空的通道,但打开虫洞需要大量的奇异物质,以人类目前的科技还远远做不到。根据推测,彩星人的科技以光子为基础,他们能在量子层面制造超出传统物理学领域的奇异粒子。这样说可以理解吗?"

江凌屏住呼吸环顾一圈,看其他人的神情似乎都明白,他也赶忙点点头。

黄河公司外头就是戈壁,放眼望去只有贫瘠的沙土和光秃秃的矮山,白天气温最高时接近50℃,在外面散心肯定不是什么好选择。但江凌揣着电脑来到彩星人的飞船下方,先是反复踱步,然后鼓起勇气登上了升降机。所有人都惊讶,江凌竟然对这个天外来客没有足够的畏惧。而他更看重的是时间。

"你好?"江凌在一片漆黑中打招呼。

一束光亮弥散开,彩星人的女孩形象重新出现。江凌知道眼前只是一道投影，但还是感到周身一阵阴凉。

"我带来了一些照片，你看了以后就知道人类为航天事业付出多大努力了。这样应该就能理解我们，早早回你自己的星球去吧。"

江凌用电脑播放的照片中，有一张格外引人遐想，深邃背景中绽放的彩光如凤凰飞过的残影。"这是我们第一次拍出核聚变触发实况的照片，当时我也在场，算是见证了人类的一次进步。从水电站、光伏电站到开发出核电棒，在戈壁上的这群人花了半个世纪。"江凌回忆起往事，有些触动。

女孩却不以为然："也是毁灭你们的魔鬼，这里，危险。"

"你说这些边缘的黑色区域？这里什么也没有啊。"

"这些区域的能量更高，只是超出了人类的可见光谱。"

"难道……你看得见？"

"没有绝对的黑暗，只有你们看不到的光。"女孩说，"宇宙在我看来也是闪闪发亮，颜色多过彩虹。原因在于，我们对光子的理解。"

"又是光子……"江凌挠挠太阳穴。

"你们人类的光子科技，很原始。"女孩冰冷的声音中夹带叹息，"在彩星，光子是理解万物的基本要素。只要能解读光子上携带的信息，就能交流。不仅如此，必要时我们还能修改光子。而你们，还需要声音和语言……"

"你是说，你们那儿的人不说话？所以你也没有名字？"

"我们不需要。"

"不，你需要。我是说……既然来了地球就入乡随俗吧，我看你这个样子和我女儿差不多大，干脆把她的小名送给你，就叫羽衣。好听吧？"江凌说，"还有，你能不能……别做那些动作。"

羽衣虽然成功制造出足够亲切的形象，但显然并不了解人类身体各个部位的用途。有时她会把脚丫子整个塞到嘴巴里，或者轻易就把腰身旋转720度。

"我不理解，那我就干脆一动不动？"羽衣瞬间把身子拉直。

"我们说话的时候，嘴巴是会动的。"江凌指指自己的嘴。

"这样？"羽衣第一次尝试在发出声音的同时让嘴巴一张一合，"其实我对你们世界里的很多东西都不理解，就像你们不理解我们一样。不如，你和我回一趟彩星，之后你就知道该怎么选择了。"

"我？去外星？我不行，我连宇航员都不是。"江凌连连拒绝，"而且宇宙什么的我管不了，我还有女儿要照顾。来这里只是为了拿到任务奖金，早点回去陪女儿……"

羽衣目不转睛地看看江凌眼里的光："女……儿？亲人？"

江凌吃了一惊："你在做什么？"

"你忘了吗？光子是携带信息的。"羽衣的身体抖了抖，"我现在可以变成她的样子。"

江凌愣了一秒，在羽衣的脸孔开始变形时大喊一声："别！"

他抱着头蹲下，肩膀发抖，一时不敢抬头去看羽衣。

"你们人类，都会变成这样吗？"羽衣问。

"什么样？你说我这样？我不知道，我自己也没料到自己会这样。"江凌有些语无伦次，"我女儿……都住在医院里两年了。她患了一种罕见的眼疾,什么都看不见。这两年,我的情绪都……反正越挣扎情况就越坏……"

"很好,这就是我要带上你的原因。"羽衣说,"虽然你不能读取光子,但你有希望理解我们。"

3

彩星人第一次主动提出的邀请,引发了一场不小的震动。

江凌从未指望与外星人互相理解,但得知星际航行会让他的奖金翻数倍之后,他签下了同意书。女儿需要那笔钱,他需要女儿一切平安。

羽衣贡献了一条人类从未经历的特殊航线。为了这趟旅程,江凌在登上星际飞船之前接受了两个月的训练与筹备。

启程前一夜,江凌给女儿打了一通沉默的电话。这是女儿第83天没有和他说话,她已经不笑了,也不再对光明抱有期待。她的世界大门在渐渐关闭,只留最后一道细缝。

江凌辗转反侧,最后还是独自去找羽衣聊天。"这是我头一次上太空,万一我回不来了,不知道会不会有人记得,我是第一个上太空的人类摄影师……"江凌坐在暗房的地上感慨道。

"摄影,是让你开心的事吗?"羽衣的语言已经十分流利,能够与人进行更多的信息交换。

"是啊。"江凌问,"有什么事能让你开心?该不会是阻挠其他星球发展之类的吧。"

"开心,从不存在。"

"那大概是你不理解开心的含义,总有一些事让你觉得付出有了回报,吃再多苦也是值得的,那就是开心。"

羽衣沉默片刻,问:"你想拍出什么样的照片?"

"最好的情况,当然是让人觉得它是能够永恒的照片,是愿意放在墓碑上的照片。摄影的人,在按下快门的零点几秒的时间里,会感觉穿越一个熟悉又陌生的世界。我十九岁就开始迷恋这种感觉,拍了十几年……"江凌说着说着,脸上的笑意忽然黯淡了。

"后来怎么不拍了?"

"我现在担心的是能不能拿到奖金,给女儿治病。不好意思,我是个没有理想的人类。或许我回来会帮你说服其他人类别往外瞎跑了。"

天亮后,星际飞船第一次远距离航行在肃穆的氛围中开启。羽衣的飞船先行,她要负责打开虫洞。江凌和另外几名宇航员紧随其后,他坐在船舱内望着渐远的地球,祈祷着一切平安。

飞船航行了数个小时后,与江凌同行的一名宇航员提醒所有人:"即将进入虫洞,准备跳跃!"

快速穿行的飞船滑过一道道星光,江凌眼前的色彩逐渐丰富起来,串联成有规则的序列,散开,又是新的序列。好几个瞬间他感到,没有什么能比宇宙本身更为精致。虽然他没能举起相机,但也在使用两眼使劲拍摄。

如此优美,如此和谐,如此宁静地持续一阵后,一幕奇异的红色映入眼帘，江凌问："那是什么？"

"那是……红巨星……一个快要死去的太阳……"

飞船准备着陆，先是穿透浓密的大气层，然后在一片望不见尽头的海面降落。天是微红的，海上翻涌着彩色的波光。飞船停泊后，江凌乘坐透明的潜水球，随羽衣的身影往水下继续钻去。

视线先是没入黑暗中，然后逐渐有了光亮——那是一些在海底微微发光的珊瑚。江凌举起相机连按快门，他以为这只是某个入口的装饰，而潜行许久后，风景依然没有变化。

"正如你所看到的……"羽衣转了个身，通体闪着荧光，"彩星，已经死亡了。"

"你是说……"

"我是这个星球上最后的生物。"羽衣身上的光亮持续扩散，将坚硬、冰冷的潜水球照耀得格外绚丽。人类女孩的形象脱落，她展示出巨大的脑袋，身体是轻轻摆动的发光软体。

那模样和江凌看到的假想模型相近，但充满更哀伤的色彩，也更美。

"我们向往宇宙的绚丽，为了走得更远，研发出一种能量储存方式，用光子技术汇集了过多恒星能量，就连生命也依附于这些能量。我们比祖先更懂得改变光子结构，通过将其重新排列制造出激光飞船……"

虽然江凌没有听懂后续的技术阐释，但他明白了羽衣的孤独：按照人类的时间单位换算，她已经4800多岁了，其中一半的岁月都在宇宙中流浪。

"我们的技术让最近的恒星急剧衰竭，彩星也失去了能源……"

江凌只能听着，微微张着嘴。

"彩星的生命已经结束，我在这里没有亲人了。我只能采集同胞尸体的光子凝聚定格，将它们变成光点洒落在海底。"羽衣转向一簇簇珊瑚，"这里，就是我们文明的墓碑。你看，你和我相似，都是守墓人。"

"我……"

"这一趟回来，我用最后的能量打开了虫洞，今后哪里也去不了了。"羽衣说，"你们该回去了，趁虫洞还没关闭。"

4

江凌带着彩星的照片回到地球，但对整件事的态度保持沉默。他曾短暂沉醉于宇宙惊心动魄的美，忍不住想要将余生的每一张作品都献给星空。但若要像羽衣一样失去挚爱的亲人，最后孑然一身……想想也无法面对。

事实上，他早就在二者之间做出了选择。这次来青海之前，江凌已经有两年没有拿起相机了。日常摄影的收入不足以负担医药费，他决定把时间留给女儿。他已经不是十九岁的自己，做不到毫无畏惧地去捕捉想要的东西。现在的他，只是一个从恐慌中不断逃脱的人。

拿到奖金后，江凌决定回到女儿身边。

随着彩星人的忠告公之于众,全球很快出现了两种截然不同的反应。一种是保守派人士认为应该终止一切航天行动,集中精力发展自我;而另一种是星际派人士呼吁不要让人类过往为航天事业付出的努力白费。

两派争执不下时,星际飞船清洗潜水球的区域突然陷入莫名的黑暗。科学家们查出起因是潜水球表面沾染了一种来自彩星的病毒。

江凌还未离开青海,就被一通电话叫回了黄河公司。接到电话的那一刻,他看着刚刚收拾好的行李箱,竟长舒了一口气。

"虽然对外说是病毒,但其实没有那么简单。"彩星学习小组组长说,"从潜水球上带回来的,是被彩星人编辑过的光子。这种光子升级了地球大气层内的光子图谱,某种程度上能加速我们的原子技术。但是人的肉眼没有相应进化,现在很多我们习以为常的东西,都会逐渐超出肉眼的可见光。"

"这是什么意思?"江凌问。

"人类会陷入黑暗中。"组长说,"而且这种病毒有很强的传播性,可能还会入侵人工光源,到时候,灯光和显示屏都会受影响,全人类会'被失明'。"

两天过去了,戈壁上的白天开始明显变短,正午时分户外的温度依然接近50℃,但天空总如暴雨来临前一般昏沉。

在一场长时间陷入沉默的会议中,江凌站起身说:"我申请再去一次彩星。"

"病毒就是从彩星传来的……"有人提出质疑。

"所以要找他们,因为他们懂得操控光子。"江凌说,"现在的情况我们自己无力改变，但是去外头有可能获得帮助。这难道不是我们探索宇宙的意义吗？"

江凌身边爆发出一些质疑的讨论声。

"我们没有多少时间犹豫了，虫洞一旦关闭，就再也到达不了彩星。"

江凌说完了，半晌，气氛依然凝重。

在重重压力下，星际派与保守派终于达成一致，同意江凌返航彩星的计划，两名宇航员将与他一同前往。

几天后，人类的黄昏在全球范围降临。新闻不断报道着世界各地瘫痪的交通和停产的精密工业企业。各国科学家纷纷主动向彩星人学习小组提供帮助，联合推进着对光子的研究。星际飞船的起航前检修与物资筹备工作，也得到了多个国家的支援。越发黑暗的天空下，世界各地都有一群比以往更加忙碌的人。

5

江凌敬仰的摄影家东松照明说，拍摄当时不过是抓拍了自己的生活空间，但是过了一段时间以后再看，会发现摄影家也同样是"时代之子"。

十九岁之前，江凌就是一个旅行者，穿行于生活与自我的艰难旅行中，用咔嚓一声的快门来停下脚步，迈入未知的领域。但没有哪一次旅程像现在这样惊心动魄。

星际飞船穿透彩星厚重的大气层之后,江凌看见了三道奇异的光束。

他们无声地潜入海底,以闪烁的灯光向羽衣发出信号,然而最终找到的,只有羽衣的尸体。

"至少从姿态可以推断,她死的时候很安详自然。"一名宇航员说着低下了头。

那一刻,江凌想起了地球在自己视野中最后的模样,他知道可能已经回不去了。

绝望感笼罩着三人,他们沉默地将羽衣放回原处,再乘坐潜水球悬浮而上。回到飞船中时,两名宇航员向总部汇报了情况,江凌则坐在舷窗旁呆呆地向外望去。"你们说,那是什么?"江凌开了口,"是彩星人的烟花、礼炮之类的吗,是羽衣死前给自己的礼物?"

一名宇航员坐到了江凌身边,顺着他的视线望见那三束光线,问:"你上回来的时候没有吗?"

"没有。我拍了照呢,不信你看。"

宇航员按住江凌的手,突然有些哆嗦:"那……它们就可能是彩星人留给同胞的最后的信号。"

江凌坐直了身子:"你是说,宇宙中还有其他彩星人,羽衣在死前想把他们叫回来?"

另一名宇航员调动探测设备观察了一阵:"这三束光的能量太弱了,彩星人是通过虫洞在外旅行的,想要发送信息给他们几乎不可能,除非……有恒星级的能量。"

"我们不是有吗?"江凌脱口而出。

两名宇航员都神情凝重。一人沉默后开口说："现在在我们面前有两种选择：一种是在虫洞彻底关闭之前回到地球，和家人在一起；还有一种是放手一搏，联系其他彩星人，虽然希望渺茫……"

"我选择希望。"江凌说，"你们怎么选？"

两名宇航员对望了一眼，回答道："我们也是。"

6

渺远的声音从飞船广播中传出："高层会议紧急讨论后，决定通过你们的方案，允许你们在彩星使用核电棒加强光子信号……稍后会有工程师远程指导你们架设装置。"

江凌和两名宇航员分为三路，分别带上核电棒和触发装置前往三束光的源头——深海 4000 米以下的区域。

大概没有第二个摄影师会在这样的地方冒这样的险。因为没有潜水球以外的更多辅助装备，此行变得极其危险。但这份工作又无比精细，在光束源头的海底，江凌要穿着仅能维持两分钟的压力服走出玻璃舱，亲手将核电棒装置安装固定住，并启动触发倒计时。

做好了这些后，他趁着压力服尚未完全破裂时钻回潜水球，排水，上升。

当倒计时在 0 分 0 秒暂停时，核电棒的能量会极大地强化光束的信号，在空荡荡的宇宙中，用羽衣的寄托召唤剩余的彩星人。

这是人类历史上和彩星人的第一次合作。想到这个，江凌心中翻涌起罕有的满足。

然后就是等待，只能如此。

星际飞船中的物资储备足够使用五年，然而江凌知道，地球的生态圈不到一年就会崩溃，动物、农作物和人都会相继死去。

在等待的第31个地球日，一名宇航员说："我们和总部失去了联系，虫洞已经彻底关闭了。"

江凌点点头，拿起相机进了一只潜水球。他不打算下潜，只是想在海面漂一阵子，拍拍天空和衰竭的太阳。

现在他可以拍任何东西，这里不再有总部和其他人类的讯息，不再有新鲜的空气和现实的味道，世界像是一个抽象的梦。

"我是羽衣说的守墓人吗？"江凌忍不住想，如果他是的话，现在应该躺在黑漆漆的病房里，握着女儿的手了……他松开手边的相机，仰面躺着，醉入梦中。

从寂静中醒来时，江凌看到的是黑红分明的天空。那片黑色从模糊到清晰，继而在江凌的视野中变得格外强烈。

那是天空中撕裂的口子，是羽衣同胞的飞船。

江凌赶回星际飞船里和宇航员会合，试图向对方发射交流信号。"广播不行，他们没有语言。"江凌说，"羽衣是在地球上学习了以后才懂语言交流的。我们得用光……用投影。"

江凌快速挑选了自己拍过的数千张照片，排列组合后，往飞船外投影。他想表达的是：我们在这里已经很久了，在等你们。

"你们看！"江凌身边的宇航员说，"又一个！"

天空另一侧也浮现出黑色的缺口，羽衣发出的三条光束中，有两束都成功唤回了同胞。

两片黑色的缺口相遇后，星际飞船中的三人目睹了两名彩星人在天空中宁静的相会。

"我们去海底。"江凌盯着天空，突然说。

"为什么？"身边的宇航员投来谨慎目光。

"带他们去找羽衣的尸体。"

"可……如果他们以为是我们杀了她怎么办？"

江凌攥紧拳头："我相信羽衣。她身上还残存着光子，那些光子就相当于无数张照片，彩星人一看就懂了。"

在海底，跟随江凌而来的两名彩星人围绕着羽衣的躯体停留了一阵子。江凌相信，他们在解读羽衣身上留下的光子信息，并且很快就能了解来龙去脉。一阵子后，一名彩星人从羽衣身上采下了几处微弱的光，把它们糅合后镶嵌在附近的珊瑚丛中，使其成为深海中的一星。

"他们在做什么？"宇航员问江凌。

"在把羽衣永远留下来。"江凌答。

之后，两名彩星人之间浮现出一个人类女孩的身影。

"羽衣？"江凌吃了一惊。

熟悉的声音在潜水球中响起："我们不是羽衣，只是通过羽衣掌握的信息与你恢复对话。我们会给你一枚携带光子破译码的光球，带着它回到你们的星球后，就能恢复你们的光子图谱状态。"

江凌有些哽咽。

在深邃的海底，羽衣的残影将头夸张地歪向肩膀："因为你们的召唤，我们失散的同胞才能重新相聚，一起去寻找新家园。我很开心。"

江凌忍不住哭出声来："真的？"

"我们会重新点燃彩星的文明。"

"我们也一样。"

7

借助彩星人打开的虫洞，江凌乘坐的星际飞船重返太阳系，穿越大气层，在青海的戈壁上降落。此后的48小时，地球上的各个角落纷纷迎接数月以来第一个有阳光的清晨。

光明复始，百废待兴。

在黄河公司的一间检查室里，新闻播放着保守派和星际派刚刚通过的最新协议："我们将建立星际能源利用的全新标准，人类今后会在可控范围内发展星际旅行……"

"那个彩星人女孩，到底还是没能阻止我们。"一名医生看看新闻有些感慨，"她会失望的吧。"

江凌没有说话，只是躺下身子接受体检。

"情况一切良好，不过最好还是留下来多观察几天。"医生说。

"不了，一听说航班恢复，我就订了回去的机票。"江凌系好衬衫扣子，坐起身，"这几年来，医生都说女儿得的眼疾是不治之症，全家人只能陪她熬着……昨天医生打电话告诉我，因为光子技术的突破，女儿已经有了恢复视力的可能。"

"你是一个了不起的爸爸。如果不是你当时提出要回彩星，现在也不会有这个成果。"

"说不准，羽衣不仅给她的同胞发送了信号，也给我留了回彩星的信号。"

"你是说，她故意让你带回了光子病毒，知道你会返回去帮她召唤同胞？"

"我不知道，但或许她的本意并不是想阻拦人类飞向宇宙，而是想向我们求助。"江凌耸耸肩，"比起有几千年寿命的他们，在很多方面我们还是个孩子，摇晃着手臂，步履蹒跚。但是还好，所有的小河都会变成大海。"

一辆大巴车启程离开黄河公司。

江凌坐在车窗边，外头黄色的矮山和沙地不断流入视线。他知道回去以后，他会重新拿起相机。在他里，摄影依然是一件美妙的事情。每一次咔嚓背后，都是一段旅程，更新着人与宇宙的关系。

在大巴车的摇晃中，江凌梦见了无垠的太空。他在摆弄相机，女儿则从飞船的舷窗旁转过头来，对他说："爸爸，我看见了比彩虹更多的颜色。"

>>> **作者简介**

苏莞雯,科幻作家、独立音乐人,北京大学艺术学硕士。文学创作中,擅长在日常生活场景中展现惊奇想象。代表作有《三千世界》《龙盒子》《九月十二岛》。

鲲鹏之雨

- 康尽欢 -

1

"成熟,就是要学会配合你讨厌的人去完成大局需要的工作。"局长虽然这样对小叶说,语气肯定,表情坚毅,但是他那忍不住微微跳动的眉毛多少说明了点什么。

青海电网宣传中心的小叶也明白局长的苦衷,整个局里在青海深耕电力开发这么多年,局长的爷爷在龙羊峡水电站建设的时候断过腿,局长的父亲至今还作为返聘的地质专家,跑在前线。青海电力系统的表现一直都得到上面的重视和支持,新申请扩建的光伏扩建基地项目被驳回来,这是第一次,而且,上面要派个"环境专家"带团队来进一步实地调研,据说,不但新光伏基地不能建设,恐怕一些已有的项目还要停产。

而小叶就要负责接待这个环境专家,配合专家去研究"砍掉"哪些光伏园区,才是最好的执行方案。

曾经被赞美的,变成了要被销毁的。

"局长,咱们的光伏基地建成的地方,都降低了当地的蒸发量,让干旱地区明显绿化,咱们的光伏羊都做成网红食品了,咱们怎么就破坏环境了?我想不通,你要是非让我去,哼,我就带他去当地牧民那里实地调查,看看牧民们知道了他要砍光伏项目,会怎么对他!"小叶虽年轻气盛,但这时说的可不是气话,甚至多少有试探局长的真实想法的意思。

局长气得一拍桌子:"你个犟驴!你少给我来这套啊,专家要是出了事,我开除你!不但开除你,我自己都得主动写辞职信!你们这些小青年,就欠把你们送到部队上去锻炼锻炼,懂不懂什么叫纪律!我们也是纪律部队!不许意气用事,好好去给专家领路!"

小叶皱着眉头闭上嘴,忍不住扭头望向窗外,视线所及,遍布着蓝色的太阳能光板矩阵,交错其间的是浅白色线条的直线交通道和郁郁葱葱的绿色草丛,还有那些不时在移动的白色小点,就是一只只光伏羊。如今,整个青海十几处大大小小的光伏基地的草场上,养着两万多头光伏羊,很多牧民因此赚了不少钱。

2

白煮羊肉、大盘鸡、金针菇牛肉卷、绿色有机大拌菜,还有几种青海的特色面食,小叶努力保持着脸上的笑容,给抵达共和光伏基地的专家团队布菜。

"庄工,您尝尝我们的光伏羊肉,还有这些有机蔬菜,都是我们几个小时前刚刚在地里摘下来的。"

这一次上面派下来的调研团队，声势不小，领队的环境专家庄于须带了近三十人的团队，随行设备就有两吨。

庄于须也只有三十多岁，比小叶大不了几岁，人看着其实挺和气。他夹起一块羊肉，回应小叶："叶处长，我也是走南闯北的人，咱们就不用只说场面话了，大家都知道我们这次来是要砍项目的。我知道你们心里也不舒服，上面被我说动，是因为我交了一个研究报告，你要不要看看，认真想想，再决定要不要真诚地配合我的工作。"

"什么报告？"

"正式的名字是'论大面积自然能量的采集与大气气流流动的改变'。内容简单地总结就是，随着西北地区的大面积风能太阳能采集，将会引发印度洋地区的气流运动改变，进而造成大量暴风雪入侵西北区域。"

"暴风雪！"

"没错，暴风雪还有冰雹，足以砸碎你们那些太阳能光板的暴风雪和冰雹。"庄于须叹了口气，开始品尝那块羊肉，然后说，"你知道吗，我听说了你们开发青海电业进而带来的青海绿化效应，原本是很高兴的，但是，当我认真研究了一下这些变化，采集了周边地区的环境气候变化的数据趋势，才发现了这个我也不想发现的结果。你们在青海生活了这么多年，应该知道暴风雪的恐怖吧？"

小叶有点发蒙，他没有想到这个环境专家给出的裁撤光伏基地的理由竟然是暴风雪。小叶是见过暴风雪的，青海的一些区域这些年也经历过暴风雪，对于牧民来说，暴风雪的恐怖不仅仅是寒冷，还有对草场的破坏。至于光伏基地能否经受得住大面积冰雹的考验，小叶还真没有相关的经验。

庄工吃完了那块羊肉，用袖子蹭了蹭手，从身上一直挎着的小军挎包里掏出装订好的一沓打印报告，递给小叶："你看看吧。既然你是电业系统的，应该对热传导和气流变化，多少有些了解吧？"

小叶看着那一沓报告，有点头疼："庄工，气象变化不都是需要很多年的时间才会发生变化吗？我们不能边建设边补救吗？有必要现在就砍我们建好的项目吗？你知道我们提供的可都是清洁绿色能源啊，如果我们大范围停产，影响的可不止一个省的经济啊。"

庄于须笑了："大范围的气象区域变化是会随着客观地理条件的变化而变化，自然情况下，地理条件的变化需要时间的积累。但是，对于气象本身来说，是一旦临界点的诱发条件达成，立刻就会引发天气变化。最简单地说，如果一个地区三年来都风调雨顺，第四年就一定还会风调雨顺吗？就算这个地区的自然环境毫无变化，但是可能其他某个区域的环境条件发生了变化，也会影响到全局的变化，蝴蝶效应就是在描述天气变化的多变性。"

"所以，这次你们来，光伏基地被砍是一定的了？"

"是的，贵州地区的低压西南涡是整个国家甚至亚洲区域的一个重要的气候定量，你们原本引以为傲的一个光伏园能明显降低一个区域百分之五十的蒸发量的成果，也在很直观地改变这个区域的大气温度变化，进而联动印度洋区域的气流。变化发生得要比你们以为的快……如果我推算的没错，即使是保持现在的规模，如果印度洋周围其他国家再有些意想不到的风吹草动，六个月之后，裹挟大量水量的高压气团就会随着西风槽而动，其中大部分会绕过青藏高原形成南支槽，冲击青海和四川地区。"

小叶脸上的笑容已经完全消失了，他自己就是一个科学工作者，除了电力也钻研水文，他当然知道大自然的暴力是何其可怕。如果一个专业的气象学家做出了判断，那么，与将对大片区域形成天灾的后果相比，光伏园产出的经济效益确实只能让路。

小叶坐在椅子上，仿佛觉得暴风雪已经来了，浑身发冷。

3

青海的阳光很热，光伏产业园建立的区域，更是有种让人目眩的光晕。

庄工、局长、小叶，三个人此时就站在一块高地上的光伏园的勘察区域，经过一周的考察，庄工已经确认，这块高地的光伏园区要最先最快拆除。

局长终于也坐不住了，放下手边的许多工作，跑出来，想跟庄工谈谈。

"庄工，抽烟不？"局长从烟盒里抖出一根烟，递向庄工。

庄工摆摆手，说："周局长，您别客气，我真不会抽烟，但凡能有什么齐头并进的补救措施，我也不会拼了命向上申请那么多次。你们这边看来，是上面忽然派来一组人，来干扰你们的工作。但你可知道，我们为了阻止这个项目的申请，也是费了好大力气，找了很多老专家出来背书的。"

"只是停产不行吗？我们真是好不容易建起来的，哪怕给我们留作应急备用电组也行啊。我们平时不开工，不发电，不吸收阳光，我们像牧民一样，轮种轮休还不行吗？"从来不服软的局长现在已经顾不得那么多了，直接恳求庄工。

"周局，咱们都是各尽其职，为了国家考虑。我不是要为难你们。我也希望看到青海郁郁葱葱的，但是，如果引发了大范围的暴风雪和风暴，不止青海，周边区域除了西藏有大山脉保护缓冲，其他区域都会被暴风雪冲击，当年那次南方低温，对整个电网系统的冲击也是巨大的，你应该知道其中的利害。"

局长收起了烟，人仿佛一下子缩小了许多。"我当然知道啊，那次南方大降温，我是亲自爬过输电塔的……我在部队里的时候，我们抗过洪抢过险，什么没经历过……但是，但是，我们好不容易建成的光伏产业……"局长的声音越来越低。

终于，他重新提高了声音："我们拆，我亲自带队拆。大局为重。"

庄工看着局长，也有些愧疚，忽然，他好像想起了什么，问道："局长，你们的发电量是多少？除了正常给电网供电，有结余电量吗，像你刚才说的，你们有储备电组吗？"

局长一愣，小叶抢着回答："有啊，光伏发电的弱点就是有电量波动，所以，我们采用的是光伏与水电结合的供电系统，以保持电量输出的稳定，我们有很多水电机组平时是待机状态。"

庄工忽然兴奋了，又有点不好意思，对局长说："如果你们舍得巨额的电费，也许，可以不拆现有的光伏基地。"

什么意思？小叶和局长互相看了看，有点没反应过来，这位专家……是要索贿吗？

4

庄工指着一头在一边吃草的光伏羊，对局长和小叶说："我来给你们讲解一下。比如这头羊，就是携带大量水分的气流云团，这些水分如果是以水的形式落下，那就是高原等缺水区域居民都喜欢的雨，但是，如果这些水分在空中先和冷空气气团发生反应，那就会形成冰雹与降雪。"

局长和小叶一起点点头："这我们中学学过……"

"如果我们有能力在空中消除冷空气，或者在即将形成的暴风雪气团中释放大量热量，那么，我们阻止不了降水，却可以阻止暴风雪和冰雹。局长，你是当过兵的，你没有听说过高射炮打云层进行人工降雨？"

局长又是一愣，然后反应过来了。"庄工，你是说，我们要和军队借炮来打败暴风雪？"局长越说越兴奋，猛地一拍巴掌，"我去借！只要不用拆光伏基地，别说高射炮，火箭炮我都想办法搞过来！"

小叶想了想，拍了一下局长的胳膊："局长，我猜到庄工说的是什么了，不是火箭炮，也不是高射炮……"

小叶一边说着，庄工一边点头，然后，两人一起说："是超电磁炮！"

作为一个"00后"的准宅男，小叶当然知道什么是超电磁炮！那是每个漫画少年的青春，只是，他自己都没有想到，全球第一个制造出真电磁炮的国家，不是日本，不是美国，而是中国。

局长恍然大悟，点头回答："啊！我知道，那是咱们国家又一项领先技术，比美国先搞出来的电磁炮。我说，那家伙，厉害是厉害，但是可费电了，你们不说，我都忘了，刚搞出来的时候，我和我战友们聚会喝酒时说起来过。当时是127毫米的舰炮，用31千克的标准炮弹，就需要……我想想啊，如果高速远程发射，就需要一台30兆瓦的发电机给电磁炮供电，每发射一秒，需要一万千瓦设置十万千瓦的电量……相当于一个小型城市一秒钟的用电量，是够费电的。"局长说起电磁炮来，就露出那种父母嫌弃你在家整天开空调太费电的表情。

"如果我们能调来电磁炮，并且调整加大功率，进行远距离影响天气作业，能对大范围气流等级进行升温，让雪在云层中变成普通的雨水，就能把坏事变成好事。当然，实际执行起来，还需要很多运算和试验，但是，在青海这个有众多发电资源的地方，尝试用电磁炮来影响天气，正好是天时地利人和。"庄工也说得兴奋起来。

局长忍不住眯着眼睛看着庄工："庄工，你是不是来之前就想好了还有这一招啊？"

庄工笑了笑："哪敢，哪敢，这是要请示军委，还要巨大电量支持的尝试，我可不敢自己乱想。"

5

自从庄工提出了由局里来支持电量，在青海区域建立大规模以电磁炮为主力的天气影响系统，局长就住在办公室了，向各个上级部门递交报告，随时等待反馈和答疑。同时，调动局里的工程师和庄工一起计算适合建立天气干涉基地的区域，怎样进行配电供应。

这种需要军队系统配合的介于民用与大型工程之间的模糊项目，很难定性，审批并不容易，局长经常焦躁不安，偶尔在行军床上打盹儿的时候，甚至会做噩梦，乱喊着不要拆我的电厂……然后惊醒过来。

有一天，局长甚至忍不住对小叶说："小叶，你真能鼓动牧民们去联名请愿吗？"

小叶认真想了想，点点头，说："总得试试吧，我们平时一起玩摩托车打游戏，我们工会里好多牧民家的人。"

局长连忙又摇摇头："不行不行，折腾到那一步，万一控制不好，就给国家添麻烦了。咱们让庄工再找找老专家出来背书吧……"

大家各自想着办法，忍不住四处找人问询，全系统宣传口的人都聚集起来，又找了许多科学工作者，写了各种报告，论述天气干预的可行性，寒冻天气对于青海等地区的破坏力……

审批了一个月，虽然不知道究竟是哪些报告打动了上面，项目终于批下来了。这一个月对于全局的上上下下来说，尤其是对于那些光伏系统的人来说，真是度日如年的一个月。

上级的批示很简单，为了保护青海及四川与新疆的生态环境，变被动防灾为主动预防，批准青海省电力系统与国家环境研究所组建青海气候干预基地，并由西北军区与后勤总装部提供技术支持，装备用以天气干预为使用目的的生态电磁炮系统。该系统的日常运转维护电量与进行天气干扰工程时的使用电量，由青海电网筹集与负担成本。

6

等待着，等待着，当秋风起的时候，用了四个月的时间，装备在海南州等三个区域，呈品字形的三处天气干预基地已经建设完成。国内的特种钢材、大型机床等兄弟部门都给予了极大的支持，零件定制优先优惠出货。

为了能远距离干扰 2000 米以上云层，生态电磁炮系统做了许多系统设定调整，使用的炮弹也是专用的"热弹"，目标就是在云层中制造大范围的热量释放。

其中一处基地就建设在拉西瓦水电站的区域内。这里的花岗岩山体足够坚固，巨大的山内与地下工程，足以保证电磁炮系统的安全，充足的水资源也可以提供辅助降温系统。

拉西瓦水电站周围巨大的山体上，原本就有水电系统的相关山体稳定建构，如同巨大的太空堡垒，视觉效果惊人。在山顶的峭壁上，增加了活动炮台出口，在需要调用电磁炮时，巨大的合金掩体门打开，活动炮台探出，有着超长电磁炮管的电磁炮从山洞中出现，看得那些军工人员和00后的中二青年们热血沸腾。

正如庄工所预测，而且有更糟糕的情况，有一股来自印度洋的暖湿气流正在北上，如果与背风槽带来的冷空气气流在青海四川交界区域交汇，必然会形成暴风雪气团。

知道了这个预报结果，所有人都十分紧张，初战就宛如决战。如果这一次的电磁炮气象干扰计划不成功，不仅是光伏基地裁撤的问题，大范围的暴风雪还会让数百平方千米的几十万居民面临暴风雪之灾。

不但整个青海的电力系统、军政系统的重要人物都赶到了基地，参加这个项目建设的各兄弟单位也都派人来观摩第一次实用发射。数百人聚集在拉西瓦水坝上，但是从炮台上俯视他们，不过是巨大坝体上的一些小白点。

庄工说："我要去最前端的暴风雪抵达区域做现场勘察，操作电磁炮的系统由专业炮手们去完成，你们做好配电的关键工作，咱们各自做好自己的工作。"

局长点点头，踢了小叶一脚："庄工说得对，小叶，你也到前线去，如果计划不成功，不管暴风雪有多大，你都要把庄工全须全尾地带回来。"

小叶一笑："我可是有雪地摩托驾驶证的……"

7

真正抵达前线的时候，小叶才觉得自己的自信是因为无知。

两股气流交汇后形成的冷空气团还没有完全进入庄工预测的降雪区域，但是冷空气团外延带动的风暴和积雨云层已经开始影响大范围区域。

青海的地况本就有一种蛮荒质感，平原与山地交错，赭石色的主色调覆盖大地。此时，乌云密布，阳光暗淡，云层低垂，浅灰色的云层的色泽越来越浓烈，西风猎猎。空气中有一种湿冷的味道，就像头被人按进了冰箱的冷冻层，仿佛呼吸着冰凌。

小叶和庄工都在观察车里，只不过，庄工觉得通过屏幕和窗口来观察云层变化，都不够直观，他要求打开车门，自己就坐在车门边上，直接望向天空。

"庄工，基地的电磁炮能打到这里吗？"

"距离完全没问题，就是比较费电。军用标准是把127毫米的炮弹以2000米每秒的初始速度发射，最大射程超过100千米，消耗电量26247兆瓦，我们的热弹比标准炮弹更重一些，降低初始速度，调整后的实际射程也更大，能打到300千米，不过消耗的电量达到52767兆瓦……配合近距离设置的高射炮群，我有八成把握，在降雪前把足够的热量打入云层。"

小叶抬头看看天空，无尽的乌云像一只巨大的怪鸟，遮天蔽日，他忍不住说："好像一只大鸟啊……"

庄工回应道："叶处长，还记得庄子的逍遥游吗？'北冥有鱼，其名为鲲。鲲之大，不知其几千里也；化而为鸟，其名为鹏。鹏之背，不知其几千里也；怒而飞，其翼若垂天之云。'"

小叶点点头说："水在海中就是鲲，蒸发到云层就是鹏，我只是希望这次的这只大鹏之云，不要掉毛啊……"

庄工听了小叶的话，哈哈大笑："来吧，让我们把黑色的大鹏变成白色，要发射了。"耳机里传来局长的大吼声："你们两个都给我注意安全啊，好好待在观察区域，别被空中掉下的弹片砸到……"两人一起回头望向拉西瓦水电站的方向。

忽然之间，一道光线划破天际，猛然射入云层，而后才有撕裂空气的破碎声传入耳中。空中发出巨响，云层中隐隐的电闪此刻忽然爆发，密集的闪电在一瞬间从云层的不同区域劈向地面。小叶不知道是不是自己眼花了，他觉得云层像啤酒沫一样忽然有点膨胀了，紧接着，第二道光线，第三道光线……超电磁炮的热弹接连不断射入云层，云层在不断膨胀，云层的东西两翼在不断拉长延伸，云层的整体颜色似乎在变淡，而且，似乎在以肉眼可见的速度上升，逐渐远离地面边缘。

膨胀的云层向四方延伸，偶尔甚至撕裂几处缝隙，漏下几缕阳光落到地面上，天地之间的色彩和光感都变得有些抽象。

猛然间雷电变得更加密集，然后，雨，落下来了。

庄工忍不住从装有避雷系统的观察车里冲了出去，小叶连忙也跟着冲了出去。他也不知道自己能干什么，是否能代替避雷针保护庄工，他只是觉得自己也应该出去。

雨滴落在脸上，竟然似乎有几分暖意。

雨开始不停落下，被淋了十几秒后，才感觉到雨水让皮肤有点冷，但是，远远不到结冰的那种冷。随着雨的落下，随着接连不断的电磁炮热弹射入，云层开始破散，并不停上升。

庄工好像松了一口气："我们回车上吧，计划可行，有了你们充沛的电力配合，我想，我们能做的不只是干扰降水的模式，我们甚至能挑战一下大自然了。"

小叶摘下了耳机，说："发射基地那边的人，都喊破嗓了，庄工，我们做到了……"

说着说着，小叶自己都不知道，眼泪就涌出来了。

8

那一次电磁炮气象干涉实战消耗了巨大的电量，但是，上头和民间的反馈都特别好，在项目成功后才知道消息的牧民们，送来了大量锦旗。新的光伏项目审批也通过了，局长特意在项目审批书中说明，天气干涉电磁炮需要巨大的电量支持，要保证整个电网对外正常供电的同时，储备电磁炮电力，我们的项目要比原计划扩大百分之七十的规模。

从印度洋方向过来的巨大水气团，原本的雪与冰雹变成了直接的降水，有的很快汇入河川，有的被那些干枯的土地吸收，虽然整体上是持续降温了几天,但是充沛的雨水让许多干旱区域和荒芜的山体都很快泛起了绿色。

在庆功宴上,庄工特别兴奋:"局长,你们可以甩开膀子建设光伏基地了。我们以后会需要更多的电量,有了电磁炮气象干扰系统坐镇,印度洋那边过来再多暖湿气团也好,冷湿气团也罢,都是在送水而已。青海和周边省的整体生态系统会越来越好。"

局长笑了笑叹口气:"唉,开一炮都好贵啊。那天,每发射一炮,我都肉疼。我们除了得赶紧投产,还是要配合军方的工程师进一步研究电磁炮运行优化,要注意省电啊,省电!"

篇后记

电磁炮,在现实中是中国首先研制成功的原本只存在于科幻漫画中的武器。

能否用电磁炮或者别的炮弹把暴风雪云团从内部加热变成普通的雨,是科幻猜想。

背风槽,印度洋的暖湿气流入境,都是现实中的气象现象,只不过,刚好进入青海及附近区域,而且还没有降下暴风雪,这个细节是为了配合情节而有意设计的。

大量建造光伏电站和风力电站,确实能改变一个区域的能量循环。要知道,能量守恒定律是真理,当一个地方的大量自然能量被抽走后，必然引发连锁反应。不过，如果青海区域大面积减少蒸发量，本文中的引发暴风雪频率增加，只是个猜测，到底会引发什么连锁气象变化，就等待时间来验证吧。

>>> 作者简介

康尽欢，科幻作家，代表作品有《脑内小说俱乐部》等。资深媒体人，多年来为《时尚芭莎》《新周刊》《GQ》等刊物撰文超百万字，有多部作品出版。

颗粒之中

- 靓灵 -

楔子　椅子

酒店 24 楼露台的风。

1　乘务员

"先生，请问地上是您的毯子吗？"
"不是。"
"那我拿走了。"
"好的。"

2 医生

感官上来说,我应该在一架飞机里。

睡醒时脖子两侧被空调风吹得酸痛,滑到地上导致脚格外温暖但刚刚被拿走的毯子,前排椅背上坏掉的屏幕里我的剪影轮廓,无数个整齐排布的后脑勺,空姐在远处问询某人需要什么饮料的甜美声音。意识缥缈在睡意之外。

困倦中,我内心有些愧疚。刚才下意识就逃避了让毯子掉到地上这件事可能引发的抱怨。不知道这条毯子会不会马上被拿去洗。如果它必须很快被清洗,就平白给后勤清洗人员增加了工作量;如果没有被清洗而是被叠起来收进了柜子里,我又觉得对不起下一位使用者。但那一刻我为了省事,还是否定了自己与毯子的关系。

强打精神把毯子甩到脑后。我坐上这趟去苏州的航班,是为了去给一个女孩做手术。她碰到了高压电,身体在触电后已经被巡逻机器用急冻喷雾快速冷冻起来以阻止进一步恶化。由于处于冷冻状态,所以也没办法做基础体检,至今我没有看到事故报告,只听说看监控的员工在看见她的样子后当时就吐在了绝缘服的头罩里。

急冻状态维持不了太长时间,一想到伤者还在等待,我就焦虑起来,急救医生的工作就是和死亡抢时间。

我的前座椅背屏幕坏了。这不奇怪,航空公司常常在一些意料之外的事情上低效得惊人。郁闷的是我的手表也刚好没电了,从睡醒到现在一定已经超过一分钟了，分针和秒针都还没有走过。看来为了打听时间，不得不向人搭话了。

我往窗边看。隔壁坐着一动不动的女孩。

"外面太亮了。"我的视线从她皱巴巴的大外套上移开，那看上去像某种工装制服。"现在几点了？还是下午吗？"

她转过头来与我对视，眼神清亮。

"抱歉，我把时间弄丢了。"在她的注视之下，我紧张起来。

3 电工

"你终于和我说话了，我等你睡醒已经等了很久了。

"窗户挡板给你拉下来了，现在不那么亮了吧。其实光在这儿跟不上你的视网膜，光线对你来说只是错觉。

"眼熟？看来你不认识我，既然如此我们先认识一下吧。我在国家电网工作，是百万伏户外变电站空间工程师。当然不是养雷丘的，以前也有人这么对我说过，但是可惜那种生物我还没有见过。如果真有小动物能直接发电，我们可能会养上几千只当国宝一样供着来轮班。我有很多同事做电力调配工作，而我做一些——延展研究。

"原来如此，你是急救医生，正好是去苏州抢救一名被电伤的女士。那里正好是我工作的地方，不知道有什么能帮上你的吗？电网的事我基本都知道，这种事故很少见，所以交换信息可能会对你有帮助。

"不，那个触电的伤者不可能用手直接碰到百万伏电压附近的线路或塔，地面的人没有办法在通电情况下走到 9.5 米之内。她碰到的应该是空气。

"9.5 米是百万伏电压运输设备的极限安全距离，在这个距离之内的空气是带电的。在人的一只脚跨进 9.5 米之内时，左脚与右脚的电压已经不一样了。有时候安全警报响起来，我们能知道是电网附近进鸟了，但是到现场去检查什么也找不到——因为鸟已经汽化了。

"这可比自然闪电厉害多了，闪电只有千伏，电网可是千千伏，多了三个量级。条件合适的时候，这种能量足够把宇宙空间劈出一个洞来。"

4 医生与医生

"就……怎么说呢，好像以前也隐约明白'医生救不了每个人'这个道理。没达到鲁迅那种思想层面，就是字面意思的救不了每个人。我们再怎么拼命努力，每年每天，每分每秒都还是有很多人在现有技术可以治愈的病痛中受折磨致死。这些我客观上都理解的，当医学生的时候就想过这种事了。有的病人会怪罪时间、家境、运气，而怪罪医生的越来越少了。

"但真的当我成为当事人的时候,一个我自己倾注过时间和爱意的人死在我手里——虽然我根本没碰她——这种时候才真的意识到自己有多渺小和无能了。人会注意到自己每天都在用电吗,会注意到一根灯管亮着是因为有成千上万人的工作在支撑吗?不会注意到的,除非停电了,人才会问:修理的人哪儿去了?设计线路和电力运输的人干什么吃的?从那之后我不停地问自己,她需要救助的时候我为什么不去救她?懂这么多急救技能是干什么吃的?你能懂吧,你也是医生,虽然和我治疗不一样的对象。

"就好像死掉的不是一个你认识的人,而是你自己生命的一部分。这种被黑暗笼罩的感觉,和在电视里看灾难死亡人数的距离感是不一样的,和我救活或者没能救活一个陌生人也是不一样的。我以前是不是太天真了?"

5 医生

人类有一种奇怪的社会性反射,是在痛苦、难堪或紧张的程度接近大哭的临界值时突然咧嘴笑出来,这是脑在表意识之外强行调动身体来缓解紧张气氛。如果对表情系统不够了解,他人可能会因此误解紧张者的真实情绪。虽然我以前也偶尔被某个人说"情商低",但好在面部肌肉运动我是能看懂的。面前的这位女士虽然一直在微笑,但好像随时能哭出来的样子,这让我更不好意思随便接话了。

她胸口的挂坠好像一颗金属扣子，阳刻的羽毛根部刻着"Dr"，也许是名字，也许是别的。

我一边听她说个不停，一边对抗睡意想着伤者触电的各种可能性。以鸟为例，有没有可能在一只鸟闯入带电空气范围并被汽化时，有一根羽毛因为惊慌和挣扎而脱落下来，正好被推到有电距离之外？如果被不理解原因的路人看见了，就是一只鸟飞着飞着，突然噗的一声，只剩下一根羽毛缓缓飘零下落。

鸟能被带电空气完全汽化，那人又如何呢？我迷迷糊糊地就上飞机了，关于即将手术的那位伤者，除了她是一个女性、触电濒死以外，我什么准确消息都不知道了。

我不是第一次赶到别处出急诊，毕竟现在医院都有到机场的超快速通道，有时候急救医生出诊到隔壁城市做现场手术的速度，比伤者从事故地到医院还快。虽说也不是第一次接触电伤者，不过这一次确实有些特殊，我记得消息只说伤者"不太完整"，就再没有更多详细情况了，接到消息五分钟以后我已经在飞机上了。

这位病人接触到的空气有多高的电压？她哪些部位的损伤严重到需要截肢或更换器官，哪些部分只是轻微灼伤？她身体的一部分会不会和撞网的鸟一样汽化了？被发现时已经过去多久了，急冻及时吗？

只要是还活着的人，大部分的外科手术我都能做，她的状态是外科手术可以修复的吗？她的脑还好吗？身上会不会有静电需要在术前预先释放？在触电的瞬间，她在想什么呢？如果她能知道我到场了，我却表示无能为力，她会不会痛到想死？我会不会愧疚到想和她一起死？

我还来得及去救她吗，还能在她活着的时候赶到她所在的空间吗？

飞机怎么还没到机场？

6　电工

"'什么空间'是个好问题。

"你知道我们的宇宙正在扩张吧？扩张的意思是，宇宙像一个正在充气的气球，不停地变大。

"所以就产生了这么几种状况：第一，宇宙越来越空。绝大多数的星系在光谱上都有红移，也就是说它们全都在远离观测地点。这种远离不是星系自己在哼哧哼哧地跑，而是宇宙的坐标系在扩张，也就是原本只占了一点点空间的宇宙正在挤占越来越大的空间，宇宙气球越来越大了。气球之外是什么我们不知道，但气球之内的物质总量是固定守恒的，所以物质之间的缝隙也在变大，气球里任意两点之间都在互相远离。

"在一块柔软堆放的棉布上用生锈的钝刀戳一下会怎么样？不会怎么样，布料受到了挤压就会因为韧性而往下陷，就像用拇指按枕头一样，只要把刀拿开，布料就会还原。但是如果你在一块拉扯伸张的布料上戳一下，就会戳出一个洞来。百万伏的电压在极端条件下放电，就相当于在拉扯的宇宙空间里戳了一刀，能够戳开原本宇宙空间上的连贯宇宙力，戳出一个洞。

"你又露出那样的表情了，让你的病人看见了又该胡思乱想了。我说的绝对都还在现实理论物理的讨论范畴以内，我的工作就是研究这个。当然也不是每一次百万伏放电都会在空间上戳出洞来，不然国家电网可没法运作了。一般情况下鸟就只是单纯地汽化了，也就是一个导体身上发生的简单物理和化学反应。

"非一般情况，也就关系到宇宙扩张会产生的第二种状况了：所有的点都跟着坐标系扩张而相互远离时，距离越远的两个点之间相对速度越大。那么距离足够远的两个点，扩张的相对速度有可能超过光速吗？

"答案是可能的。爱因斯坦断定限定物体运动不能超过光速，他的前提是狭义相对论有一个固定且有限的坐标系，物体在坐标系里运动不能超过光速。但是宇宙扩张并不是物质运动，而是坐标系本身在扩张，就像把比萨的面饼旋转甩开得更大了，可坐标系就是比萨自己，无论它转到多大多快，坐标系上每一个点的坐标在这种运动中都没有变化。

"当地球所在的那个点，在坐标系中的扩张速度相对系内另一个遥远点达到光速的时候，地球所在的这一小块时空就会处在一种微妙的错乱与极限平衡之间：表面上时间与空间都还在正常运行，但一切都在四种基本力的拉扯下绷紧成一张一戳就破的橡胶皮。这种时候如果有足够大的能量，比如说百万伏电压被释放到非密封空间中，噗——

"空间就破了。"

7 乘务员

"先生,请问这是您的扣子吗?落在您脚边了,上面雕刻了羽毛。"

"不是。问问这位女士吧,她好像有类似的饰品。"

"女士,这是您的吗?"

"不是。"

"那我再去问问别人。"

8 医生

坐飞机就是这样,乘务员会因为无数件小事情来打断你,有的还会热情地给你塞一些特产食品或礼品,大部分时候我什么都不需要,坐飞机仅仅是为了到目的地而已。

我伸手去摸自己空荡荡的衬衣领口,同时感受着空荡荡的脑子,想不起来上一顿饭是什么时候吃的。以前我就经常因为忙工作忘记吃饭而被某个人强烈责备过。说起时间,我仍然不知道现在是什么时间了,邻座的女孩刚才还说光子跟不上我的视网膜,难道这飞机也飞得比光快吗?那我的时间是该暂停还是该往回退?

在她滔滔不绝的梦话里,我一直处于半昏睡的困倦混沌状态中，感觉很像低烧着通宵到天亮的体验，难道这也是错觉吗？她的话我都能听懂，不过好像总是慢一拍。

飞机的座位很挤，我惦记速冻的时效，想着只要伸手就能以礼貌的距离越过女孩打开挡板了。就这么做吧，看看太阳落到什么位置了。我探身打开飞机窗户的挡板，光线溢进来——

只有光。窗户外面是一片纯粹的白茫茫，没有蓝天、白云、太阳和像遥感地图一样的暗色大地。什么也没有。

在震惊与困惑带来的短暂清醒之中，我分明看见女孩转头去看窗外的样子毫不意外。我突然认出了那张一直没能清醒直视的脸，她是那个伤者，是我马上要见到的那个触电的女孩。

我更不明白了，我为什么刚才没有想起来？她为什么看上去完全没事？我真的是去抢救她的吗？话说回来，鸟碰到了电压会汽化，人碰到了为什么还能活着呢？

又看一眼飞机的窗户，我抑制不住紧张地笑了。

我在哪儿？

9　电工

"既然如此我还是直说吧。你知道这是你第多少次睡着了又醒过来和我说话吗？是第六百零八次。其实也不算很多，毕竟每一次的主观感觉时间也不太长，我不知道在这之前还有没有，反正在这一段连贯的记忆里，计数的时候我都特别小心。

"六百多次里我试着和飞机上不同的人说话,虽然还有很多事情没搞清楚,不过已经大致能知道你们的飞机本来正在途经苏州上空,而且飞在雨云之上。有一次我从乘务员嘴里套出话来了,应该是雷电把地面的变电区与雨云接起来了,所以这架飞机与我一样,被百万伏电压击中了。

"原本应该直接坠毁的飞机,却突然钻进了百万伏特撕开的空间裂口中。那时地球所在的坐标系相对于某一个遥远点的移动速度已经达到光速了,那不是第一个这种时刻,也不是最后一个,所以连巧合都算不上。

"一个未被证实的猜想说世界上其实有无数个宇宙,就像沙漠里的沙子那么多,人能置身和能观测到的宇宙只是其中一粒沙。现在我们可能从一颗沙子到另一颗沙子了,也就是说,我们可能在原本宇宙之外的另一小颗宇宙里。

"我知道有点荒唐,你先听我说完。磨磨蹭蹭的话你不知道什么时候又突然睡着了,醒过来的时候又只有碎片的记忆。这飞机上的一切都这样反反复复,乘客一批一批睡了又醒、醒了又睡,乘务员也不停地走来走去。水杯里的水被喝掉了,水位线高度又当着我的面一点点升回去了。所有被改变的地方都会慢慢复原,只有我一直记得所有的事情。

"我不知道这个宇宙有多大,我能触及的可观测范围大部分时候只有这个飞机客舱,只有一次我在窗户外面看见了一个影子。我认为那是另一架飞机,模模糊糊好像写着马来西亚的英文,但它在光芒的淹没之中,我什么都看不清楚,之后也再没有见过。这里包含物理基础在内的一切都未知,找规律全靠猜。我想这飞机里的物质流动是转圈儿的，这飞机一直在飞，可能也是在转圈儿的，所以才一直到不了任何地方。就像电荷在电网里流一样，只要能量和物质守恒，能量就能一直流、一直转。

"我猜想是因为超光速移动的坐标系在理论上是不携带信息的，所以我们可能在一个信息游离态的宇宙里，我不知道是什么在储存你或这飞机上其他人的记忆，也不知道你是如何捕获它们的。有几次你一醒来就能记得我是谁，二话不说就抱住我，还有几次我说破嘴皮子说到你睡过去，你也想不起认识过我……而且不知为何，如果你不主动找我说话的话，我是不能对你先开口的。虽然这个比喻不够恰当吧：总觉得我们好像在不同的能级或者状态上。还好你也是个死脑筋，每次都会向我问时间。

"我？看来你仍然没有想起来我是谁。不，我不只是你的病人，你坐上这趟飞机不是去苏州给我动手术的，还记得吗？苏州没有机场。"

10　清洁工

"先生，请问这是您的椅子吗？"

"……不是。"

"可我看见这间房里没有椅子了。我们酒店每个房间都会配一把椅子的，你房里少了一把，露台上多了一把，我得提醒您这在24楼非常危险，而且是违规的——哎，别关门呀，请把椅子拿……"

"砰!"

11 医生与医生

"我一年有三百多天在天上飞来飞去、抢救各种各样的伤员,就连她死的时候我也在抢救别人,一个出车祸的初中生,也是女孩,救回来了,之后没再见过。收拾医疗箱想赶过去的时候消息已经等着我了,他们没敢在我抢救那个初中生的中途说真话,一直骗我说在抢救她,'在抢救呢''还在抢救呢',其实在急冻喷雾解冻之后十秒她就心肺停止运作了。不是自然死亡的,她的急救医生是个新手,直接对她用上了金属工具,静电释放是压死她心脏的最后一根稻草。这种状况无法预料,不算医疗事故。我那场手术3个小时,结束之后听说她人已经在停尸房了,我就想啊,如果把初中生留给别的医生,第一时间赶到她身边,她不会死的,我对自己有信心……

"但后来我一遍又一遍地问自己,我对自己真的有信心吗?要是我赶到了,我真的能把她救回来吗?一个被高压电周围空气击中、电压不明、全身烧伤、部分汽化的病例,抢救成功的先例数量为零。再后来有人安慰我,说起码我还救了个初中孩子,我又问自己,要是再来一次,我真的能保证把那孩子救回来吗?活下来了真的不是因为孩子自己运气好吗?

"我一辈子的自信全部崩塌了。我向单位请假，关上急救手术接单软件，把自己关在卧室里，后来不想看见房间里她留下的东西就去住酒店，结果下意识又走进了之前与她出去度假时住过的 24 楼的房间，我连椅子都搬出去了，结果连杀死自己都不敢。我是一个懦夫，永远在逃避责任。我的每一个毛孔里都在溢出这种自问的声音：你一个急救医生，连自己最爱的人都救不回来，你还能干什么呢？你活着有什么意义？你自己反正也是要死的，为什么还要活下去呢？

"从这间房走出去以后，我就要坐飞机去认领她的尸体了。看见她以后，我离开这个世界的勇气会不会增加一些？"

12 电工

"你好像又想起来些事了？

"别睡着了。我的观察与猜想总结一下就是：在膨胀绷紧的宇宙里百万伏放电撕破了空间，我们从空间的裂缝钻进了另一个很小的宇宙颗粒。虽然没有测量仪器能得到这里太多的物理参数，但既然我和这架飞机是两次不同的触电，却到同一个地方来了，我猜测这两个宇宙之间的通道是可以复制的，所以你说不定有机会回去。

"嗯？对，只有你和这架飞机。你们可比我幸运多了。法拉第笼效应保护了你们，这架飞机触电的时候，电流流过了飞机表面的金属，没有伤到里面。

"我刚才没说吗？抱歉我讲了太多次了，有时候会忘记哪句话是说过的，哪句话还没有。

"你登上这架飞机，是去取我的遗体，其实第一时间急冻的时候已经没剩多少了。大概还剩 20 千克吧。你就是因为太自责才不想活了，真是傻得不行。

"记得你之前给我讲，医生治病疗伤，是消耗了自己的时间，来延长别人的生命，也可以算作是某种以命换命吧。你不是不想活了吗，我挺想的，要不你帮我个忙？要是有机会离开这个空间的话，帮我活下去吧。我们在一起这么多年了，你还没拒绝过我的请求呢。

"你要是听了我的话活了，就可以算作我把我的命给你了，我也是你的医生啦。嗯？这不是眼泪，应该是这个空间的粒子不稳定造成的吧。奇怪的现象，这里的物理法则谁知道呢。

"别擦啦，我没什么不开心的。你看我像说谎的样子吗？"

13　新闻

晚间速报。近日苏州市城区多发雷雨天气，今天下午闪电击中国家电网设备，单个设备断电后快速自动恢复，未对居民用电造成影响。

同一时间，多位市民声称亲眼见到某民航航班于苏州上空

"消失"数秒，专家表示：系集体癔症类的心理作用，希望大家注意夏日防暑。

记者跟踪调查，该航班已经安全准时降落，机上机械手表等无自动校准功能的计时设备均慢了3秒钟。事件原因正在调查之中。

14　医生与医生

"我到现在也想不起来是什么时候拿到这东西的，那几天我跟丢了魂一样。我就记得那会儿已经请假停工了，从你这儿走出去之后什么都不愿意想，上飞机之前就只有一个念头：把她剩下的尸体接回来，然后就找个不容易被人发现的地方自我了结。

"我在飞机上打了个盹儿，睡醒了手里攥着这颗扣子，想不起来是什么时候带上的。结果等我到了她单位，她的同事说见过，告诉我这是她给我刻的，因为我有件衣服掉了颗扣子。就是我那天穿着的那件。

"等到下飞机的时候，我已经不想死了。我拿着这颗扣子，好像拿着她送我的一整个宇宙。

"我给她办了后事，重新开始营业，还把这颗扣子缝上了。她的同事说上次看见的时候是有羽毛图案的，不知道为什么现在只剩个模糊羽毛形状了，好像被她热熔过一样。

"……

"还有个小事儿。在飞机上打盹儿那会儿我好像梦见她了，梦见问她几点了。但她就是不告诉我，好像只要她不说，就能和我多聊一会儿似的。然后飞机下边一个雷就把我惊醒了。

"……也可能是我妄想的吧。"

>>> 作者简介

靓灵，科幻作家，科技行业从业者。擅长在宏大神奇的设定中表现人类的温情。代表作品有《黎明之前》《落言》《珞珈》《绯红杀手》。

落光

- 昼温 -

> "我要离开，飞得越远越好。"
> "我要留下，不惜一切代价。"

楔子

夜深了，霍希然睁开了眼睛。

塔很高，但四周还是充满声响。草间窸窸窣窣的昆虫，高原呼啸而过的风，屋里咔嗒咔嗒的电子器械声。如果是白天，她还可以听见遥远工地里永不休止的喧嚣吵闹。

今晚可是收割星光的好日子。

青海离天空很近。霍希然拉开窗帘，灿灿银河直接灌进了瞭望塔。她下意识别过了头——几个月不见太阳，她的眼睛比耳膜还要脆弱。即使是星光也太过强烈了。不过没关系，几年后这样更好。

等洗漱完毕、爬下瞭望塔时，她已经适应了许多。

没有灯，但她能看清路。不，其实连路都没有。

守望塔建在西宁市100千米外的光伏发电站中心，被上百平方千米的太阳能电池板包围。毕竟青海有当今世界最大的光伏基地，太阳能电池板的面积加起来比一个新加坡都大。站在守望塔最高的一层，360度环望都是看不到边的晶体阵列，像沉默地汲取恒星能量的深蓝色多边形向日葵海洋，为人类历史上最大的工程输送养料。

但现在不是。

对希然来说，它们此刻都是睡去的巨人。没有阳光，所有的光电器件都不再工作了。她灵巧地穿过长方形的面板和圆柱形的杆子，朝着北极星走了很久。

直到走进了另一片光伏花海。

如果是白天，人们不会发觉这一块儿太阳能电池板有什么不同。颜色深一些？形状怪一些？排列没那么整齐，身姿也没那么挺拔，像还没长成的幼苗……

这是霍希然的花田。

她布下指令，保护晶体的深色薄膜便退到了一边。高敏光电材料苏醒了，开始如饥似渴地寻找光源。

它什么都要。天际线上大城市的灯光，草间闪烁的萤火虫，夜车司机刚点燃的烟头。还有星光。

不论是近地轨道的卫星，还是只有一个牙儿的月亮，是亮得耀眼的天狼星，还是几百光年外的星团。也许它的主人早就湮没在剧烈的超新星爆发中，也许它的行程已经过了千百万年，但只要那束光此刻落在了这片花田，它就有了新的使命。

一整片花田的辛勤收集，一整个夜晚的千回百转，所有的星光穿过电路汇集在一起,只能点燃霍希然手中的一盏夜灯。

她坐下来,就着这暗淡的光芒写信。一封发向深空,几千个日夜才会被人收到的信。

这是"隐藏者计划"实施的第七个月,容羽已经走了半年。

1

大三那年,学院搬了次宿舍。因为从六人寝室改成了四人寝室,所有的宿舍都需要打乱重排。辅导员早早下发通知,让大家"自由组合"。毫无疑问,霍希然是被所有组合挑剩下的那一个。很快,她要跟另一个"没人要"的女生搬进11号宿舍楼二楼尽头的小房间。

希然只知道那人叫赵容羽,隔壁专业,一米七五的大个子。与希然的沉默寡言、离群索居相反,赵容羽被"嫌弃"的原因是"太吵了"——她甚至有一个外号叫"赵大吵"。

不过,再吵也吵不过五个人吧。希然想着,把旧耳塞拿出来压在枕下。

然而,事实证明,赵容羽比十个人都吵。她不仅说话声音奇大,每一句都震得希然耳膜嗡嗡响,连日常生活中简单的动作都能发出比别人大十倍的噪声:洗衣服时把水龙头开到最大,水流哐哐哐撞击塑料盆;走路时鞋拖着地板,发出阵阵摩擦声;用电脑时不断拖拽椅子,没有护垫的金属凳脚与瓷砖地面尽情刮擦,堪比指甲刮黑板……吃面条时极力吸溜，感冒时用力擤鼻涕，甚至粗重的呼吸声都像在安静的图书馆安了鼓风机……本来就对声音极度敏感的希然立刻缴械投降，每天早早起床摘掉耳塞，轻手轻脚摸去自习室。

如果能一直躲着她倒还好，可赵容羽偏偏过于热情，什么事都要拉着希然一起。

刚刚认识就表现得太冷漠不好，下次，下次一定要拒绝！希然愤愤地想，又一次被赵容羽拉到了报告厅。

以往被辅导员叫来凑讲座人数时，两人会坐在报告厅最后一排的角落里。大多数时间霍希然都是戴着耳机在平板电脑上处理数据，全然不管四周发生了什么。但这回却——

"这么靠前？"

"对啊。"赵容羽不由分说坐到了第二排正中间，前面就是嘉宾席了。

"这场应该挺有意思的。"

希然这才抬头看了一眼投影在讲台上的宣讲会主题——具象人类精神，腾飞深空梦想。

来的人确实不少，三百人的报告厅很快坐满了。主持人轻拍手里的话筒，会场立刻安静了下来。

"大家好，感谢大家百忙之中参加我们DRAGON航天集团的就业宣讲会。"

"DRAGON？就是那个抄袭SPACE X的野鸡公司？"

希然吓了一跳：安静的报告厅里，赵容羽却用正常音量和自己讲话。声音传得很远，引发了一阵轻笑。

主持人看了赵容羽一眼，舔了舔嘴唇继续说，"今天主要是来招募参与深空探测项目的宇航员——"

"深空探测？还载人？NASA都没这个技术吧！"会场又是一阵笑。希然的脸开始发烫。

"……目标甚至是超越太阳系……"

"那还回得来吗？这是招人送死啊！"话音未落，报告厅里直接变成了欢乐的海洋。

"容羽！"希然小声提醒，但她的同伴似乎没有停下的意思。容羽直直盯着前面，甚至不再假装和希然讲话了。

主持人脸色发青。他关上话筒，望向坐在第一排最右边的黑衣男子。

"赵总，这……"

希然看见那人轻轻摇了摇头。主持人也没再追究什么，继续介绍自己的项目。只是会场里越来越嘈杂，接话的人也不止赵容羽一个，主持人的声音很快就被盖过了。

噪声迅速超过希然的忍受极限。正准备戴上耳塞，赵容羽拉着她跑出了报告厅。

希然看不见赵容羽的表情。希然知道她今天是故意的，但她决定不问。每个人都有秘密，霍希然也有。

希望她也能做到不问。

2

半夜两点，霍希然被手机震醒了。她熟练地关上闹钟，躺在床上等了一会儿。对面床上的女孩睡得正香，空气穿过口鼻，发出吱吱的轻响。

霍希然缓缓拉开被子，轻手轻脚穿好了衣服。她拿起准备好的背包，光脚走出寝室，在走廊消防设施后面找到了之前藏在那里的运动鞋。深夜非常安静，只能听见胶皮鞋底和地面摩擦发出黏黏的声音。搬宿舍楼前，霍希然半夜溜走过几百次，驾轻就熟。这栋建筑也差不多。她从侧楼梯下来，找到了走廊尽头的窗户。宿管阿姨的房间远在那一头，虽然发着橙色的微光，但希然相信她早就睡着了。轻轻拉开一扇窗，她用一根压扁了一头的粗针轻易挑开了防盗网上的旧锁。铁器摩擦的声音在夜里太响了，她在轴承处滴了两滴润滑油，全神贯注地控制着防盗网上逃生窗开启的节奏……

"霍希然，你干吗呢？"

她吓了一跳，只听小铁窗发出"吱呀"一声刺耳的声响，她赶忙伸手稳住。

是赵容羽。她穿着睡衣，长发乱蓬蓬的，一脸疑惑地看着希然。

容羽是什么时候下来的？耳朵敏锐的希然怎么可能没听到？希然顾不上问她，只是打了个噤声的手势，瞥了眼远处的宿管休息室。还好，没有什么动静。

"不是，你这么晚不睡觉到底在干吗？"

赵容羽显然以为自己压低了声音，甚至用了气声，但绝对音量还是不小。希然拼命做手势，急得想捂住她的嘴。

"哎呀你别说了。"

"她们之前警告我你会半夜溜走，我还不信。你到底有什么困难啊，说出来我们一起想办法解决——"

"干吗呢？干吗呢？干吗呢！"

宿管阿姨还是被吵起来了。她从走廊另一头怒气冲冲地走过来，声音很小但很严厉。

"你们两个是哪个班的？辅导员是谁？想半夜溜出去吗？"她一把拉开霍希然，看到了打开的逃生窗。"还学会撬锁了？"

"我——"霍希然低下头，无言以对。

赵容羽看了她一眼，立刻接话："阿姨，不好意思，是我半夜肚子疼，想让希然陪我去看医生。但我们又不好意思打扰您，正好看见这窗户开着……哎哟哎哟……"

"不是你们撬的？"

"当然了，我们两个姑娘哪会干这种事……哎哟我不行了，阿姨我得回去上厕所……"

"唉，赶紧上去吧。"

阿姨嫌弃地看了她们一眼，牢牢锁上了窗户。

3

第二天早上，两个人都起晚了。

"还是不想说吗？"

霍希然用力地装书包，没有理她。

"喂，我可是 cover（掩护）了你哎，有没有一点感激之情啊。"

"要不是你我也不会被发现。"

"可你凌晨两点到底要去做什么呀？不会真跟她们说的一样——"

"管好你自己的事。"

霍希然的脸腾地红了，快步离开了寝室。

坐在图书馆里，她的心还是怦怦直跳。一抬头，发现赵容羽正在对面的桌子旁远远看着她。希然拉起书包就去了另一个房间。

好不容易摆脱了室友，她掏出平板电脑认真查看数据。计算了一会儿，她有些心慌：今夜必须去现场实时调整了，不然这半年的实验成果都会作废。

晚上 11 点她才卡着熄灯铃进了宿舍楼。推开寝室小门，赵容羽正坐在阳台前等她。

"今晚还出去吗？"

"不出去了。"

"那好。"赵容羽起身插上了房门，还把自己的椅子、小桌子和一个装得满满的行李箱堆在门前。

"你这是干什么?"

"防贼啊。这样有人想开门肯定要发出很大的动静。"赵容羽叉着腰站在一堆杂物前,自信满满地说。

"好吧,"希然把书包放下,开始整理,"反正跟我也没关系。"

"不过说真的,希然,"赵容羽的语气软了下来,"我这也是为你好。如果你缺钱就告诉我,千万别——"

看见希然的眼神,她终于闭上了嘴巴。

半夜两点,希然准时醒了。确定赵容羽睡熟后,她蹑手蹑脚地下了床,朝着与房门相反的方向——阳台——走去。她背好书包,穿好跑鞋,轻轻爬上水泥台子往下望去。

还好,二楼不算很高。

在青海的家乡,她曾像野孩子一样爬上爬下,从山上滚下来都毫发无损。只要知道正确的姿势,只要做好缓冲……

她深吸一口气,抬起脚后跟。一、二……

"霍希然,你在干什么!"

一声尖叫袭来,她立刻失去平衡,栽进了草坪。

4

睁开眼睛,霍希然只能看到一片陌生的天花板。她撑着身体坐起来，感到一阵恶心。接着是熟悉的大嗓门。

"希然，你没事吧？"

是赵容羽。她脸色憔悴，挂着两个大大的黑眼圈。

"我这是……"

"没事，轻微脑震荡，休息一下就好了。医生说简直是奇迹。"

希然点点头，松了口气。她还记得自己在空中拼命调整落地姿势。

"辅导员来过了，我们试着联系你的……你的爷爷奶奶。他们说暂时有事，但我想很快就能——你在干什么？医生说现在不能下床的。"

"我得回学校，我要……我有事要做。"

"希然！"赵容羽大力把她推回病床上，"你能不能告诉我到底什么事这么重要啊？逼得你跳楼都要出去？"

"喂，你小点声……"希然的耳膜又开始嗡嗡响。

"是不是有人威胁你？你告诉我啊，我可以——"

"这里是医院……"

"你赶紧告诉我吧，不然我就报告学——"

"别吵了！"希然忍不住尖声吼了出来，惹得病房里的护士、病人家属纷纷侧目。赵容羽这才闭上了嘴。

"你知不知道自己有多吵？洗漱也吵，上课也吵，连睡觉说梦话的声音也特别大！跟你住在一起简直就是折磨。还有昨天，要不是你我早就把事情做完了。你知不知道那件事对我有多重要！"希然躺回病床上，一把扯过被子，身子向另一边侧过去。

"我……我只是关心你。"

"我不需要你居高临下的关心，大小姐。"

"什么大小姐？"

"只有养尊处优的大小姐才会这样，不是吗？从来不知道自己的生活给别人添了多少麻烦，还以为自己特别有正义感，对不对？"搬进那间寝室前，希然就听说赵容羽家世非凡。也是啊，只有母亲那样的人才会活得小心翼翼，讨好身边所有人。

"我知道了，对不起。"

希然没有回答。

"我……我可以解释。我给你看样东西好吗？如果你还是不能原谅我的话，我就向学院申请调宿舍。"

希然转过身，看见赵容羽从钱包里取出一张照片。看上去有些年头了，是一位戴着蛤蟆镜的青年男子，肩上扛着一个小女孩。背景看起来像巨大的火箭发射架。

"这是……"希然认出来了，男子正是有名的民间航天企业家赵沆申。上次DRAGON航天集团来学校宣讲时，他就是坐在第一排的"赵总"。

"你是赵沆申的女儿？"

"曾经是。"赵容羽轻笑了一下，"他和我妈相识于微时，开始创业后就把我们母女俩扔在了老家。我妈嫌他不管我，他就把我接过去到处跑。半年后回老家，妈妈才发现我因为多次近距离观看火箭发射而听力受损。我妈责怪他，但他哪有空理我们……后来……后来……"

希然知道这个故事。DRAGON航天做起来以后，创始人的八卦满天飞。三次失败的婚姻，明星和超模的绯闻，如今是名媛圈最为追捧的黄金单身汉……

"我妈一直教育我不要成为他那样冷血的人，所以我……我有时就忍不住多管闲事……"

"对不起。"这回轮到希然道歉了。

"不不不，全都是我的错。我以为自己的听力已经恢复了，但估计还没有到正常人的水平。以后如果我太吵，你就给我打个手势，好吗？好不好？"

容羽握住她的手，轻轻摆动。

"不，"希然的眼睛湿润了，"我的耳朵其实也……"

"什么？"

"没什么。容羽，你不是想知道我晚上出去要做什么吗？"

5

霍希然是安宁牧民的后代。

青海省西宁市光伏基地刚建成、智能清洁车还没启用时，她的外祖父被招募来清洗太阳能电池板，就是初代维护员。高原的阳光通过这些覆盖地表的转化装置变成电流，再静默流入哨所，流入安宁，甚至流入了北京。不过西北的风沙很大，不到半个月便能在深蓝色的单晶硅表面上附着一层尘土。为了保证发电效率，外祖父每隔十天就要开着小水车来这里，用水管冲洗掉灰尘。那时，幼小的母亲在规则的机械花田里奔跑，不觉得外祖父的举动与电视上灌溉作物的农民有什么不同。后来，顺着倾斜表面流到地面的水滴真的滋养了土地，长出了方圆百里都罕见的肥沃牧草。光伏基地的人甚至在这里养了一群脸黑黑的青海藏羊，外祖父又被叫来放牧，干脆住在了基地里。

就这样，母亲认识了常驻光伏基地的父亲。他当时博士毕业不久，放弃了拿到北京户口的机会，带着一腔热血来到遥远的大西北实现理想。那时母亲已经在安宁当地的小学教了好几年书了。两人在广阔的天地间坠入爱河，又在璀璨星空的见证下结为夫妻。只不过，父亲的父母一直不接受母亲。他们都是大学教授，最终移居到了北京，但从来没有见过母亲一面，也从来没有问过希然。

小小的希然并不在意这些。她在光伏花田中成长，会管理一大群光伏羊，也会修理太阳能电池板。而她最快乐的，就是看父亲研究"落光"。那是一种高敏光电材料，只能在夜间运作，但效率奇高。一旦夜幕降临，父亲就会抱着希然走向离城市、离基地、离所有人造光源都很远的草原深处。父亲摆弄落光，希然就躺在草地上看那条灿灿银河。她是如此热爱裹挟一切的寂静，仿佛能听见苍穹传来星星眨眼的声音。有时候，她看着看着就睡着了。父亲忙完后就把她抱起来扛在肩上，一颠一颠地回到基地。

生活本来可以就这样平静地继续下去，直到她去了一次北京。

人生第一次去北京，最好不要在夜里。如果去了，也最好乘地铁、搭公交，不要坐车去最繁华的高架。那里太亮了，太美了：鳞次栉比的高大建筑，每一栋都闪耀着不同颜色的霓虹；高架桥上的车辆缓慢前进，左边闪着白光，右边闪着红光，流淌成两条并行的星河。她还太小，以为那比家乡的夜空还要厉害。于是她几乎立刻就被流光溢彩的首都俘获了，哭着喊着要留在那里。考虑到教育资源的问题，父母商量了很久，也最终同意了她的请求。

可这谈何容易。

北京收留她的亲戚面善心冷，只提供最基本的衣食；因为口音和生活习惯，同班同学也无法真正接纳她；初涉社会，欺骗和伤害让她再也不敢轻易相信别人。到了节假日，她常常在兼职下班时挥手招来一辆出租，让师傅挑最繁华的路段行驶。夜色降临，满街的车灯，满城的霓虹，比她刚来北京的那一夜更加壮美。更重要的是，她知道万千灯火中有那么几盏，能源来自1800公里外洒在家乡的阳光。每到此时，她都会忍不住流泪，感觉自己又回到了父母身边。

再后来，父母意外去世，切断了她在这个世界上唯一的念想。

她又回到了家乡，回到外祖父曾经放牧的地方。光伏基地扩建了几倍，父亲的落光试验田也大了许多，只可惜技术还不够完善。同来的祖父母既悲伤又愤怒，他们当即切断了给希然的供给，让她要么在首都"自生自灭"，要么就"滚回这个小地方来"。那时，希然才刚上大二。为了自己留在北京的梦想，也为了父亲生前没有开发成功的项目，希然摘走了几片"落光"。

6

"Semi-Conductors（SC）国家重点实验室？"

希然点了点头。

"我打听过了，SC每年都会来咱们学校招直博生，而且奖学金丰厚。如果我能继续父亲的研究，带着他的成果进SC，我就有机会把落光发扬光大。而且，"希然顿了一下，"我也有机会留在北京。"

"可是SC在全校只招一个人啊，竞争对手还包括在读的硕士生和博士生呢。"

"我知道……所以落光的事我对谁都没讲。SC很看重独创性。我还没出成果，而这个点子谁拿去都可以用……是我自私，希望可以瞒下所有人，也想赌一把全世界都没有学者在做这个。我需要……我需要让他们对我印象深刻。"

"研究落光必须远离过强的人造光源……所以你才半夜往外跑？"

"嗯。落光在晚上会自动开启保护膜开始工作，但我必须根据每夜的天气状况进行实时调整。幸运的是我们这个新校区远离市区，我不用走太远就能找到理想的实验场地。"

"怪不得……"容羽想了想，"我还有一个问题。"

"你说。"

"唔……先说好，我没有冒犯的意思，但我想我能理解你爸为什么没能把落光'发扬光大'，或是说连个科研基金都申请不上。咱们虽然还是本科生，但材料也学了三年，都知道……这种晶体的实用性。我是说，那么多太阳能还来不及收集，一点点的星光又能发多少电呢？如果材料不够好，光是在电路中的行程就消耗光了。而且相比于老套的光电转换，拓扑半导体和外尔半金属明明才是更热门的领域。"

"我——"

"其实项目前景究竟怎么样不是重点，我真正想问的是，"容羽望着希然的眼睛，里面带着一丝异域的色彩，"你这么拼命研究落光，想要实现的到底是你自己的理想，还是你父亲的理想？"

"我……"希然的眼睑垂了下来，"是我的，也是父亲的。"

见容羽失望的神情，希然突然想到了什么。

"但我们的理想为什么不能是一样的呢？我是说，我曾经也恨过他，恨他和母亲结婚，这段不被祝福的婚姻让我们受了很多苦。我也曾想将落光弃之不顾，或者干脆卖个专利了事。但无法辩驳的事实是，他深度参与了我的成长期，把回收星光、提高光电转换率的理想传递给了我。我不可能因为恨他而否认我自己。我是说，如果原生家庭留下的印记是不好的另说，但如果仅仅因为父母的过错而去讨厌他们的一切，甚至不去正视已经内化在我们内心的理想和追求，又是何必呢？"

容羽猛地抬头望向她，皱起了眉头。

"我只是在说我自己。"希然坚定地回望，假装没有在容羽的书架上看到过几本被翻烂的深空探测教材。

容羽笑了。

"我知道，我们一起把落光找回来。"

7

"你确定是这里吗？"

"两年来一直在啊，怎么会……"

出院第二晚，两人就摸到了希然藏落光晶体的地方。可那片草地空荡荡，只有虫鸣。

"它长什么——"

"容羽，小点声！"

"哦哦……我想知道它长什么样。"

"笔记本电脑大小，就是常见太阳能电池板的样子。"

赵容羽俯下身，开着手机的照明功能在草丛里搜寻。

"什么都看不见啊—— 等等，这是什么？"

希然慌忙跑过来，看见容羽手里拿着一个易拉罐。里面有残存的可乐，闻起来还挺新鲜。希然一下子感到心跳加速、热血上涌。

"你选的是一个旅游胜地？"

"荒郊野岭的，哪里会有人过来？不过这里的草确实跟几天前不太一样，好像被很多人踩过了。就好像——糟了。"

两人在黑暗中对视，容羽的眼睛映着星星闪闪发光。

"基地班昨天的团建活动！他们说出来野营什么的……"

"肯定是被捡走了！他们肯定认得出来落光晶体……甚至能导出里面的全部数据！"希然一下子急了，"落光不是什么高深技术，只要点子对了，谁都能拿去申请直博。下周 SC 的人就来了，我可怎么办……"

"先别慌，"容羽在黑暗中拍拍她的肩膀，"说不定人家以为是谁不小心丢下的，准备回去找失主呢。我们再找一圈，没有的话回去从长计议。"

希然点点头，擦掉了脸上的泪。

第二天，两人分别找了几个基地班相熟的女生询问，但没听说有人在露营时捡到什么东西。她们态度敷衍，说是帮忙再问问，不过很快就没了下文。也难怪，希然知道自己和容羽都是学校里比边缘还边缘的人物，不然也不会在自由调宿舍时被所有同学拒绝。

国家重点实验室来面试的日子越来越近，希然还是赶制了一份展示 PPT。但一想到自己的制胜法宝如今不知落在了谁手里，她的五脏六腑就坠得生疼。容羽也没有闲着。她知道是自己让希然错过了回收落光的最佳时机，课也不上了，大白天又跑去荒郊野外找了好几趟。

面试前夕，希然几乎已经失去了希望。她还在反复排练自己的演讲，内心深处祈祷拿走落光的人明天不会出现。

"希然？"

"怎么了？"希然看见容羽的表情，心里一沉。

"嗯……我黑进了辅导员的电脑，找到了今年申请 SC 的名单。"

"这可是违反——"

"别管那么多了，你快看看。"

希然来到容羽身边，看到屏幕上有一份长长的名单。有姓名、班级、学号，还有对自己科研成果的简单描述。希然找到了自己，还有同班同学、学弟学妹，更多的是已经在读博士、硕士的学长学姐。

"没想到竞争这么激烈……"

希然点点头："今年 SC 开出的条件格外好，也不知道是怎么回事。"

"也许科研的春天真的到了，"容羽靠在椅背上，"可能是'太极计划'取得了不少成果，需要大量人才来分析呢。"

希然笑了。那是中国空间引力波探测计划，也是人类在深空探索领域迈出的重要一步。尽管表面上对航天不屑一顾，容羽私下对这些研究还很是关注。

"怎么样，有人能威胁到你吗？"

"研究五花八门，不过光看题目也看不出来什么，等等——高敏光电材料？"

容羽一下子挺起身子，趴在电脑前。

"是谁？"

"李鸣宇……基地班的李鸣宇！"

8

希然见过几次李鸣宇，他矮矮瘦瘦，成绩就算在基地班也名列前茅。站在男生宿舍楼下，她隐隐希望李鸣宇能够爱惜自己的名誉。

"有什么事吗？"见到他，希然的心怦怦跳了起来。

"你在团建那天捡没捡到什么东西？"容羽先发制人，大声质问他。

"没有啊，你们丢东西了？"李鸣宇挠了挠脸，没有承认。但希然仔细观察了他的表情，和容羽对视一眼，两人心里已经明白了七八。

"你明天是不是要参加 SC 国家重点实验室的直博面试？还准备用高敏光电材料？"

"你们怎么知道？"李鸣宇皱起了眉头，"名单应该是保密的。"

容羽一时失语，希然接了上来。

"其实，其实那个材料是我的，希望你……希望你到时候不要用……"

"太搞笑了，你是申请专利还是发 C 刊了？凭啥我就想不到？而且学术成果撞车也不是什么新鲜事嘛！"李鸣宇笑了一下，"看到时候他们是要前途无量的男生，还是要你这个西北来的怪胎乡巴佬。"

"你——"希然一股热血涌上头，要不是容羽拉着，差点儿一拳挥在他脸上。

"求求你把成果还给我们吧,"容羽一边用力按着希然的胳膊,一边软声软气地请求李鸣宇,"除了那片电池板,我们手里再也没有材料了。而且昨天电脑出问题,连本地数据都不见了。"

希然惊讶地望向容羽,不知道她在说什么。

"求你还给我们,我们公平竞争好不好?"

李鸣宇看了一眼她俩,撇撇嘴。

"我可什么都没捡到。"

回到宿舍,希然还是没搞明白。

"我的数据都还在,你怎么……"

"我知道啊,"容羽笑了笑,"这不是放心让他用嘛。我想过了,就算我们说服李鸣宇放弃落光,他还是会用别的科研成果跟你竞争。而且他的性别、排名都很有优势,不如明天当场打脸让他没法翻身。"

"这……"

"没事,明天我会去陪你的。"

希然望着她,泪水在眼眶里打转。

"你怎么对我这么好?"

"因为你值得啊。"容羽笑了笑,"不过你今天的表现确实有点吓到我,没想到小小的个子爆发起来还挺厉害。"

希然低下头,脸红了。

她还有一面,容羽并不了解。

希望她永远不会了解。

9

第二天来到报告厅，希然发现气氛不太对。

"怎么这么多大佬……还有些不是研究材料的吧？"容羽也发现了，"虽说咱们学校在这个领域也是数一数二，但大家会对本科毕业设计级的科研成果感兴趣？"

"总感觉科学界最近发生了什么大事，"希然有些忧虑，"不太好那种。教授、院长频繁出差，好些课都停了。"

"唔……希然，你看那是谁！"

她回过头，看见第一排左边坐了一个穿红西装的女子，姿态放松，但眼神晶亮，正在看手机。

"好像有点眼熟……"

"是大咱们好几届的传奇学姐颜寒啊！"

颜寒？希然记得这个名字。她当年读的是计算物理专业，拿了全校难度最高的奖学金，但几个月后就退学了。此外还有些真真假假的传言，什么黑进了全校师生的电脑啊，凭借高明算法以本科肄业的身份入职大公司核心职位啊，甚至有人说她大脑构造与常人不同，内嵌了一部超级计算机。不管怎样，她的照片一直挂在校长奖学金宣传栏，神采奕奕地望着一代又一代学子。

连她也回来了，这场面试一定不简单。

报告厅很快安静下来，副院长代表学校欢迎 SC 国家重点实验室和其他实验室代表的到来，宣布面试开始。

学生一个一个走上讲台，顺序与容羽之前查到的略有不同——李鸣宇排在了希然前面。

他穿了一身笔挺的西装，视觉上高了不少。正如容羽所料，李鸣宇用了从落光身上扒下来的所有数据。他的舞台魅力很强，再加上对于本科生来说落光确实算不小的创新，几个前排的评委交头接耳，频频点头。

展示结束后，全场响起了最热烈的掌声。容羽就在这掌声中高高举起了手。

看到主持人的表情，第一排的评委都回头瞅了一眼容羽，包括颜寒。希然注意到那位传奇校友露出了一丝不易察觉的笑容。

得到允许后，容羽从容地站了起来。李鸣宇的表情僵了。

"同学你好，我很喜欢你的展示，让我们学习到了不少。但我还想仔细看一下你自己测试的数据，能把PPT往回翻三页吗？"

"你好，如果你有兴趣我们下去再看行吗？现在时间有限——"

"我们也没怎么看清呢。"颜寒突然说。几个老教授也点头表示同意。

李鸣宇硬着头皮把PPT翻回去，数据页展示出几张小图。

"李同学，这些数据都是你自己收集的吗？"

"是。"

"在北京？"

"是。"

"那——"容羽拖长音，"最前面几张图里的经纬度是怎么回事？明显不是北京啊？而且时间跨度这么长，那时您在上几年级呢？"

"你在说什么？哪里写了经纬……"

"大家注意！"容羽大声说，"李鸣宇实际上剽窃了霍希然同学的成果，她和她的父亲在青海研究高敏光电材料已经十几年了，李鸣宇只是碰巧捡到了希然遗落的晶体！"

"你不要血口喷人！"李鸣宇的声音很快被全场涌起的讨论声淹没。希然脸红红地走上前台，举起了父亲留下的、盛满时光痕迹的一代落光晶体。

10

"我要为大家展示的是一个能源互联的世界。

"我们都知道，化石燃料全部耗尽只是时间问题，全球能源危机正在不远的未来等着我们。

"我们曾经对核能寄予厚望。每一所大中城市都配了核电站，然后在层出不穷的事故中将它们深深填埋。

"这几年，卫星飞上太空收集没有大气层散射过的阳光，机械潜入深海拦截暗自涌动的洋流，在东北的高山上，人们连雪花摩擦碰撞产生的那点热能都不放过。

"不过，维系文明的电网需要稳定的能量。新能源因依赖自然环境而多变，无法与城市的供电系统良好接驳。在我的家乡，'水光互补计划'就是最早实践的措施之一。

"我相信，接下来就是更广泛的能源替代和能源互联。所有的电能被分成小份，在全球范围内统一调配。无论是用电量骤减的深夜都市，还是短时间需要巨大能量的科学实验，这套系统都能用完美的算法调配合适的电流。"

希然放出一个视频：金色的丝线连着一座又一座城市，连着水电、风电和光伏电站，连着灯火、壁炉、工厂和粒子对撞机，连着天上的风和海里的浪，还有落在单晶硅上的阳光。

"这将是一场波澜壮阔的能量换代战，我们需要收集一切可以收集的能源。感谢李鸣宇同学，让大家对高敏光电材料——我的落光——有了初步的认识。在它的帮助下，我们可以回收生产生活产生的废光，利用生物荧光和矿石荧光，还能收集来自其他恒星的无数能量——星光。在最高的天空，在最深的地下，我们都可以实现光能的循环利用。

"使用落光材料就像在装满石块沙砾的杯子里注入清水，填满所有的空隙。它能填补能量不稳定的小缺口，也能让人类文明对能源的利用程度超乎想象。

"下面我将详细为大家讲解落光的制备过程……"

一场小风波下来，希然的展示确实吸引了更多的注意力。面试还没结束，几个 SC 实验室的博士生已经示意她结束后去报告厅隔壁的小间详谈。

希然感激地看了评委们一眼，颜寒回以微笑。

11

"真是太感谢你了。要我自己在这种场合真的不敢……"离开了闹哄哄的礼堂，希然摘下了耳塞。世界细碎的声响又回来了。

"没事，"容羽笑道，"跟落光相比，那些研究都不过是小打小闹，你的梦想很快就要实现了。"

"等等……"希然听到了什么。

两人轻轻走到小间门口，里面传来谈话声。

"……不知道是耳朵的问题还是精神的问题，一点响声都听不得，把几个室友的闹钟、小冰箱，甚至水族箱都砸坏了。那场面，啧啧啧……"

容羽推开门，是李鸣宇。他瞪了两人一眼，侧身而出。容羽勇敢地回瞪他，希然低下了头。

小间里有两个中年男子，颜寒不在。

容羽在后面悄悄推了希然一把，希然怯怯地走到他们面前。

"霍希然同学，你是一个很有创造力的学生，而且你的项目对我们来说很用，比你想象的要有用很多。"

希然抬起头，说话的男人向她伸出了手。两人礼貌性地握了握。

"那她能不能——"容羽忍不住插嘴。

"来实验室？当然可以。不过还需要实习一段时间，能不能留下要看你的表现。"

希然的笑容僵在脸上。之前可没有这种做法，都是面试后直接发 offer（录用通知），第二天就把档案调到 SC 实验室的。

"有实习机会说明有希望啊！为什么不高兴呢？"

回到寝室后，容羽忍不住问希然。

"他们肯定是想看看李鸣宇说的是不是真的……他们也许只想要我的落光，而不想……不想要一个残缺的人……"

"你在说什么呢？"

"你真的不知道吗？"希然猛地抬起头，眼里盈满泪水。

"知道什么？李鸣宇说的吗？"容羽叹了一口气，"你知道的，很多东西……我听不到。"

希然知道她指的不仅仅是听力问题。若不是同样有缺陷，两人不至于被排挤到杂货间改成的逼仄两人间。但希然……她知道，自己的问题更严重些。

过去尽管稍有孤僻，她还是和五位室友保持着相对和谐的关系，直到父母去世的消息传来。她连夜回了青海，花了很久才从悲伤里缓过神来。等她处理完各种事，带着落光回到北京，一切都不一样了。

一开始是吃饭的时候。周一早上，她像往常一样和选了同一门课的室友在食堂相对而坐，室友点了一碗面。室友举止优雅，吃面的动作像往常一样轻柔。

"哧溜。"

"嘎吱嘎吱。"

"咕噜。"

希然浑身抖了一下。那声音不大，却像指甲一样剐蹭着她的耳膜。

"怎么了？"

希然摇摇头，没有说话。但室友注意到了，她皱了皱眉头，动作更轻了。

但后来，只要有咀嚼声出来希然就难以忍受。还有朋友运动后的呼吸和心跳，室友感冒时浓重的鼻音，同学自习时纸笔刮擦的声音。

最可怕的是夜晚。

闭上眼睛，一切细微的声响都被寂静的背景放大了。房间不同方向分布着四块钟表：一块普通款，嘀嗒嘀嗒永不停歇；三块静音款，秒针一格一格均匀划过，发出阵阵令人不舒服的摩擦音。地上放着六把热水壶，三个木塞在热气作用下嗞嗞作响。热爱小动物的对铺买了一个水族箱，小发动机日夜不停地输送氧气，咕噜噜，咕噜噜。还有一直在摆动手臂的小招财猫摆件、隆隆作响的空调外机。

有好几次，她偷偷爬下床关掉闹钟、调整水壶、切断发动机电源，试图让整个宿舍安静下来。但俗话说"静止是相对的，运动是绝对的"，只要有运动就有振动。振动意味着发声，发声意味着干扰。

于是，她选择半夜三更带着落光远离校园，在荒郊野外寻找青海似的宁静。把自己搞到疲惫不堪时，她才会回到宿舍倒头就睡。

因为睡眠不足，她常常在白天精神不济、面容憔悴，与大家越来越疏远。希然曾以为这样也能勉强过下去，直到自己拿到

SC 的入场券，然后租一间属于自己的安静公寓，可神经越来越脆弱的她还是提前爆发了——又一个难以入眠的深夜，她听到面善的室友躲在被窝里打电话，说她是怪胎乡巴佬。

那是爷爷奶奶曾经骂过母亲的话。

希然再也受不了了。她爬下床，砸碎了宿舍里一切折磨过她的东西，闹钟、水壶、水族箱、小摆件、音箱、机械键盘、鼠标。

室友尖叫着打开灯，只看见霍希然站在一片狼藉里放声大哭。

学校知道希然家庭的情况，只当是她压力过大，没有做出严厉的处罚，不过她付出的代价着实不小。爷爷奶奶过来赔了钱，气得说再也不想看见她。路上的闲言碎语、指指点点也越来越多，她干脆戴上耳塞或降噪耳机，一点也不想听见。

还好有落光。那个小小的装置凝聚着父母的心血，保护着她最脆弱的神经，没让她失去理智、滑落深渊。

12

"恐音症？"

希然点点头。

"应该是，我去医院检查过，没有什么器官上的问题。应该是精神上的。"

"那你跟我在一起岂不是……"容羽露出难过的表情。

"一开始确实是。自从我和你提过以后，真的好了很多。"

"那当然！"容羽笑了起来，"我写了个手机程序，一旦测到分贝过大就会震我一下，自然就降低音量了。"

希然心里一动。父母去世后，从来没有人为她做过这些。

"其实……其实那次从医院回来以后我也好了很多。"

容羽扑哧一声笑了："那不就得了，去实习呗，还担心什么？"

"我还是很害怕……他们听了李鸣宇的话，肯定会重点关注我这方面的问题。而且未来调档案也要做背景调查，我害怕……"

"没事，听力方面的问题我熟，我来帮你。"

"可医生都说——"

"相信我，"容羽认真地说，"走之前，我一定帮你解决这个问题。"

"走？你要去哪里？"

"啊，我是说在你去实习之前，"容羽又笑了，"来，详细讲讲你的症状吧……"

希然从来不相信会有什么解决方案。两年来，病情随着心情时而好转时而恶化，她不知道自己会不会在陌生的实验室受到刺激，做出什么疯狂的事情来。真是的，过去她一门心思想着如何进入 SC，却从没考虑过自己能不能融入一个新的集体。也许做一个夜行动物，只在晚上研究落光，也许……不，自己在想什么呢，就算走上学术道路，该社交的地方还多着呢。总会有人发现她的"不正常"，但像容羽这样包容的人，大概再也不会遇到吧。

像曾经承诺的那样，容羽放下了自己手头的一切事务，尽心尽力寻找恐音症的解药。有时看她彻夜在查找文献，甚至连课都不上，希然心里也有过一丝疑问：容羽毕业后想做什么，不怕自己的绩点受到影响吗？不过，希然太享受这个状态了。她压下一闪而过的疑虑，隐隐感觉这话一旦问出口，有些东西就再也不一样了。

一天清晨，她被叫醒了。

"希然！你看看这个。"

霍希然睁开眼睛，看见容羽举着什么东西。清醒了一会儿，她认出那是特伦斯·谢诺夫斯基（Terrence J. Sejnowski）在好几年前写的《深度学习》（*The Deep Learning Revolution*）。

"我想我找到病因了！"

"'深度学习'？这又不是医书……"

"哎呀饶了我吧，作为工科生真的看不懂那些学医的人在说什么……来看看这一段。"

希然掀开被子，下床接过了书。

"大脑的盲源分离障碍？"

"对，你仔细看……"

"……在一个拥挤的鸡尾酒会上，当空气中充斥着周围人的嘈杂声时，你很难听到你前面的人在说什么。拥有两只耳朵可以帮助你把听觉引导到正确的方向，你的记忆可以填补缺失的对话片段。现在想象一个有100人参加的鸡尾酒会，100个无方向性麦克风分散在房间里，每个人都能听到不同的声音，但每个麦克风上的振幅比例不同。有没有可能设计出一种算法，可以把每个声音分成单独的输出通道？更困难的是，如果音源是未知的，比如音乐、拍手声、自然声音，甚至是随机噪声，又会怎样呢？这称为'盲源分离问题'。

"人类的大脑就拥有这种算法。听觉神经中枢可以分辨出杂音中值得注意的部分——母语、犬吠、警铃。这些声音在脑海里的回响会比实际要大，便于其他中枢做下一步处理。

"但你的大脑可能在这个方面有点……可能是你成长的环境比较安静、单纯，这个功能就没有得到充分的锻炼，无法在复杂的环境中挑出正确的音源。所以有时它会放大周围所有细微的声响，使你连正常生理活动发出的声音都无法忍受。"

希然仔细读了几遍，又接过容羽查到的相关文献，对比病友的症状和自己的发病时间，大概了解了情况。当年替她检查耳朵的医生说得对，她的器官都是完好的，影响最大的是精神层面。在她大部分精力都被占据时，大脑对听觉的敏感性就会降低。当然，正常人类是不可能每时每刻都精神高度紧张的，所以需要的是潜意识里长久的介怀。换句话说，她要在世上有所牵挂。刚来嘈杂的北京时，她的心里深深挂念着远在青海的父母，这也是恐音症没有立刻发作的原因。

"可是爸爸妈妈再也回不来了，我该……怎么办？"

"别急，还有别的办法。"

13

容羽为希然设计了一整套脱敏试验，教她用意识代替听觉中枢进行音源分离。

一开始，希然觉得这太难了。她就像刚刚学习走路的孩子，每一个分解动作都需要注意。区别是，一般人学会后就可以把一切交给潜意识，不用研究自己该怎么屈膝、伸腿、迈步，但她不行。

容羽想了个好办法。她用上两人所有的电子设备在房间四角播放轻柔的音乐，让希然强迫自己只注意其中一种旋律。后来变成了风声、雨声、雷声和水声，再后来变成读书声、吵架声、装修声和叫卖声。整整十四天的循序渐进，希然对噪声的承受能力果然变强了不少。

终于有一天，容羽在网上订的玻璃弹珠到货了。她捧起十几个彩色的小珠子，让希然闭上眼睛。它们争先恐后地落向地面，又很快弹起。它们与小屋里所有的家具碰撞，发出各种各样的声音。它们滚过瓷砖，一路摩擦，直到乓的一声停在墙角。振动起起伏伏，声波纠缠不清，但希然已经可以选择自己愿意入耳的声音。

两分钟过去，一切终于平息。

希然睁开眼睛，掩饰不住嘴角的微笑。

"成了？"

"成了。"

在阳光里，两人紧紧拥抱。

希然抵在容羽的肩上，绿色的棉制 T 恤温暖柔软。她知道，回到正常世界的唯一原因，是自己心里有了新的牵挂。

SC 实验室的新校区在另一个省，希然需要在那里待满一年才能回来。临行前，两人相约去了北京最大的商场。她们在人群中大笑，在火锅店自拍，逛过一家又一家店，挑选最鲜艳、最前卫的衣服。来北京这么多年，希然从来没有这么开心过。

最后，容羽送希然到了北京南站的候车大厅，把行李箱递给她。

"要保重啊。"

希然笑了。

"别这么严肃嘛。一年很短的，寒暑假我也会回来……平常可以聊视频打电话，不要嫌我烦啊。"

容羽没有回答，只是张开了双臂。希然匆匆抱了她一下，拖着箱子跟上了检票的人群。入闸后，她看见容羽还在原地。希然踮起脚冲她挥手，容羽惊了一下，也立刻挥手冲她示意。然后泪水就把她的身影模糊成了一个绿色的彩条。

那时希然还不知道，这是自己最后一次见她。

14

到深圳后，希然整理了一下东西就赶忙去实验室报到。

不知道是不是自己的错觉，实验室的师兄师姐，还有几个小老板看她的眼神都有点奇怪。疑惑，同情，还是……敬畏？

她摇摇头驱散自己的幻想，推开了导师办公室的大门。

"赵沅申……先生？"

穿着黑色高领毛衣的男子正在和导师聊着什么。听到自己的名字，他回过头来冲希然笑了一下。

"希然，你见过赵先生？"

"是的老师，他……DRAGON 航天来我们学校举行过宣讲会。"

导师点点头。

"你们谈吧。"

"老师——"

导师已经走了。他带上了门，留希然和赵沅申两人在办公室。

"咳，霍希然同学，你不用紧张，我是来和你谈一桩生意的。"赵沅申把她引到一张木椅上坐下。

"什么？"希然警惕起来。

"我就直说了吧，我想买你落光晶体的专利。"

"什——"

"出价这个数。"

看到他的手势，希然咽了咽口水：足够她在北京舒服地生活很多年了。

"我……"

"你不同意？"

"我是说技术还不够成熟。"

赵沅申摇摇头。"已经够用了。"

"什么够用了？"希然追问，"和您女儿有关吗？"

赵沅申抬头看了她一眼。

"只和你的发明有关。你愿意把落光卖给我吗？"

"那我以后可以继续开发它吗？您能保证把它用在正途上吗？"

"当然可以，你以为我们是什么人？如果你愿意的话，可以直接来我们公司——唔，其实现在也差不多了。"

"什么？"

"没什么，"赵沅申站起来，拍拍希然的肩膀，"你同意就好，授权书马上就到。我还有别的事要忙，很高兴见到你。"

希然突然涌起一股冲动。

"赵先生！"

他停在了门口，但没有回过头来。

"您的女儿……她一直很想念您，她的钱包里一直放着您的照片。"

空气安静了三秒。

"我知道，谢谢你。"赵沅申还是没有回头，"还有，谢谢你帮我找到了最后一块碎片。"

站在空无一人的办公室里，霍希然的心慌了起来。媒体，学校，面试时来的那么多专家学者；颜寒的笑，容羽的反常，还有赵沅申的话。几个月以来，希然总觉得有什么不对。她的直觉一直在潜意识里大声喊叫：这个世界要出大事了。

15

"赵先生,能告诉她吗?毕竟还没有解密。"

"颜寒,说吧,反正马上就要公开了。"

希然愣愣地站在一边,看颜寒前辈放下了手机,表情极其凝重。

"听着,接下来我要说的事,你千万别害怕……"

真的出大事了。

原来,容羽一直关注的'太极计划'在宇宙中观测到了很多不自然的引力波痕迹,来自光速运行的小型物体。那些小东西有选择性地造访星系,而其中大部分目的地都有类地行星存在。

"目前对它们的主流推测是文明搜寻者,代号访星者。"

希然的手脚一阵冰凉。

"那……那人类被它们找到会怎么样?我们该怎么办?"

颜寒摇了摇头。

"不知道。在对大众保密的这段时间里,科学共同体内部产生了分歧。一开始,大部分人赞同'隐藏者计划',即在地球表面消除文明痕迹,全体人类躲到地下避难——"

阉割文明以求自保?希然倒吸一口冷气。

"——而以DRAGNN航天为代表的几家机构主张'接触者计划'。我们算出了访星者在造访太阳系前最可能停驻的一站,要求尽早发展深空载人技术,送一批宇航员前去接触。"

"载人深空……"希然想起容羽的话:NASA都没这个技

术吧！

"其实，中外民间航天公司一直在做这些研究，SC重点实验室也一直帮我们研发相关材料。现在万事俱备，就差一味药了。"

"什么？"

颜寒笑了笑。

"你知道，当我们远离太阳在宇宙中航行时，能源是一个很大的问题。遨游在茫茫苍穹中，太阳风无法企及，放射性燃料在辐射环境中极其危险，化学燃料更是累赘。我们能指望的，只有四面八方微弱的星光。

"这时候，你的高敏光电材料——落光晶体横空出世。在这种材料的包裹下，飞船会成为一个反向戴森球。也许它收集的星光只能转化成微弱的电能，但在没有大气阻隔的宇宙，那点能量足够维持冬眠状态下的低耗能飞船。更重要的是，星星不会全部熄灭，能源也就源源不绝。

"你知道吗，因为你，这个项目才能真正成形，也是因为你，我……好多人才能完成自己的梦想，飞入无人可及的深空。你是最后一块拼图，也是烟花的引信。"

希然呆住了。

"是的，上个月那场面试……就是为你一人准备的。"

16

颜寒前辈离去很久，希然才缓过神来。她跌坐在自己的工位上，掏出手机准备把这个消息告诉容羽。她有预感，容羽可能早就知道了。

这时，她的手机振动了起来。实验室所有的手机都振动了起来。各大新闻 App 都推送了特别消息，访星者的存在被曝光了。

"突发！'太极计划'发现高能外星人！"

"多国科学家发表联合声明：地球文明存在暴露风险。"

"中国算法分组率先得出外星人航线规律，超算中心姜瑶瑾：数据有待验证。"

"震惊！外星人即将造访地球，审判日即将来临！"

"'隐藏者计划'获各国环保组织大力支持。"

"诺贝尔奖得主在联合国演讲：不必恐慌。"

"'接触者计划'志愿者信息曝光：谁愿踏上有去无回的旅程？"

希然颤颤地点开最后一个推送，快速划过一个又一个年轻的面庞。他们各个履历光鲜，是各行各业的翘楚，因为这样那样的原因选择在冷寂的宇宙耗尽一生，只为一个虚无缥缈的可能性。

希然看见了颜寒前辈的名字，还有她——

赵容羽。

……

"为什么？为什么瞒着我？为什么要走？为什么为什么为什么？！"

"好了好了……"

"既然下定决心，为什么还要那样对我？赵容羽你这个大混蛋！这跟欺骗别人感情有什么区别？"

"好了希然……"

"你这个大骗子！之前不是还说载人深空是招人送死吗？不是最恨你爸的公司吗？为什么还要去？为……"

"霍希然！！"

听到自己的名字，希然张张嘴，停止了控诉。她坐在SC实验室单人寝室的地板上，无声地流泪。

电话那头沉默了一会儿，容羽的声音又温柔了起来。

"希然，之前你不是对我说，不能因为父母的过错而盲目反对他们的一切，甚至不去追寻自己的梦想吗？"

"我那是……我知道你关注载人航天、深空探测，我哪知道技术这么快就能成熟……我以为你最多去一趟月球，最多最多去火星……"希然抽抽搭搭地回应。

"希然，你听我说。

"其实……尽管我曾经记恨赵沉申，恨他对母亲做的一切，但有些事已经改变不了了。

"我的父亲是一个很有远见的人。30年前刚开始搞民间航天时，他就瞄准了一个几百年不遇的发射窗口期。在那个神奇的日期，人类可以借助行星，甚至系外行星的引力弹弓，以现在宇航的水平将一艘载人飞船以惊人的速度抛向最为深远的星空。

"但要实现这一切，他自己的力量是远远不够的。所以，他在四处资助相关研究时，还花了很多钱投资'太极计划'。他无法预言'访星者',但他笃定,随着深空探测技术的进步,茫茫宇宙中总有值得我们起飞的东西。他赌对了。

"而我呢?在我的世界观刚刚成形的那段时间,他带我看星星,看宇宙飞船发射,参观实验室,生生地把那些太过宏大的理想信念写入了还是一张白纸的大脑。不知道他是有意还是无心,我的人生已经被他定型了。不,也许这并不是他的错。湖中倒影无法与璀璨星辰争辉,日常生活平淡寡味,诡谲琐碎的人际关系又如何与接触另一个文明的伟大梦想相比拟?就像你说的,我们的理想为什么不能是一样的呢?

"其实,这些年来我一直在为那一天做准备。能够参与这个伟大的计划,能够作为一位先驱者载入史册,我真的非常高兴。

"而你,希然,对不起,是我自私了。我只是希望走后还能在地球上留下一点牵绊,希望史料馆里有我照片的同时,还有人记得我笑起来的样子……你能为我做这些吗,希然?你能给孩子们多讲讲我的故事吗……"

希然攥着手机拼命点头。她蜷缩在地板上,哭得内脏没有一处不疼。

尘世之中,她再一次失去了仅有的牵绊。

17

容羽走的那天,希然去了发射基地。

作为宇航员的亲友，希然有权在离发射架最近的小山上观看。山坡上的人不少，除了几个摆弄器材的摄影爱好者，每个人都孤独地站着，静静看着前方。黑夜茫茫，只有巨大的火箭在沉默的群山中被几盏灯照亮，仿佛已经在燃烧。

希然的夜视能力很好。在那些陌生的面庞里，她认出了一位盘起头发的女士。

"请问……您是超算中心的姜瑶瑾前辈吗？"

女士回过头来，也认出了她。

"你是发明落光晶体的霍希然？"

"其实是我父亲……"希然脸红了。

"你也很厉害，没有你，'接触者计划'根本不会这么快实施。"她顿了顿，"颜寒常常提起你，母校肯定也很为你骄傲。"

"前辈认识颜寒？"

"我们在本科时住一个寝室。"

姜瑶瑾的声音很轻。希然立刻意识到，她和颜寒的关系肯定不止室友那么轻描淡写。突然，心中郁结已久的问题脱口而出。

"前辈，您……您后悔计算出访星者的路线吗？"希然在想，如果没有能算出一切数据的猫群算法，容羽还会走吗？

"那你呢？后悔发明落光晶体吗？"如果没有收集所有能源的落光晶体，她还会走吗？

"我……"希然想了想，"她还是会走的。"赵容羽的心已经属于深空了，如果没有太极计划，没有访星者，没有功能完备的巨型火箭，她也会花费一生寻找机会高高飞起，飞到连太阳都只能没入星空的地方。

"她也是。"

很快，山的那边传来震耳欲聋的声响。火箭尾部瞬间发出耀眼的光芒，腾起的烟云也映得金红。冲击波传来时，几个人纷纷捂上了耳朵。

但希然没有。她看着火箭慢慢升空，画出一条弧线向这边飞来。但它没有飞过头顶，只是越来越小，最终化为一个亮点隐入了群星，再也分辨不出来了。

18

一夜的飞机，希然再次来到父亲当年耕耘的落光花田。

她太久没来，牧草已经长高了很多，连过去残存的几块星光能电池板都有不灵敏的地方了。希然很难过。她轻抚着失灵的落光晶体，好像看见了自己。也许对声音的敏感是上天赋予的礼物，就像高敏半导体可以收集星光。一旦改变，那自己的特质也就随之消失。她甚至想，是恐音症让她与容羽建立了联系，她好了，她也走了。深深的夜里，伫立在天地间的只是一块块普通的晶体，一个普通的人。

希然深吸一口气，再次涣散了自己的精神。她不再像过去训练时那样只注意一两个声响，而是向所有振动打开。

遥远的风，微动的草，鸣叫的虫。

过了很久她才意识到，在所有的人类中，只有自己的大脑没有扭曲声响。它兢兢业业地捕捉大自然的每一个音符，不会因为习以为常就有所忽视，也不会因为有助于进化而放大某种声音。就像落光晶体，不分大小记下今夜远道而来的所有星光。

此时此刻，她静静地没入了大自然，从头到脚都是透明的。风穿过，光透过，所有的信息不加处理，也不留痕迹。

有那么一瞬间，她仿佛听见苍穹传来星星眨眼的声音。

这肯定是错觉，但希然睁开眼，真的看见夜空中有一个亮点在移动。是接触者，它的轨道还没有离开太阳系。

希然笑了。容羽还在那里。在这个世界上，只要是存在的事物就能彼此相连，只要感官够灵敏，人们也可以看到几百光年外属于另一个文明的太阳。如果是这样的话，她将永远不会丢失与她的联系。

毕竟，落在自己眼中的光，也会落在她身上。

>>> 作者简介

昼温，科幻作家，翻译硕士。作品曾发表在《三联生活周刊》《青年文学》《智族GQ》等杂志和"不存在科幻"等平台。其中《沉默的音节》于2018年5月获得首届中国科幻读者选择奖（引力奖）最佳短篇小说奖，日文版收录于立原透耶主编的《时间之梯 中华SF杰作选》，并于2021年获得日本星云奖提名。2019年，昼温凭借《偷走人生的少女》获得乔治·马丁创办的地球人奖（Terran Prize）。作品两次入选《中国科幻小说年选》，另著有长篇科幻小说《致命失言》。

时间涡轮

- 赵垒 -

1

机务工老吴不知道人是从什么时候开始消失的,当他反应过来的时候偌大的水电站就只剩下了他一人,厂房不再有涡轮的轰鸣,食堂不再有老友的喧嚣,剩下的只有微风吹拂的细响。

他想去思考发生了什么,但脑子似乎也消失了一部分,即使发现了异常也没有余力去思考,他只能像往常那样每天巡视厂房和宿舍。而随着时间的推移,他的记忆也开始变得混乱,他开始忘记日子,甚至连吃饭和睡觉都不再有印象。

慢慢地,连风都不再吹拂,水也不再流淌,空气凝结起来,仿佛时间陷入了停滞。

有什么不对劲,但老吴一时间被悬在西边的夕阳所吸引,他叹息一声在厂房的大门前坐下来,手伸向上衣袋,他的手掏了又掏,却发现那里空无一物。那里本来应该有什么呢?他想了又想,却始终找不到答案。他索性放弃思考,专心欣赏天边残留的那一抹红色。

老吴坐在那儿，不知道过了多久，像是几分钟，又像是几小时，抑或是几天，当思维开始转动时他才发现不过是过了短短的一瞬。

这时有个男青年自北边大门走来，残阳将他的影子拉得很长。那人穿着一身皱巴巴的白色衣服，远看起来像是病号服，脚上还穿着拖鞋。老吴没听到汽车响，水电站离最近的镇子有十几公里，也不知道那人是怎么来的。

等到那人走近，老吴发现他身体健壮，但肤色和脸色都异常苍白，走起路来也软绵绵的，像是大病初愈。更让他感到奇怪的是他非常熟悉那人，但又完全不知道他是谁，就好像经常在电视里瞥见的人突然来到了面前，一时没办法与现实联结起来。

"你是？"

"吴起。"青年淡淡地回答道。

熟悉的名字，似乎听过很多次。他的记忆一时开了锅，无数蒸汽冒出来，又迅速地消散。

"爷爷，我很久没来看你了。"

"爷爷？"

老吴想起自己那不孝顺的儿子曾来过电话，说他给儿子起名叫吴起，战国大将的名字，专门为了气他这个历史盲。

"你今年多大了？"

"应该算……二十八，"青年皱起眉头想了想说，"对，二十八。"

"那你爸呢？"

"他今年应该五十五了。"

听到这话老吴一阵头疼,他记得自己今年才六十一来着。

"等一下,"青年望着停在天边的夕阳嘟囔道,"这儿好像有点不对劲。"

"这还用说?"

"可能是快没电了吧。"

青年用很小的声音自言自语着,但老吴还是听见了。

"扯什么呢,这儿可是电厂。"

他隐约觉得他们俩说的不是一件事,但如今超出他理解的事已经太多了。

"你爸现在在哪儿呢?"

"在地球上。"

这不是废话吗。他没争辩,焦躁让他忍不住再次伸手去掏口袋。那里当然还是空的,不过在旁边坐下的吴起递过来一包白沙。他掀开盒盖,连他常用的打火机都老老实实地插在里面。

"我是问他具体在哪儿,地球的哪儿。"

"符拉迪沃斯托克。"

"哪儿?"

"就是……海参崴。"

"哼,臭小子,我在西,他偏要往东。我在黄河头上,他可倒好,跑到俄罗斯去了。"

老吴点着烟,好好地熏了熏喉咙,而一旁的吴起笑了起来。

"我跑得更远。"

"嗯,到底是亲生的。"

老吴预料到,如果问跑了多远多半会得到一个让人无法接受的答案，所以他抽掉半根烟做好了准备才问。

"所以，你跑哪儿去了？"

"马上到天王星了。"

"噢。"

老吴有一肚子的问题，但他的脑袋却没有深究的余地，他静静地抽了口烟然后问自己的孙子是不是有什么问题想问。

"我……走得好像有点太远了。"

"我懂，你爸不同意你去是吗，跟当年我不同意他去应征飞行员一模一样。"

"那，当年你们是怎么和好的？"

"这个啊，你肯定不会想听的，说起来又臭又长。"

老吴笑着望向远方的山峦，烟雾从指尖慢慢腾起。空气又开始流动了。

2

N41°13′37.14″　E85°09′47.80″

罗盘的指针微微晃动，队长的视线在飞行地图的横纵坐标之间游移了一分钟才最终确定位置。

"故障能排除吗？"他问。

"我尽力。"技术兵吴为民老老实实地回答。

距离迫降已过去半个小时，米171直升机在戈壁滩上显得渺小而又无助。满载的救灾物资把半截起落架都压进了沙土之中，即使排除了故障起飞也是个难题。

吴为民扒着螺旋桨仔细检查传动轴，这时飞行员在下面提醒他可能是电路系统出了故障。

"主电源断电之前响过过载警报。"

"嗯，我看看。"

吴为民早就知道是电路故障，只是检查传动轴和螺旋桨叶片是迫降之后的标准流程。飞行员找出了万用表，但吴为民趴下来以后摆了摆手，他还用不上那玩意。

随行的战士把枪背在背上然后点了根烟笑问道："会不会是过罗布泊的时候受了影响？"

"这都什么年头了，还这么迷信呢？"飞行员满不在乎地回道。

"科学点说嘛，不是有什么磁场之类的。"

"别瞎扯。"

队长收好罗盘和地图然后从战士手上抢过烟盒给自己点了一根。

"我们离罗布泊有好几十公里。"

"别那么紧张嘛，我就开个玩笑。"战士讪笑一声。

吴为民走进驾驶室一边检查线路一边说道："应该只是哪里短路了，航电系统在断电之前有响过过载警报，看应急电源启动以后隔离了哪个部分很快就能找到哪里出问题了。"

"不着急，"战士伸了个懒腰说，"咱们带的东西够吃俩月的。"

虽说如此，吴为民还是很快就在舱门的液压杆旁边找到了一处绝缘皮磨坏的电线。修复电线和电路并没有用太久，但做起飞前的检查还是花了将近一个小时。

等到一切准备就绪的时候太阳已经沉入了西边的地平线。戈壁滩的风沙在晚上会造成不小的麻烦，但在视线不好的时候起飞风险更大，队长考虑了一下还是决定第二天早上再启程。

"小吴牛啊，不愧是电厂出来的。"

战士正拿着防水布把起落架围起来。队长已经弄好了传动轴的部分，这个身材高大的陕西人望着昏黄的天空，嗅了嗅正在逐渐变冷的风，然后安排了四个人站岗的时间。

吴为民是站最后一班，但晚上他几乎没有睡着。寒意从缝隙源源不断地渗透进来，风沙拍打着窗户，得习惯了那无规律的噪声才会发现戈壁滩的寂静。到凌晨四点时，他打开舱门从队长手中接过枪。风依旧很大，沙子扑在脸上让人嘴唇发干。

"这次救灾结束以后要不要回趟老家，反正回去还是要经过西宁的机场。"

"没那个必要吧。"

"怎么，还在跟你爸闹矛盾？"

"没，反正我也没通过飞行员考核，现在当个技术兵还是在做电工的活。他也没什么话说。"

"我记得你说过，你爸当初是希望你去搞光电是吧？"

"是啊，老头子一辈子都在跟电打交道，水电弄透了就想去搞光电。"

"那怎么不去搞核电？"

这个问题让吴为民无奈地一笑。

"说到底，还是有点私心吧，辐射不是闹着玩的。他一直跟我讲万物皆在流动的道理，到头还是接受不了我跳出那个圈子。不过话说回来，我当初是不想在电厂那个大院里待了，结果还是从一个大院跳到另一个大院。"

"所以，当初为什么选择去应征飞行员呢？"队长漫不经心地问。

"只是想……看看更多的地方吧。那时候想得简单，觉得开上飞机就能想去哪儿就去哪儿。可惜我不是这块料，光视力就通不过。"

"你也可以让你儿子来完成你的心愿嘛，别说飞行员，说不定还能培养个宇航员出来。"

"宇航员就有点过了，还是老老实实待在地球上吧。"

"你看你，还不是跟你爸一个模子刻出来的。"队长咧嘴一笑。

东方渐露鱼肚白，他们叫醒战士和飞行员，四人快速地将覆盖起落架的沙土清理出来。待到朝阳升起，引擎的嘶鸣划破长空，米171巨大的螺旋桨开始旋转。

吴为民坐在副驾驶上看着大地离自己远去，上方飞速旋转的螺旋桨化成了舞动的灰影。他隐隐约约想起了父亲曾告诉他世间所有的力都可以通过涡轮转变样貌，水是如此，光是如此，人世轮回亦是如此。

当年父亲是抱着何种心情从商人世家走出来建设水电站的，他突然理解了。

3

"我的记忆要是没错的话，你爸后来去东北建变电站了是吗？"

"嗯。"

吴起简单地应了一声便陷入了沉思，而老吴经过一番回忆，脑中的一些记忆开始逐渐苏醒。

"这不是现实世界对吧？"

"嗯，这里是模拟出来的。"

"电脑模拟出来的？外面的世界已经变成什么样子了啊？"

吴起思索许久最后只得耸耸肩说道："人脑跟电脑结合，身体换成机械，大概就是这样。"

"所以你到天王星是因为人类早就移民外星了吗？"

"不，呃，引擎技术和能源技术还没有太大的突破，人都跑去钻研大脑和心理了，我是第一批去建空间站的。"

"那不挺好的吗，总不能指望地球现有的资源能把所有人连脑袋带身体运上太空吧。"

"话是这么说……"

吴起歪着脑袋静静地听了一会儿，背后传来的隆隆水声。

"世界几乎已经完全靠电能来驱动了，不管是现实的还是虚拟的，或者说现实已经不再重要，你看在这个世界里任何人都可以轻而易举地满足自己，想要什么有什么，吃、喝、玩、乐，随便动动手指就能满足。虽然消耗变得很低，但产出也变得很低，科学和艺术都到了一个原地踏步的瓶颈期,就像涡轮在空转。"

"嗯……这种情况,应该叫作低功率运转吧。我是不知道外面变成什么样子了,不过照发电机组的习惯,低功率运转也是为了以后能高效运转做准备啊。"

"如果停机了怎么办呢?"

"所以才需要有机务工嘛,也许冥冥之中就有个老头子在负责维护人类的运转。"

"但那有什么意义呢,如果我们只不过是涡轮机里一点微小的动能,到头也只不过一遍又一遍地重复这个过程。"

"老实说,你爸是不是送你去学哲学了?"

"我倒是想去好好学学,只是如今哲学早就被解构完,从一门学问变成一种答案,想学什么只要用程序加载进大脑就好了。"

"这么说的话,你的问题已经超出你爷爷我的能力之外了。"

一时间爷孙俩相对无言。老吴又摸起了口袋,但这次他只把烟叼在了嘴里没点。

"我来问你几个问题吧。我是怎么进到这个……电脑里来的?"

"这叫模拟空间,"吴起昂起头想了想说,"爷爷你后来身体不太好,那时候义体技术还不成熟,爸爸有点后悔当年没跟你好好说过话,就把你的大脑存了下来,现在运行的是你的思维模型。"

"所以我现在基本上算是死了对吧?"

"也不能这么说吧。有不少人选择把自己的思维和记忆数据化,这算是一种进化。"

吴起有些不好意思地挠起了鼻头。

"我懂你的意思了，你是说人进化时把自己进化死了。"

"有一部分人是这么觉得的。"

"你爸呢，他是怎么想的？"

"他也那么觉得，所以他反对我义体化，反对我数据化思维，也反对我当宇航员，他就希望我在地球上当个老旧的人类。"

说完吴起有些喘不上气，老吴见状把烟从嘴里拿了下去。

"别怪他。"

夕阳沉在天边一直没有动过，老吴叹了口气慢悠悠地说道："我们都是凡人啊，我已经走到终点了，你爸也快了，我们都陷在自己的圈子里动不了了。而你的人生才刚刚开始。"

"我只是想搞清楚一些事，我爸当年为什么去应征飞行员，爷爷你当年又是为什么离开城里去建水电站呢？总不至于都是因为叛逆吧。"

"当年啊……"

老吴不确定自己还能不能记起来，也许在数据化思维之前，这份记忆就已经忘却，抑或自己从来也没有过答案。

"你知道吗，河水在流过河道的时候会带着泥沙，而泥沙会在一些地方堆积起来迫使河流改道。年轻的时候我总觉得自己是河，人生路九曲十八弯，但到了一把年纪才发现自己只是一粒沙，只不过是顺着河水被冲到了一个地方，然后就这么生活了下来。我当然希望河流能按照我的想象流淌下去，但事实上对于我而言，有一路顺流而下的风景就足够了。我跟涡轮机打了半辈子交道，其实那玩意是世界上最无聊的东西，不过是几个扇叶转而已,但正是这个东西创造了电,电又到各个地方变出了很多有意思的东西。你看连这整个世界都是靠电来运行的,如果当年真的有那么一个目的的话,那大概就是为了现在吧。"

4

吴起与模拟空间断开连接的时候,飞船已经接近了天王星最外侧的星环,他把手中发电机造型的微型电脑拿起来看了一眼剩余电量,然后就把它放在了面前的充电平台上。

他是一天前从休眠仓里苏醒的,而在这之前他的思维作为辅助 AI(人工智能)管理着飞船的电路系统,思维数据化之后经常会忽略时间,从火星出发已过去十二年,运行着老吴意识模型的微型电脑早就进入了省电状态。

数据化的思维再回到生物身体会产生很多反应,当灵魂从可控的直流电和交流电之间回归难以预料的生物电,意外是无法避免的,多愁善感是其中一条。自苏醒以来,吴起不住地思念着地球,而这股强烈的思念之情让他怀疑起自己的选择。

十二年前,他与父亲不欢而散。

十二年过去,地球上的父亲已经步入老年。时间对于上一辈的人来说是恒定的,人们知道自己的终点,而对于新一代的人类来说,时间是无序的,记忆与认知都可以以数据的方式加载和剥离。目睹了父辈的往昔如细沙般逝去,他才意识到十二年意味着什么。

但也正是如此，他感受到了肩头的重担。在他面前的充电平台上，除了爷爷的发电机，还有风车、水磨，各式装载着灵魂的机械，通过磁场补足能源，电流驱动着肉眼难以看见的处理器让世界悄然运转。

这艘庞大的飞船上加上他一共有四十二名船员，但现在只有他一人使用着人类的碳基身体，其余的人都化作电流在仪器间奔流工作。

迷思淡去之际，一幅宏大的蓝图在他的眼前展现。他的飞船将在天王星的外侧轨道上建立空间站，而后将会有人登上那片由水与氨压缩而成的海洋。天王星并不适合住人，但奇特的磁场和灼热的海洋经过处理可以产生磅礴的电流，届时再以电磁驱动星环，天王星将成为人类的第一个星球发电机。

除此之外，行星输电网络、电力航道等，这些近乎无稽之谈的计划，需要好几个世纪来实施，后续的飞船将陆续抵达。空间站是基础中的第一步，一如河流中的细沙，经过无数堆积才能改变河水的流向。

从那庞大浩瀚的工程中，吴起并未找到属于自己的愿景，他不知自己为何而来，亦不知自己何时会走。他从未有过答案，但当他的眼中映入天王星那浅浅的蓝色，他便不再有任何疑问。

5

充盈的电力让老吴的世界恢复了活力，老友一个接一个地出现，人声的鼎沸逐渐盖过了涡轮机的轰鸣。在那喧嚣的大院子里老吴站定不动，他知道自己身处回忆之中，一切都是由他的回忆生成的。

随着挂起的存储芯片被激活，他回想起了自己是何时退休的，回想起了自己是何时住进养老院，又是何时做了把思维数据化的决定。

不过说到与儿子是何时和解的，并没有一个具体的时间，只是儿子的人生和他走到一个相似的节点上时，事情就自然会发生。

他不担心儿子和孙子的关系，从儿子吴为民把思维存储器交给吴起的那一刻，他便知道和解的那一天是个什么情形。思维被量化以后人生会缺少一些意外，不过对于一个脑袋本来就快转不动的老人来说，这也没什么好可惜的。

唯一让他感到惋惜的是，自己的儿子和孙子，此生可能再也没法真正见上一面了。

那么，这个结果的源头在哪里呢？

他回到二十四岁的一个下午，他坐在前往龙羊峡的汽车上，同行的人不停地说着到了夏天要去挖冬虫夏草，而他的目光却停在了远山的淡影之中。

>>> 作者简介

赵垒，科幻作家，职业经历丰富，现全职写作，创作小说字数已达数百万字。擅长以心理描写呈现社会现实，作品多以科幻为题材进行现实主义叙事。代表作品为东北赛博朋克主题《傀儡城》系列。2018年5月出版长篇科幻小说《傀儡城之荆轲刺秦》。2019年入选"微博十大科幻新秀作家"。入围第十一届全球华语科幻星云奖新星奖。

守灯人

- 苏民 -

1

杨老头其实不算老，才六十多，但自从去年冬天和他一块儿入职的师兄去世后，他就成了水电站最老的人。

四十年来，他每天七点起床，七点二十分出门，走那条表面被磨得光滑发亮的水泥小路去上班。越靠近水电站所在的龙羊峡，路边从山上滚落的碎石便越多。但他并无畏惧，他熟悉这座山谷的每一个棱角和风中的每一粒沙砾。他迎着太阳眯缝起眼，检视领地般扫视了一遍横亘在峡谷之间的平直的大坝，以及大坝下游绿色水面上盘旋的鸟群。鸟儿们的翅膀像跳跃的水波，在阳光下熠熠生辉，灵动可爱。笔直的大坝与两边棱角分明的山体融为一体，堡垒般坚实可靠。他无论如何也不能相信，这座水电站将在半年后被水淹没。

沉重的电梯发出机械特有的呜呜声，将他带到地下的监控室。通常，他们会先开个早会，给操作人员派发任务票和操作票，然后面对几台电脑屏幕和一整面墙的监控录像，盯着颜色复杂的图表，坐上一整天。只要数值有一丁点儿不正常，就要派操作人员前往机组厂房排查。不过归功于整体的稳定，经常连续好几个月风平浪静，什么事也没有，这使得日常的监控工作相当枯燥。但杨老头不敢有一丝怠慢，作为一个经历过事儿的老人，他知道懈怠意味着什么。平日里他还可以和其他同事聊聊天，拉拉家常，看看年轻同事们打闹，可如今，这偌大的监控室空空如也，剩下的唯一一名同事小吴正弯腰收拾东西。

杨老头叹了口气，在自己的工位上坐下，调出观测数据来浏览。

小吴扭过头："杨老，您还不走呀？"

"都走了，这些机器谁看着啊。"

"再不去县里的临时待机点，怕是要赶不上飞船喽。"

"有什么可着急的，龙羊峡不是一点事都没有？还能住人。"

"这可是第一趟人类星际移民的飞船哪，您就一点都不激动？"

杨老头笑了笑："确实是你们年轻人该激动的事。"

2

洛莉将头抵在飞船的窗玻璃上，注视着外面无边的黑暗，觉得自己快被虚空吞噬了。他们已经连续飞行了135天，飞出了自己的恒星系几十光年，却一颗可供开采的小行星也没发现。星际资源开采本来是个热门的行业，但随着周围的小行星逐渐开采殆尽，需要航行的距离越来越远，成本也随之提高，反倒成了一个苦差事。

"我们回去吧，这趟选的方向太失败了。"洛莉说。

哥哥里克皱着眉，紧盯着搜索地图，说："不行，空手回去连燃料费都回不了本。"

"赚了钱又怎样？"洛莉叹了口气，"现在经济越来越差，连个苹果都买不到，没劲。"

"等到通胀连米都买不起，你就知道为什么要赚钱了。"

洛莉撇撇嘴："至于吗，那么悲观。"

洛莉他们生活的星球，几乎没有重力，没有风，没有水流。漫天的沙尘飘浮于空气之中，从指间、睫毛间、袖口各个缝隙侵入，又悄无声息地溜走。当初祖辈移民时，选中它的唯一原因是大气里有充足的气态水分子。祖辈们建起棚屋，将外界的水分子分解成氢和氧，供棚屋内的人们呼吸。棚屋越造越大，几乎每座棚屋都相当于一个城市。分解水分子的工作需要大量能源，这个星球无法产生任何水能或风能，矿物也算不上丰富，尽管高能转化器的不断升级已经使燃料的使用率比祖辈那会儿提高了150倍之多，但能源缺口仍填不上。他们只能不断从周围的小行星挖掘可燃矿，来维持分解机持续运作。

洛莉伸了一个懒腰，说："这日子没法过啊，要是我们继承了爷爷的遗产就好了。"

"都不在一个星球上了，爷爷就算没在移民路上去世，那点房地产也早就不值钱了。"

"唉……听我爸说，我们爷爷那辈根本不是这么过日子的。他们那时候遍地都是资源，风能水能太阳能，用都用不完，根本不用外出找资源累个半死。"

"那有什么用，还不是被水淹了。"里克过于冷静的声音显得冷漠。

洛莉不作声了，又盯着窗外发起呆来。

3

第三拨移民飞船飞走的早上，杨老头的儿子出现在他家门口。他的妻子早逝，儿子自从去了省城做房地产生意，便忙得不可开交，再没回来过这个单调陈旧的地方。儿子人到中年已发福，胖了不少，一瞬间他竟没认出来。

"爸。"儿子的叫声有几分生分，"他们说你不肯去市里的待机点。"

杨老头低头喝了一口热粥："我不急，最后走就行，我还要留在这儿发电呢。"

"还发什么电，这地方马上就要被水淹了！"

"能有啥事？一九八一年那么大洪水都没事。"

"这可不是一场洪水那么简单的事。东边半个中国已经被淹了！"

"噢，是吗？"杨老头点燃一根饭后烟，"我说最近怎么水电站的储电量下去得这么慢，到现在都还有 4343 兆。"

儿子见他仍无动于衷，有些恼火起来："您老真是越来越顽固了，这个破地方到底有什么可守的！当初还非想让我报水电专业替您接着守，要不是我硬着头皮跑出去闯，哪有今天！"他激动地挥动双臂，西服敞开来，显露出腰间闪闪发光的英文 logo。

"到时候整个地球都被水淹了，包括这个水电站！"

"噢，是吗？"杨老头慢吞吞地吐出一口烟。

"你到底懂不懂我在说什么啊？！"

杨老头不是不懂，他还没老到老糊涂的地步。他也能理解年轻人的想法，他能理解一切蠢蠢欲动、迫不及待奔向新生活的人。可唯独他自己无法放弃。

昨晚，他梦见龙羊峡整个站了起来，庞大的身躯与两边的山体错开，两旁碎石不断滚落，它站了起来，向他奔跑而来。让人难以置信，一个水电站怎么会有那么强的孤寂感。可在他眼里，就是这样的，在他眼里，水电站就像一个依赖他的孩子，他是必须要庇护它的人。

可他无法向儿子解释这些，他只是说："你先走吧，不用管我。我再待会儿。"

儿子焦躁地背过身在屋子里来回走动，然后说："好，那您先待着吧。反正到时候，不走的人也会被强制带走。"说完这话，儿子扬长而去。

4

飞船继续飞往宇宙深处。路过太阳系时,洛莉才稍微来了点精神。她指着闪闪发亮的银盘说:"这就是爷爷他们住的星系吧?"

"嗯。"

"这里能找到能源吗?"

"应该不会,如果有的话,何必飞出太阳系这么远,到其他恒星系定居。"

"看那里,不是有一颗在发光的吗?"洛莉指着银盘中央一颗光芒耀眼的黄色球体说道。

"那是太阳,据说表面一直在燃烧,温度极高,飞船或者人一上去,就会立马被汽化。"

"唉,真没用……"洛莉还没说完,就被一连串坚实的金属撞击声打断。船舱沉闷地颤抖了几下,舱内的警报器一阵乱响。

洛莉摔了一跤,靠在墙角说:"太倒霉了吧,居然遇到陨石雨!"

里克赶紧避开撒豆子般密集而下的陨石雨,调转方向,往太阳的方向驶去。洛莉兴奋起来,没心没肺地露出笑脸:"我们这是要去太阳系逛逛吗?"

"没办法,只能绕路往这边穿过了。"里克可不像洛莉那么傻乎乎地乐观,"你快去检查下飞船外壳,看有没有损坏。"

"怎么又是我！"

洛莉不情愿地穿上宇航服，乘小型飞行器来到舱外。舱外检查是例行公事，她却始终不适应双脚踩在虚空中的感觉。她在旧小说里看到溺水这个词时，就想，这一定是用来形容舱外作业的。她围绕着飞船转了一圈，只见飞船尾部像洒水车洒水一般，洒出一道浅褐色的水花。那水花的质感黏稠光滑，在黑色的真空里发着光，洛莉反应过来，那是燃油。飞船侧面挂着的三个燃油罐全被打破了。那是他们为回程准备的燃料。

5

水电站一线机械维修组的人也走得差不多了。杨老头给自己派发了一张工作票，乘电梯下到机组房的深处。这个活对他不是问题，他转岗监控前，做了十二年机械检查维修的工作。机组的每个叶片，每根线圈，线圈之间的每个缝隙，他都亲手摸过，亲手清洗过。

八一年大坝还未竣工时，一场突如其来的大洪水，冲破了大坝的外壳。洪水夹杂着污泥，从破损处大把大把涌入厂房，像狂暴而贪婪的巨蟒。厂房内很快沦为一片沼泽，整个水电站停电，连盏灯也没了。电梯停运，他们不得不爬九十多级的楼梯下到机组清理污泥，用手。他们从叶片之间掏出泥污，一捧一捧地装进畚斗，又爬九十多级楼梯上去运出去。每天来回十几趟，直到每个机组的叶片缝隙都被清理得干干净净。

他实在无法相信，现在大坝的墙面坚实如山，技术也更先进了，一场洪水还制止不了？可是每个人都说洪水快来了，每个人都在跑。没有人懂他，他去向别人说这些话，也只是被当成老顽固被嘲笑而已。

他凝视着四组轰鸣旋转着的机组，仿佛凝视着自己的孩子。你们，应该懂我的吧。他心里想。

市里最后一拨移民工作人员来敲门时，杨老头正在龙羊峡半山腰的一个人工挖出的山洞里。这个洞是早时为了方便物资转运挖出来堆放材料的，视野却出奇的好，能够看到宽阔的山谷全景，看到大坝上下来往的人，却又因背阴，路过的人很难发现这个阴暗的山洞。杨老头从很早以前就把它当成了秘密藏身之处，遇到心情烦闷的时候，就过来待一会儿。他从没对人说起过这个地方，每回消失一阵子回来，只对别人说去散步了。

他看着工作人员从下面的马路开车上来，一边走向大坝一边喊自己的名字，他没有吱声。傍晚时分，天边出现玫红色的晚霞时，这群人返回来，开车走了。杨老头从洞里出来，优哉地点一根烟，晃悠着回家去。这种优哉，比他平日里更加优哉，是一种彻底空荡荡的放松。他知道有些东西再也回不来了。这个水电站，只剩他一个人了。

6

洛莉把燃油的情况告诉里克，绝望在飞船内蔓延开来，洛莉几乎透不过气。

"你去检查下备用电池和能源系统吧。"里克说道，仍然保持着冷静的面容。

飞船有两套能源设备，一套是燃油，一套是电池。能源通道和高能转化器都正常，可是备用电池的电量也只剩8%了，这点电量，他们飞不出太阳系。

"这是……我们的最后一趟旅途了吗？"洛莉禁不住嘴唇颤抖。

里克竟一改往日的严肃，嘴角微微上扬："地球原住民的人类有一句话，叫作落叶归根。或许死在这里也不错吧。"

"你竟然笑了，在这个时候……我还第一次见你笑。"洛莉觉得不可置信，同时感到恐惧感消退了一些。

"想不想去看看地球？"里克说道。

"随便吧，反正都要死了。"

飞船开足马力，用剩余的能量飞进太阳系，慢慢逼近那颗蔚蓝色的星球。这颗叫作地球的古老星球，已经完全被水包裹了，它周身反射着水光，像水晶球般晶莹透亮。他们挨近地球的大气层，顺着它的赤道缓慢地飞行。洛莉看到水光下清晰的山脉，和一些细得夸张的楼房，其实它们只是比较高而已。

他们以为自己是沿着赤道飞，其实是沿着地球的黄道面。飞船慢慢偏向北方，洛莉看见一处山脉里有一簇馨黄色的光亮，仿佛一群簇拥在一起的星星，躺在水波下荡漾着。

"有光。"洛莉指向那一星光亮，一瞬间指尖仿佛被温暖包裹。

他们就像森林中迷路的旅人看见火把，满怀希望和热切地向着光亮奔去。星星点点的光亮越来越大，忽闪忽闪的光芒温暖着旅人疲惫的心。

7

山边的晚霞一点点隐去，最后一丝天光也消逝了，整个峡谷陷入黑暗，只剩了几盏顾影自怜的老旧路灯，和杨老头屋里透出的一窗灯光。这个夜晚安静得出奇，仿佛可以听见草叶枯萎的声音。

杨老头走在清冷的水泥路上，不可避免地回忆起他的一生。他出生在青海西边的一个偏僻村庄，不通水电，夜里都是点柴油灯。西北多干旱，庄稼总是吃不饱水。那时村里人为了打水，要走十几里山路，去附近唯一一条河的上游挑水。两桶水的重量使扁担在肩膀上压出深深的红印子，到了晚上，红印子处的疼痛毒蛇般钻入骨头，痛得他辗转难眠。这记忆深刻的痛楚便是他报考水电专业的初衷吧。村里很少出大学生，他考上水电专业的那天，大半个村的人都来庆贺，他深爱的姑娘也答应了他的求爱，后来成为他的妻子。那是他人生中的高光时刻，后来他一直守着这大坝，再也没有过那般热闹的情境了。虽然他并不后悔，但也难免有寂寥的时刻。想到这里，他将仅有的几盏路灯拆下来，又进入一间一间无人的屋子，拆出能用的灯泡。攒到了几百个灯泡，他将它们用电线串在一起，固定在大坝的表面。

真希望它们能一直亮下去呀，杨老头想。即使地球上再无人类，也能留下些人类的痕迹，为遥远星际中航行的人们提供一丝温暖。最好水电站也能一直运转下去，这样这个孩子就不用再在梦中向他哭诉孤独了吧。

杨老头拿出大坝的图纸，细细考量起整个大坝被水淹没后的情形。为了保持大坝内的水压低于外面，他在大坝背后画了一个储水库，又画了个双重进水门；他计算着大坝各个面所能承受的压强，思考如何使机组厂房的密封性达到最高……他人生的最后一段时光，便是在严肃的水电工程设计中度过的。作为地球上最后一个人类，他走得很安详，不带半点遗憾或孤独。

8

没有边际的水铺满整个星球，这里没有飞船的停泊之处。好在安全气囊还能用，里克打开全部的安全气囊，使飞船漂在水面上。近看光亮分散成一个个小的光源，每一个都有恒定的亮度和频率，应该是人造光，它们覆盖了一整面切面平整的水泥建筑，组成一个复杂的图案。他们十分惊讶，惊讶于这光亮的美，更惊讶于它们是如何亮起来的，在这被抛弃的荒无人烟的星球上。

"一定有供能装置。"里克说，"下水看看，说不定我们能补充到能源。"

他们把太空服当成潜水服，戴着氧气罩潜入水下。

洛莉终于体会到了水。原来溺水和太空行走不一样，水是有阻力的。她在大坝下面找到一扇小门，已经累得气喘吁吁。她费劲地把门扒拉开，里面仍是充盈着水的世界，一些纸质文件与木质的桌椅漂浮其中。墙上挂着的硕大的显示屏被水泡得变了形，有几个密封的数值显示机器还亮着，一排小绿灯规律地闪烁着，似乎还在正常工作，储电量那一格显示着：189.2万千瓦。

洛莉认出了电量的单位符号，透过头盔内的麦大喊道："我们有救了！"

此时里克正在大坝的背面。他看见六个两米高的铁门严丝合缝地贴在石砌的墙面上，每隔一分钟打开一次，使水流进来。考虑到地球上早已没了人类，这扇自动进水门应该已经自己运行了近百年。这进水门如何排污，如何避免杂物堵塞，如何不因关节生锈而迟钝？里克难以想象这里面做了何等精妙的技术处理。当他循着洛莉的叫声来到内部监控室，才明白过来，这是地球原住民造的一座水电站。

"水电站？"

"嗯。"里克说，"不过经过了改造，变成了一个水下水电站。"

他们想下楼去到机组厂房，却发现下去的电梯和楼梯通道完全被水泥封死了。

"这是对的。"里克说，"不密封上的话，里面的核心机械会被水泡坏。"

洛莉再次露出难以置信的表情："意思是说，里面的电能还能用？"

"应该行。"

洛莉大叫："太走运啦！"

里克的眼睛里闪着光："这是地球的先辈留给我们的祝福。"

他们找到一个输电口，拉了一条长长的电线接到飞船上。电流汩汩地从水电站流向飞船，很快就充满了电池。水电站的储电量显示158.1万千瓦，他们只用掉了30万千瓦电，搭配飞船的高能转化器，足够飞回仙女星系了。

他们得救了，得救于那位他们并不相识的曾祖父当年守着水电站不肯离去的固执。

飞船再次起飞。闪烁的灯光逐渐变远变小。洛莉盯着星星般的光亮，不舍回头。

"我总觉得，这些灯光的形状像文字。"洛莉说，"你认识吗？"

里克摇摇头："应该是古地球文吧，你拿语言翻译器试试。"

洛莉拿出翻译器，对着灯光拍了一张照片，翻译器很快显示出那组亮光的含义：

"欢迎回家。"

>>> **作者简介**

苏民，科幻作家，科幻编剧，短篇小说代表作有《地球倒影》《替囊》《后意识时代》等，长篇代表作《时间病人》。《替囊》获未来事务管理局读者票选"2019我最喜爱的科幻春晚小说"。《后意识时代》被选为2020年中国科幻读者选择奖（引力奖）最佳短篇小说。

天问

- 刘天一 -

楔子

很多年后，在终南山终老的日子里，公输青常常会极目北望。在关中的大地上，在大秦帝国最后的余晖中，他曾经和百家的学徒一起，建造了一台人造太阳。

那是诸子百家时代最后的余光。

1

沿着长城驰道从交趾出发，公输青一路向北，终于在两日后乘着飞驰的金木轨车掠过函谷关，进入关中。在咸阳停留不到一个时辰，他就被侍卫带到了骊山脚下。

"我不用换身衣裳？"公输青扯了扯自己身上满是泥浆藻印的短褐工装。前几天正是合浦人鱼渔场建设的关键日子。青铜自动俑不耐海水腐蚀，往往操弄一会儿渔网就朽坏；南越王的余孽又时不时搞些反叛破坏，湮塞了灵渠的水路，物资南行一时不畅。公输青不得不亲自镇守渔场，解决工程问题。

"陛下要立刻见您。"侍卫戴着玄黑的高帽，帽侧的黑纱丝带在晚风中飘扬，"陛下特别嘱咐，他不介意公输先生是否整洁，一切皆凭先生本心舒畅。"

那就无所谓了。公输青昂着头走上理天殿的石阶，他才懒得换衣服搞清洁。那些虚伪做作的表面玩意只有稷下的老儒生们才折腾。相比之下，他更喜欢和墨门徒众在一起。实干才能建设美好大秦。

石阶两旁的甲戈侍卫早就见惯了公输青这般模样，皆双目前视，无视这个又脏又臭的中年男人走入大秦的核心宫殿中。

不知道始皇帝这次又有何事。公输青捻了捻胡须，站在理天殿大门前。大秦现在能源吃紧，全国各地的工场都缺动力，抓紧建设人鱼渔场多生产人鱼膏才是头等大事。不然金木自动俑没了燃料动力，三晋故地就难以抗衡匈奴人的大军。

每次进入阿房宫时，公输青看见的景象都不一样。三个月前，理天殿西南角还是一片工地，现在已经架起了青石高台，上置青铜浑仪一座，以测天象。

公输青记得浑仪还是他和阴阳家邹衍老先生一同合计设计的，这个时候，邹老先生应该是回临淄休养去了。几个月前公输青和邹老先生喝酒时，邹老先生说过他喜爱临淄的蔡姬红烧肉，比咸阳馍夹肉美味千倍，因而不愿在关西（函谷关西）久留。据说蔡姬红烧肉漂在清汤上，肥肉摇曳晃荡，看着特别像水面上荡来荡去的小船。看着一头白发的邹老先生把着筷子荡肥肉，公输青十分不理解齐人的吃饭怪癖。

他只管喝酒，想着工程；至于邹老先生要观察什么荧惑的退行，黄道白道的交合，他不在乎。荡肥肉啥的，他更不在乎。

拖着又脏又臭又疲倦的身子走入大殿，公输青首先听见的是七国口音的争吵。叽里呱啦，像是在指责什么。"公输先生到——"侍卫们唱喝着。聒噪的七国口音一个接一个歇了，最后停下的是个鲁地口音，听着特别像曾子学派的人。

大殿尽头的高座上坐着帝国的统治者：始皇帝。高座前，左边站着一个矮小的黑衣男子，右边站着一堆身着华丽章服的老先生，他们都是百家派驻在阿房宫的专家学者。从章服的纹饰色彩看，以阴阳家和墨家居多，剩下的还有些儒门与法家的先生。

而那名黑衣男子，公输青从未见过。黑衣男子全身裹得严严实实，头戴竹笠，面蒙黑纱。袖外的手掌也缠着青白的绷带，一圈圈缠好，不露一点皮肤。

"陛下。"公输青站定，朝高座一鞠躬。

"公输先生。"始皇帝站起身，走下高台。"这位——"他指了指那名黑衣男子，"是来自姑射山的鬼谷先生。"

"呃……"公输青一时不知道始皇帝把他从帝国的南溟岸侧召来究竟是干什么。难道就是见这个鬼谷先生一面？公输青看着始皇帝的颜容，始皇帝的眼神在摇晃的九旒后温和而坚定，与往日并无变化。

"见过鬼谷先生。在下公输青，公输班之后，喜欢操弄些金木机工。"公输青朝鬼谷一作揖。

"哼……嗯。"鬼谷挪开步子，稍稍站得离公输青远些。

"好了，闲话少说。"始皇帝一挥衣袍，"公输先生，朕前些年曾和你提过，要造一台解决一切问题的'天问之机'，那时我们一同探讨了七日七夜，未有结果。这次，这位鬼谷先生带来了天问机的设计方案。"

什么！公输青身子一震。天问机的目标是解决一切向机器输入的问题，几年前公输青和墨、阴阳两家的高手一起合计研究过，最后得到的结论就是：造不出来。这位鬼谷先生真的能制造这种东西？

公输青带着迷茫望向站在右侧的诸生，他们中有些是那时和公输青一同研究天问机的故友。目光一一相接，故友们都向他点头，表示事情是真的。"公输老友，"有个墨者扯着嗓门喊起来，"天问机确实能造，但我们反对。"

"我支持。"公输青往鬼谷身边挪了挪，站在诸生对面。鬼谷却侧侧头，斜走小步，离公输青又远了些。

公输青不会反对天问机的建造。一想到能建设这么空前绝后的超级机械，他的身子已经激动得颤动起来，心跳加速，某种澎湃的潮流卷过四肢，让他思维无比清晰。上次和大将军王翦一起在长城驰道上吃饭，王翦就说他钻研机械时认真的样子堪比绝境杀敌的死士。

微弱的风流在理天殿内回绕着，人鱼膏的灯火也微微晃动，照亮周围。几个青铜自动俑正在收拾地面上散落的竹简——始皇帝大概昨晚又在殿上算东西了。

"呸，我就知道你会支持。"墨者捋起玄黑下裳，抠了抠小腿上黑黢黢的伤疤，哼哼几声，"老友，你知道天问机的输入功率有多大吗？"

公输青摇摇头。

"你问他。"墨者一指鬼谷。

公输青侧头望着鬼谷先生。鬼谷有些迟疑，最后说："开机一次可以运行半个时辰，需要消耗两千斤人鱼膏，可以计算……最多一个问题。"

"什么！"公输青感觉自己额头上冷汗直冒。鬼谷的嗓子沙哑平静，像是好几天没喝水了。如果鬼谷说的是真的，这个天问机的功耗远超他的想象——一斤人鱼膏能燃烧整整十年，整个关中渭河工业区的总能量消耗也不过等价于一年两千斤人鱼膏（其中大部分还是伐薪取木以为柴火，或是烧菜油），而公输青现在正在负责建造的人鱼渔场，一年能产出的人鱼膏，不过百斤之量。

能源就是这个帝国的命脉。各地的工厂、自动俑，都需要能量驱动。整个帝国的能量缺口正越来越大，公输青估计哪怕扩大人鱼膏的产量也很难弥补未来十几年的能量缺口。

帝国承担不起天问机的能量需求。想要建造天问机，需要额外寻找新的能源。

公输青一下子不知道自己该不该支持天问机的建造了。巨大的能耗注定这个机器无法开动；但制造这种超级机器的快感在驱使他接受这个任务——哪怕是造出一个无法开动的机器。

除了能量的问题，帝国内的动乱苗头也不能忽视。六国故旧豪强被革掉了工场主的位子，无法剥削民众后，一直在不停起兵反叛。民心虽向着始皇帝，但一旦投入巨大的能量到天问机上，军事上的能力多少会有损减。

"陛下……"公输青朝始皇帝一鞠躬，却一下说不出什么。

"好了，朕知道你的想法。"始皇帝说，"你想建造。朕抓你回来，不是问你支不支持；朕已经决定了，要造天问机。"

公输青皱起眉："可是，陛下——"

"朕把你从合浦拉回来，就是要你和鬼谷一起，解决能量的问题。朕想造这个机器，只是想问一个问题。"始皇帝走回高座，缓缓坐下，再居高临下地盯着公输青，"诸侯侵伐，黎元蒙难；天下万世之太平，究竟要如何而致？"

万世太平……公输青一时哽住，热血冲上头颅。他唯有躬身到底，咬牙说："苍生在上，公输青愿意制造天问机，解决能耗问题，为万世太平立毫末之基业！"

理天殿上，一时沉寂。

"好。"始皇帝轻声说，"好！"他加重语气，"今日议事暂先如此。诸位先生请回。公输和鬼谷两位先生暂留。朕要去殿后明堂祷祝于天，稍后与二位商讨工程细节。"

始皇帝离开后，理天殿上一时只剩下公输青和鬼谷。公输青缓步走到鬼谷面前，问："先生是怎么——"

"你离我远点。"鬼谷往后退了两步。

"啊？"

"你身上也太臭了，鱼腥味？"

"我刚从合浦回来。"公输青摸摸头，他的头发也几日未曾清洁，上面可能还沾着海水的盐渍。他看了看鬼谷，鬼谷身上虽然全黑，却纤尘不染，干净得恍如织机坊新造的布匹。"呃……"

他木讷地又挠挠头,只能往后退几步,离鬼谷远些。

两人沉默下去。

片刻后,侍卫们拱卫着始皇帝回到殿上。始皇帝坐回高座,穆然望着前方,却不说话。

"陛下?"公输青小声询问着。

"刚才在明堂,"始皇帝忽然说,"天帝下诏了。"

啊?公输青只知道明堂是祭祀祖先与上天(天帝)之地,原来天帝还会直接下诏?

"天帝告诉朕,天问机不能造,"始皇帝说,"天帝要求朕多供奉能量到明堂,给它使用。"

公输青一时有点蒙。暂且不管天帝为什么突然宣示存在,又要索要能量,天帝这么一折腾,天问机还能造吗?

"朕想了很久。"始皇帝语速逐渐变慢,"不管天下太平之道要如何取得,这个天帝,时时刻刻食古不化,隔空指导人世之事,它就是天下太平的阻碍。朕……"

始皇帝站起身,忽然拔出腰旁铜剑,直刺上方:"要灭杀天帝。"

2

两个月之后,阿房宫,浑仪。

消灭天帝的想法虽然荒谬而突兀,但公输青可以理解始皇帝的想法。登基二十六年而横扫六合之后，始皇帝清算了六国的工场主，解放奴隶，将所有工业收归国有。在这个过程中，不知为何，天帝频繁下诏，阻碍始皇帝的行动。

公输青一直以为天帝下诏就是六国的工场主豪强们玩弄的把戏，他没想过天帝居然真的存在。

"所以，天帝到底是什么？"公输青看着鬼谷，问道。这两个月来，他和鬼谷正在全力负责"消灭天帝"的计划。大部分时候都是鬼谷在忙碌，公输青只在一边闲着。闲着无事，他就在阿房宫内处理其他的工程问题，从驰车的改进到水银动力机的管道阀门改良，这两年攒下来的一些琐事，竟然被他此时抽空一个个处理了。

但无论如何，想消灭天帝就首先要知道天帝是什么。祖先的魂灵，天神，还是某种神秘动物？公输青一概不知。——鬼谷包揽负责了所有的天帝调查。

鬼谷挥手指挥自动俑，让它们搬运物料，调整阀门，控制推动浑仪运转的水力大小。浑仪是大大小小三圈的空心铜环，直径两丈，环刻角分，可以测量日月星辰的经行分数。在鬼谷接手这里前，一直是阴阳家的先生们在倒腾这个仪器。

"目前所能知道的，"鬼谷扶了扶斗笠，"天帝在天上。"

天帝当然在天上啊……公输青不解："这我也知道。"

"我指的是，就在我们头顶的高处。"鬼谷说，"而不是神神道道的那个苍天。"

公输青抬头看着夜空。群星舒朗，月牙只有弯弯一线。浑仪缓缓转折，一只站在铜环顶的黑鸦扑飞腾起，淹没在暗夜中。

"头顶，高处？"

"我现在在测量它可能的位置。阴阳大家邹衍老师记录了所有星辰的位置，只要天帝比星辰低，它多半会影响星辰的光线——光线你懂吗，墨门最近在研究的那个假说。"鬼谷停了下来，看着公输青。

公输青点点头。"我有好几个墨家挚友。所以，你的意思是，天帝是一个飘浮在天上的、透明的东西？"

"很有可能。我会观测所有星星的位置，比对记录，看看什么位置有异常。"

"可是你怎么知道天帝是个飘在空中的东西？"公输青有些疑惑了。这两个月的接触，他只知道鬼谷知识渊博，百家大多通晓，但他并没有注意到鬼谷是怎么研究天帝这个问题的。

"哦，有个人见过天帝，我问了他的后人。"鬼谷说。

"嗯？"

"楚国的大夫屈原。"鬼谷一挥手，让浑仪又沿赤经正行几度，"他的后人说，屈大夫曾经从郢都起飞，来到过天帝门前。'吾令帝阍开关兮，倚阊阖而望予'，屈原是这么写的，天帝拒绝了他的觐见，他就回来了。"

"啥？"这不是诗人的胡思乱想吗？公输青挠挠头发："他怎么起飞的？"

"骑龙。"

"龙不是传说吗？"

"我去了一趟鼎湖。"鬼谷说。

"鼎湖？"

"黄帝飞升的地方。"

"呃……"公输青又用力一挠头发,再摇摇发髻。他有点跟不上鬼谷说的话了。"黄帝飞升,难道也是上天?"

"对,传说黄帝也是骑龙飞上去的。"

"那龙是什么?"

"一种用于飞行的工程器。"

"飞鸢?"公输青只能想到飞鸢。但飞鸢起飞能力有限,最多能从高崖上往下滑行百丈距离。为了测试这玩意,墨门已经牺牲不少学徒。

"比飞鸢厉害很多。"鬼谷说,"我在鼎湖找到了龙的残迹……当地人说这是一把叫'乌号'的弓,收在轩辕衣冠冢中。我掘了衣冠冢,那根本不是弓。"

"你还挖了黄帝的冢!"公输青差点叫了起来。好在周围都是些木构的自动俑,没有活人。

鬼谷沉默一会儿后说:"偶尔一挖,无伤大雅。反正就是个衣冠冢,里面没有尸骨。"

一辆驰车在远方的长城上疾驰而过。夜色下的阿房宫灯火通明,百家的先生与学徒们仍然在进行着各自的工程或学术课题。公输青叹了口气,好奇心涌了上来:"所以……乌号,龙,是什么?"

"乌号是一堆金属结构的东西,我猜测是铁,绝对不是青铜。"鬼谷说,"从残存的东西看,像是一个很粗的管道,用来喷气。"

"喷气?是个风箱?"

"应该是利用喷气的力冲上天空的玩意。"鬼谷说。

怎么可能！公输青摇摇头，喷气冲上天空，那得多大的力？整个帝国最大的水银动力机烧开了的鼓风动力最多也就能吹倒一个人而已。

"我也不太信。不过舜帝末年的大洪水毁了当年的不少器物，水银动力机不也是稷下学宫的阴阳学徒们在苍梧二妃陵挖的古物痕迹考古出来的？也许黄帝时期人们造个龙飞行器并不困难。"鬼谷说。

此言倒是不差。公输青搓搓自己乱蓬蓬的胡须。几百年前确实是那帮齐国人偷偷跑到楚国掘了二妃陵，发掘出不少古代机工器具，才复原制造了水银动力机，致使七国工业猛进发展。换言之，舜帝以前，科技力量也许更强也说不定。

"好，如果龙是飞行器，那天帝呢？"公输青问。

"屈大夫的后人跟我说，"鬼谷踱着步，"屈原当时也是骑着龙上去的。我看了他们私藏的龙的残骸，和鼎湖的乌号极其相似。换言之，我猜测天帝也是古人用龙弄上去的东西……"

"人造神明。"

鬼谷抬了抬斗笠，目光从黑漆漆的缠脸布缝隙中望着公输青："不错。它是什么不重要，重要的是……"

"我们要把它从天上打下来。"

"如果它真的如我所预测是在天上的话，"鬼谷压低声音，"世间就不该有神明这种东西，尘世的命运应该由大众控制。"

"好了，那我们现在开始？"公输青指了指浑仪，"寻找天帝到底在不在天上。今晚天色很好，没有云，适合观星。"

鬼谷点点头。公输青便往鬼谷身边走去，鬼谷却又缩了缩身子，离他远了些。公输青只得看看自己，他已经洗浴多次，鬼谷却总是说他身上有鱼腥味。

"点火，水银缸加压！"公输青向台下命令着。随后，自动俑得令而行，布设在高台下的水银动力机轰鸣运转着，水银从缸中抽出，压向管路，往高台上输送动力。

"赤经一三零度二十二分。"鬼谷抽出一片铜牍，铜牍上标有一排细齿，用于标示数字大小。鬼谷将小铜片插入细齿，标出赤经位置，再将这片铜牍缀回一卷铜简中，塞入浑仪下方的程序输入口。

浑仪上的计算设备是阴阳家们发明的，公输青只负责制造。以铜简或竹简为媒介，这些设备能做简单的数学运算，复杂的，比如积分，需要插入阴阳家设计的预置积分表，否则算不出来。

读取铜牍后，水银动力沿着管线输入，远处的水车又吱呀吱呀转起来，推着浑仪旋转。随着赤经坐标的逼近，水银管线中压力变化，反馈到水车上，控制着水力大小，让铜环精准停在鬼谷想要的赤经坐标上。

"赤纬……三十度两分。"鬼谷继续念叨着。这时，公输青忽然听见了某种细微的声响，似乎是鸣镝破空的声音。他抬手示意鬼谷停下来。

"嗯？"鬼谷还在往铜简上插小铜片。

"箭？"公输青小声说。声音正在变大，似乎是从头顶传来的。他抬头望向天空，黑夜下看不清是不是有箭矢飞来。

"啊？"鬼谷望着天空，他似乎也听见了，"不是，是……"

天上出现了一线火光。呼啸声倏尔变大，接着，笔直下坠，砸向浑仪所在的位置！

"快跑！"公输青顾不得鬼谷是不是有洁癖，拉着他往高台下跑去。片刻，陨星坠地，砸崩高台与浑仪，青石砖碎裂一地，水银从管线中泻出。防爆阀外预置的硫黄灭毒器自动爆开，硫黄粉喷满空间，避免水银挥发致毒。

公输青抖了抖身上的尘土。以前搞工程时爆炸事故见惯不怪，他和墨门中人都习以为常。他拉着鬼谷站起，看看前方。

浑仪已经彻底毁了。在硫黄和灰土的粉尘中，铜环扭曲，一颗陨铁正正当当地砸在浑仪正中，滋滋冒着热气。"所以……这算什么？"公输青走向陨铁。

"大概是，天帝的报复。"鬼谷走了过来，指着陨铁。

公输青看向鬼谷指着的方向，陨铁上刻着一排通红的篆字：祖龙今年死。

公输青浑身一颤。"天帝，知道我们的行动了。"

"也就是说……"鬼谷望着天空，"天帝果然在天上。"

他们两人一下子沉默了。过了许久，公输青才问："其实，就算找到天帝的位置，制造出了能朝天空射击的巨炮，驱动这样的炮需要的能量帝国恐怕还是承受不起。"

"会有办法的。"鬼谷说，"徐福听陛下的命令东渡东海，从海外祖洲带回的上古遗迹中，据说有一种制造太阳获得能量的方法。"

"什么！"公输青一惊。

"据说。只是据说。"鬼谷摇摇头。

"其实我有一个问题。"公输青问，"你为什么想帮陛下造天问机？"

"当然是想问天问机问题。"

"问什么？"

"万物之后的根基大道，究竟是什么？"鬼谷轻声说，"……你呢？"

"我只是想造超级机械而已。"公输青挠挠头发，抖去上面的硫黄粉屑，"现在嘛，我想把天帝打下来。"

3

如果说整个帝国中还有什么地方是始皇帝的权力无法完全控制的，祭祀用的明堂必是其一。

公输青和鬼谷穿着巫史的祭服，混在队伍的最后。理天殿后的明堂的大小是咸阳老明堂的三倍有余，十余丈的空间中可以容纳三行五列的巫史一起跳舞祭祀。明堂内高七八丈巨大的黄色布缦从柱上垂下。

自从二十六年始皇帝改元朔后，以水德统国，全国皆尚黑色，以展示如水般肃穆隐忍、艰苦奋斗的帝国品格；唯一的例外，就是明堂了，这里面还是一片土黄色。按照巫史们的说法，这叫尊古。巫史们穿着彩袍，一手捧着缀翎羽的盾牌，一手持着仿古造型的大斧，左右旋进，以为舞蹈。乐工在两侧的黄缦后敲着钟磬。奴隶们则捧着祭祀用的牺牲（公输青看见了猪头、牛头和羊头，还有黍米。但他分不清这些祭祀的等级），放到供桌上。

公输青盯着奴隶们看了会儿。他已经好久没见过奴隶了，自从始皇帝推行新政后，奴隶制早就从帝国中革除……除了明堂这种直通天帝、冥顽不化的地方。

始皇帝和天帝之间的矛盾已经存在很久了。据公输青现在所知，天帝不知为何，一直要求始皇帝恢复奴隶制，上供更多的能量，而始皇帝则不愿意。公输青猜测天帝多半是个需要消耗能量的机械装置，可能是上古之人发射到天上的。

"你发现有什么异常吗？"公输青小声问鬼谷。这是他们最近第三次混入巫史队伍，刺探天帝祭祀的情报了。

鬼谷摇摇头。

祭祀很快正式开始。"……卬盛于豆，于豆于登。其香始升，上帝居歆。胡臭亶时，后稷肇祀。庶无罪悔，以迄于今。"巫史们唱着献给祖先的祭歌。又过了片刻，天帝的声音终于从祭台上传下来。

整个明堂立刻安静下来，巫史、乐工、奴隶全都噤声，倾听着天帝的诏示。公输青和鬼谷在队伍的末端，听不清天帝到底在说些什么。隐隐约约，公输青听见了模模糊糊的背景钟磬与丝竹，应该是天帝那儿传来的声音。

祭祀结束后，公输青和鬼谷悄悄溜了出去。"你有什么看法？"公输青问道。他只擅长解决工程问题，论及推理博学，还是要靠鬼谷先生。

"你听到音乐声了吗？"

公输青点点头。

"你知道那是什么曲子吗？"鬼谷问。

公输青慢慢走在阿房宫最外围的城墙上，一辆运货驰车在他们一旁的铁轨上飞驰而过，水银动力机的嗡嗡工作声倏尔远去。"我……我不懂音乐。"公输青望着西方。咸阳城在远处，沐在昏黄的夕阳中，渭河从城畔蜿蜒而过。

"《白雪》。"鬼谷说，"琳琅清澈，是楚国旧调。"

"天帝是楚国人？"

"不……这很难说。"鬼谷说，"最主要的问题是，如果天帝是飘浮在高空中的，他是怎么把声音送下来的？"

"某种我们不知道的效力。"公输青思考着说。

"一种可以隔空传播的效力，传播极长的距离都不会衰减。"鬼谷说，"我想起了墨门正在研究的光。光也有类似的效果。"

"明堂有屋顶，天空的光照不下来。"

"我的意思是，某种类似于光，可以远距离传播的效力。"鬼谷停下步伐，抚摸着长城的城砖，"这种效力可以长距离传播，像是可以穿透障碍的光。明堂接收到了这种效力后，就会发出声音。"

"假设你是对的，然后呢？"公输青问。

"你知道墨门最新的研究结果吗？"鬼谷问。

"你直接说吧。"公输青当然不知道。他只知道墨门研究成熟的那些东西，新玩意他需要等那些老友弄成熟了再学习。

"蜡烛的光亮，随着距离的平方而减少。"鬼谷说，"如果我们假设天帝使用的这种通信效力也有类似的性质，那么，当天帝运行在天空中的不同位置，距离明堂的距离不同，它说话声音的大小也会不同。"

"唔，似乎有道理。"公输青说，"我好像刚才听见那些巫史在抱怨今天天帝的声音小。"

"可能就是今天天帝离得比较远。"鬼谷点点头，"那么，我们可以在不同地方布设几个明堂，在同一时间接收天帝的声音，根据各个明堂之间的位置关系和接收到声音的大小，可以算出天帝在那个时刻在天空上的位置。"

好主意。公输青点点头。"但是，声音的大小怎么测？我没做过类似的机器，墨门应该也没有研究过。"

"我有个法子。"鬼谷说，"你听我指挥。"

接下来的一个月，鬼谷向始皇帝请示了偷偷私建明堂的许可。接着，公输青和鬼谷混入巫史队伍中，抄了一遍明堂的设计——他们不知道明堂是怎么接收到天帝的声音的，只能全样照抄。

他们在咸阳城外的荒野上建造了十几个小明堂，从始皇帝那儿要了一队禁卫自动俑看守，防止无关人等进入。在明堂的地面上，鬼谷像标尺一样打了很多间隔相等的孔，插入等长的竹管，又在竹管上端的开口处贴了一张纸条。"你这是要干什么？"指挥自动俑插竹管时，公输青问道。

"《白雪》是以黄钟为宫音。这些竹管是当时楚国律制的黄钟之管，只要黄钟调下的宫音响起，竹管会共振。共振的声响在大于某个特定的响度时，竹管上的纸张就会飘起。"鬼谷说，"根据墨门的研究，声音是随距离声音源头的距离的平方变大而变小的，因此，当天帝的《白雪》中的宫音响起时，靠近祭台的竹管会飘纸。飘纸的范围越大，说明声音越响。根据声音的相对大小，我们就能估计天帝通信到这个明堂的强弱。"

公输青只是大概听明白了。鬼谷是想用这些律管测量天帝传来声音的强弱，再用不同明堂之间声音强弱的差异来计算天帝在天空的位置。

"我管这个系统叫'延时扫描阵列'。"鬼谷说，"以后如果要攻击天帝，这个系统还要扩大范围，多建明堂节点。"

"没问题。"公输青一拍胸膛。建工程他最擅长。

接下来，在所有巫史们例行祭祀的时间点，公输青和鬼谷都会打开私建的明堂阵列，接收信号。所有的明堂都由自动俑控制，测出《白雪》第一个宫音的强弱，再把数据送回阿房宫中鬼谷和公输青的临时工作室。测试几次后，鬼谷终于轻车熟路，指挥着自动俑们抄写数据，誊到刻数的铜牍上，再将铜牍串回某个特定的积分表，卷成一卷铜简，再插回水银动力的计算机器，计算积分。这些机器虽然是公输青亲自建造的，但核心的数学模块是阴阳家的那些老夫子设计的，公输青并不负责数学原理。

鬼谷用得最多的积分表是"倍角正弦"和"倍角余弦"。仔细研究了鬼谷的计算过程后，公输青改进了计算机械，这样就能把所有明堂阵列送来的信息自动处理了。

两个月后，处理了六十多组的数据，鬼谷给出了初步的结果：天帝大概飞行在头顶一万丈的位置，每天会定时飞过头顶几次；大概几次鬼谷还没完全算出来，但是毫无疑问，天帝飞过头顶的时间，就是巫史们祭祀的时刻。

在他们研究天帝的时候，帝国内也不太平。天帝在全国各地降下了多多少少不同的谶纬陨石，上面写着诸如"亡秦者胡也""祖龙将死""始皇帝死而地分"等谶语。被始皇帝剥去土地与工场的六国豪强们，又开始蠢蠢欲动。

天帝在向人间的皇帝宣示它的威严，因为人间的皇帝想造天问机，削减对天帝的供奉，甚至，要消灭天帝。

"天下，看来是太平不了了。"公输青说。

夕阳缓缓沉下西方。他们刚刚完成了最后一轮的天帝位置观测。唯一的问题是，用什么东西把天帝打下来。

"你知道吗，有穷氏的后羿当年使用射日炮射过太阳。"鬼谷说。

"问题是，就算我们造出了射日炮，启动射日炮的能源，我们也拿不出来。"公输青叹了口气。就和天问机一样，射日炮需要消耗的能源恐怕也是个天文数字。

"先和陛下汇报。"鬼谷说，"总会有办法的。……大不了，我们造个太阳就是了。"

4

阿房宫工程科研基地建成之后，嬴政便把自己的理政地点移到了阿房宫内。自动俑凿开骊山水脉，温泉直接通到他书斋之后，每日倦了，便可简单一泡热泉，聊解乏累。

夜晚。

人鱼膏的烛火噼啪燃烧。除此外，书斋中一片静谧。嬴政扯了扯腰上的玉带钩，宽宽浴袍。刚刚从温泉池出来，他还有些憷然。但时间不等人，他必须尽快定下故赵所在的北境的战事策略。匈奴人的水银动力科技正在追上来，金铁自动俑竟有些战力不支。

案台上置着一尊青铜小鼎，鼎中盛着他最爱的玉米排骨汤。玉米是徐福从东海祖洲带来的，他正打算推广全国进行种植。据农家的先生们说，这种作物非常高产，应该能解决粮食问题。

一具木构的自动俑捧着竹简布帛来到案前，翻开，呈上。布帛上画着帝国北境的地图，兵家与墨家各自画出了往北延伸长城的计划。长城将会向触须一样刺入匈奴腹地，城墙中埋设的水银动力管道可以解决自动俑大军的补给问题。

嬴政默然喝了几口汤，然后指示自动俑翻动布帛。兵家的长城延伸计划更加在乎关隘险阻与地势，墨家更加在乎工业发展的潜力，例如铁矿与铜矿的位置。嬴政盯着地图，缓缓陷入沉思。子夜之时，书斋极静，正是考虑这些国家大事的好时机。

只不过……似乎有点不对。嬴政的思绪停了下来。在一片安静之中，有什么细微的声音，极不和谐。

自动俑翻过一页布帛。嬴政听见了细弱的咔咔声，那是自动俑运行时常见的噪声。

但是，书斋中的这具自动俑是公输先生给他特制的。高装配精度，鲸脂润滑，全弧面的关节，这是一具运行时绝对不会产生噪声的自动俑。

嬴政望着地图的视线停了下来。自动俑想要继续翻页，嬴政稍稍抬手，示意它停止动作。

有异常！这个自动俑，不是平时服侍他看书的那具。

嬴政忽然想起了许多年前，自己在朝堂上被荆轲刺杀的场景，和此时此刻极其相似。只是那时，荆轲手上捧着的，是燕国的地图。

他盯着布帛，借着烛火，布帛下隐约可以看出一个坚硬物什的轮廓：一把匕首。

"哼。"嬴政若无其事地缩回手，假意轻扶腰上的玉带钩，却暗中摸往衣摆之下，猛地拔出腰侧铁剑，直接砍向自动俑！

自动俑往后一仰，撩起地图，拍出匕首，握住，往前一划。

嬴政的剑锋扫了空。自动俑的动作比他想象中要轻快，而且灵活，比起禁内的侍卫丝毫不差。自动俑的匕首扫过嬴政的衣袍，在绸绫上划开大口。

不过，由于嬴政攻击突然，自动俑的动作出现了明显的破绽。嬴政挽剑一收，继而迅捷直刺，捅穿了自动俑的腹部。他一抖剑锋，切断自动俑体内的水银回路。

自动俑歪斜着倒下，水银缓缓渗出，一颗颗流注地面。

嬴政慢慢将铁剑收回剑鞘。他盯着自动俑的残骸，接着俯身下探，研究残骸内的水银回路。从回路的设计风格看，换流阀用的是帝国标准，单向阀用的却是十几年前燕国常见的设计……不管怎么说，这个刺客自动俑和六国的那些豪强脱不了干系。

嬴政想大声呼唤侍卫，却忍住了。此时最重要的，是不让自己被刺杀的消息被更多人知道。何况，呼唤而来的自动俑或侍卫，也不知是不是六国豪强安插的眼线。

他决定离开书斋，去寻找心腹内臣处理此事。踱至门口，缓缓开门，却看见两个男子正朝这里走来，是公输青和鬼谷先生。

"陛下。"公输青和鬼谷立在阶下，朝嬴政躬身作揖。

"你们？"嬴政小心掩好书斋门，不让他们看见书斋内的刺客自动俑，"公输先生、鬼谷先生，深夜到访，有何事宜？"

公输青和鬼谷相互望了望，最终，公输青清清嗓子："寻找天帝的事情有结果了。"

公输青和鬼谷简单汇报了天帝的情况。最终，公输青说："陛下，第一个问题是，能打下天帝的炮很难设计。但更大的问题是，驱使炮弹飞上天空的能量，比天问机的消耗还要大。"

嬴政皱了皱眉头。他对工程问题虽有了解，但所知有限。"人鱼膏不够吗？"

"南海所有渔场的产出也不够。"公输青说，"另外，就算够，人鱼膏的瞬时输出能力也不够强。"

嬴政陷入沉思："没有别的制造能源的方法？"

公输青和鬼谷相互看看，都没有说话。

"嗯，朕再问你们，"嬴政换了个思路，"人鱼膏也罢，油脂也罢，柴火也罢，这些能量都是从哪儿来的？"

"太阳。"鬼谷说，"太阳照射植物，植物收集能量，动物吃植物，最终的源头都是太阳。柴火、人鱼膏、油脂，也是太阳的能量变来的。"

"那太阳的能量从哪儿来的？"嬴政又问。

鬼谷一躬身："陛下，我不知道。墨门的有些先生也许有研究，我可以去询问他们。"

"既然人鱼膏的能量不够，"嬴政思忖着说，"那我们，能不能造一个太阳来提供能量？"

一片沉寂。

"陛下，"公输青打破沉寂，"我们还不知道太阳是什么。"

"但是是有可能的。"鬼谷说，"后羿曾经把太阳打下来过。"

"能找到残骸？"嬴政问。

鬼谷点点头说："在有穷氏故地。"

"那就造个太阳。"嬴政坚定了语气，"公输先生，朕问你，你有没有把握把太阳造出来？！"

公输青犹豫了一会儿，没有表示。

"一成，我只要你有一成的把握。"

"有。"公输青终于点头了。

"那就去造。"嬴政说，"现在就去。"

"是。"公输青和鬼谷准备离开。

"等一下。"嬴政喊住他们，"你们去咸阳，把王翦将军叫来，让他秘密速来朕的书斋，有要事相商。"

送走了公输青和鬼谷，嬴政回到案几旁，默然望着倒在地上的刺客自动俑。

天下又不太平了，而他这个皇帝所能做的，就是先把天帝打下来。这个时代不需要神明，人的命运应该归于人自己。

他默然喝了口玉米排骨汤。

5

公输青曾经不止一次向始皇帝建议,修建长城时应该尽量保证长城的护卫能力和强度。但始皇帝考虑到成本,考虑到应该尽快将长城延伸到帝国南荒之地,拒绝了公输青的请求。

现在报应来了。

从咸阳一路往东,公输青和鬼谷乘坐着驰车沿长城飞驰,前往有穷氏的故地。路过鲁国旧地时,他们遭到了伏击,长城被巨大的攻城自动俑砸毁。驰车脱离驰道,翻倒在地。公输青和鬼谷在护卫自动俑的保护下逃下长城,跑入有穷氏的故地之中。

如果当时长城修建得更加坚固,现在的事情就不会发生了。从攻击者的外形、口音来看,他们应该是被鲁国的豪强所攻击。自从始皇帝和天帝的矛盾闹大了后,这些豪强的行动愈发猖獗,反叛、暴乱,时有发生。虽然帝国还能镇压这些叛乱,但已经逐渐显露颓势。

长城是控制帝国的血脉。公输青在设计长城时,将长城分为上下两层。上层铺设驰道,下层则修筑在墙体中,铺设水银管道,输送动力、能源和情报。本来公输青设计时要求在城墙中嵌入钢条提高强度,始皇帝否决了这个耗费过大的想法。

敌人正从后面追来。公输青控制着自动俑,护卫着自己和鬼谷前进。在逃出长城之后他就发射了求救的木鸢,只要坚持一两个时辰不被豪强的叛军抓到,他和鬼谷先生就安全了。

有穷氏部族的故地是一片种满桃树的山谷,据说,上古之时他们曾经制造出射日巨炮，打下过太阳。巨炮的图纸在咸阳图书馆中尚有，是公输青设计攻击天帝的巨炮的重要参考资料。但是打下来的太阳，据说是藏在这片桃花山谷中。

有穷氏在夏朝时曾经一举推翻了夏帝太甲的统治。但后来太甲起兵复国，往东挺进，扫平了有穷氏的老巢。自此之后，太阳残骸也不知所踪。在始皇帝的授意下，帝国情报部门渗透到鲁国大地，找到了藏有太阳残骸的位置。只不过公输青和鬼谷来寻找太阳的消息也不知为何泄露了，他们遭到了豪强叛军的攻击。

"前面。"公输青看了下地图。太阳的残骸应该就在前面的山坳中。

他们进入山坳。在茂密桃林的掩蔽下，黄土中埋没了一圈巨大的金属残骸。残骸的形状是一弯弧形的铁片，大半埋在土中；铁片上还缀着各种说不出来名堂的管线结构。他感觉这些管线似乎不是传导水银的，这些管线太细了。

自动俑们分散开警戒四周。鬼谷则走上去查看太阳残骸。"太阳难道也是机械装置？那它的光和热是从哪儿来的？"他沙哑地说着。

"等一下。"公输青看了看身后，自动俑传来了警告：叛军追了上来，"我们先躲避一下。"

公输青和鬼谷躲入了一个山洞中，洞口有藤蔓掩盖，一时应该不会被叛军发现。公输青一边修复着在先前的战斗时受损的自动俑们，一边稍稍撩起藤蔓，望着山坳中的情况。

叛军正在山坳间搜索。他们携带的自动俑是以前齐国的形制，制造精巧，但功率没有秦国的高。不过现在叛军工业实力有限，这些自动俑的行动大多不那么流畅，看着应该是装配精度的问题。

不过，叛军的人数实在是太多了。公输青默默思考着。他只能等待救援。

"你说，这个真的是太阳残骸吗？"鬼谷忽然小声问。

公输青缩回手，藤蔓又自然垂下，挡住了泻入洞穴的些微光芒。在一片昏暗中，鬼谷坐在地上，他浑身上下仍然缠着厚厚的绷带，原本整洁的黑袍也沾了不少灰尘。

"我不知道。"公输青只能摇头。

"这个残骸让我想起了徐福从东海祖洲带回来的那个上古遗迹。"鬼谷说，"那个东西和这片残骸的结构很像。"

公输青听说过那个上古遗迹，据说是个巨大的金属环形仪器。阴阳家和墨家对着那个遗迹研究了半天，并没有特别的结果。"所以呢……那个遗迹和现在的太阳遗迹，是同一个东西？"

鬼谷摇摇头："不知道。我们得把这个太阳残骸带回去和祖洲遗迹做比较才能得到更多信息。不过，我想起了墨家那时候研究的结果，祖洲遗迹似乎是在利用一种叫聚变能的东西。"

公输青完成手上这个自动俑的手臂压力阀的修理，然后又侧头，撩起藤蔓，向外望去。"他们在拆太阳残骸。"他说。

"说不定是天帝在授意他们行动。"鬼谷说，"也就是说，这个太阳残骸可能是真的，而且真的能制造出大功率的能量输出器。"

"你刚才说的聚变能，是什么？"公输青问。

"是祖洲上发现的古书中提到的词。"鬼谷说,"儒生们做过训诂,不过对这个词的解释最后不了了之。墨与阴阳两家联合研究过,他们认为这大概是一种通过压缩、聚合物质生成的能量。古书上说万物是由原子组成的,聚变能是原子的内核的能量。但我们现在甚至还没有完全理解原子是什么。"

"那我们真的可以造出太阳吗?"公输青忽然担心起来。始皇帝在那个晚上问他对制造太阳是否有一成之把握,他点头了。现在想想,可能百分之一的把握都没有。

鬼谷沉默了一会儿,才说:"可以。不过,这个太阳残骸我们起码需要拿到手。我们的科技靠考古起家,把稷下的老学究全部请来对着残骸研究,应该能弄懂。"

公输青皱起眉头。叛军正在山坳中想办法运走太阳残骸,而帝国救援部队到达还得一会儿。"我去想办法拖延一下时间。"

"你要干什么?"鬼谷站起来。

"不拖延一会儿,太阳就要被他们运走了。"公输青说。他指挥着自动俑们站起来,缓缓往洞穴外走去,"现在趁机冲出去,能拖一会儿是一会儿。"

"太危险了,你会死。"鬼谷说,"陛下需要你活着。这个帝国也需要你。"

"如果我们造不出太阳,就没法供能给巨炮打下天帝;打不下天帝,这个国家还是很危险。"公输青叹了口气,"不管天帝是什么,是古人发射的机械也罢,是神灵也罢……都不能干涉我们的人生。"

鬼谷扶着洞壁,缠着绷带的手指划过湿漉漉的苔藓。"那,我跟你一起。"

公输青想拒绝，最后却说："万一你死了，就没人向天问机问天地大道之根基了。"

"只要陛下向天问机问天下如何才能万世太平，就够了。"鬼谷说，"万民太平在上，大道不知，不足为惜。"

公输青叹了口气，随后走出洞穴，鬼谷跟在他身后。自动俑们列队两侧，隐蔽潜出。片刻后，公输青趴进草丛，一挥手，令自动俑们全数出击，杀向那些正在挖掘太阳残骸的叛军。

自动俑们沿着野草隐蔽前行，在距离太阳残骸十几丈远时才一齐扑出，杀向叛军。自动俑和叛军立刻杀到了一起。叛军的挖掘人员纷纷后撤，战士和自动俑则迎上来战斗。一时间弩矢飞舞，铜剑劈来砍去，场面混乱。公输青望望四周，叛军并没有集结所有兵力来对付这些自动俑，还有不少叛军在周围警戒、瞭望。

按照公输青预设的指令，他的自动俑们并不蛮上，而是游走攻击，避免过分纠缠。这样的话，纵使数量处于弱势，公输青的自动俑们也能拖延足够的时间。

公输青不奢望自己能战胜叛军，只要能拖延叛军掘走太阳残骸的时间，坚持到帝国的救援部队到来就好。

片刻，公输青的自动俑们便死伤殆尽，不过叛军的挖掘机械也被战斗波及，损坏了一些。这样，一时半会儿太阳残骸是不会被挖走了。

叛军的部队开始往公输青和鬼谷所在的位置搜了。公输青叹了口气，说："好了，我们的任务完成了。"

"你是说我们要等死了？"鬼谷问。

"不然呢？"

"你听。"鬼谷说。

公输青侧耳听去。远处遥遥传来一阵车马声——帝国的救援部队。

他们得救了。

6

制造人造太阳的难度超出了公输青的想象。

他花了一年多的时间，才搭建好人造太阳的原型机。这期间，所有的原理性的构建都由鬼谷先生完成，公输青更多地在负责工程的细节。

相比之下，射日巨炮和天问机的建造就顺利很多。虽然麻烦不断，但大多被公输青吭哧吭哧解决了，唯一的代价是，公输青这半年来睡眠质量极差。他常常在和墨门的学徒们讨论工程时睡着，甚至睡着了还能正常讨论，别人也没发现他已然熟睡。

人造太阳的麻烦在于，世界上没有几个人懂得太阳运行的原理。为了弄懂所谓的聚变能，从有穷氏故地安全回来后，鬼谷先生就把自己关在阿房宫的实验室中，整日和阴阳、墨两家的老夫子们一起研究考据。公输青也参加过这个讨论，他主要负责分析太阳残骸和祖洲上古遗迹的工程性质。

为了保证研究的进度，始皇帝还从全国各地抽调了更多的百家学者来到阿房宫，从训诂祖洲古文书的儒者，到研究上古技术史的史官，所有人都为了人造太阳被动员起来。

终于，大半年后，鬼谷弄清楚了聚变的原理。然而，这个时间，已经有些晚了。

帝国的境内正风雨飘摇。

天帝开始大范围地宣示它的存在，四处散播神迹，下诏，降落谶纬，宣布始皇帝不得天意。六国豪强们则纷纷响应，叛乱四起。原本，始皇帝的统治深得人心，然而最近为了建造人造太阳，始皇帝加大了赋税的力度，一时间普通民众也有些抗拒了。

民众们投向了豪强。——虽然，这些民众在二十六年前，还是豪强们的奴隶，是始皇帝的改革给了他们自由。

"这究竟是什么力量？"在拿到鬼谷设计的人造太阳原理图的那个夜晚，公输青问道。

"你指什么？"鬼谷说。

"太阳。你说的聚变，究竟是什么？"公输青收起图纸。

"是把原子们压到一起，超过原子核的相互斥力并放出能量。"鬼谷说。

鬼谷先生这话相当于什么都没说。公输青叹了口气，因为他仍然听不懂。不过这并不妨碍他着手建造人造太阳。

人造太阳的建造地点定在了咸阳郊野。为了防止天帝的陨石攻击，公输青先建造了一组对空设计的防卫炮。接着，他在大地上布设水银管道，接好动力系统，建设了一圈自动俑的维护工场。随后，源源不断的物资沿着长城驰道运到咸阳：各地废弃不用的六国旧制兵器、苍梧野的磁铁矿、辰州的朱砂（用于炼水银）、交趾的硫黄和人鱼膏。

公输青指挥着墨家学徒和自动俑们开工了。三个超级工程在同时建设：天问机、射日炮与人造太阳。此时此刻，公输青已经顾不得天下是否纷乱，帝国是否安危；他生命的全部力量，都要燃烧在这三个工程上。

"陛下。"人造太阳的原型机搭建完毕时，公输青向始皇帝汇报情况，"射日炮已经建造完毕，只要人造太阳运行成功，就能试射了。"

理天殿中一片寂静。公输青愣了愣神，抬头望去，始皇帝正皱眉盯着一卷竹简，默然不语。

"……陛下？"公输青又轻声问道。

"有个叫陈胜的工场主在渔阳起兵反叛了。"始皇帝忽然说，"燕国人曾经开了十三个铁矿厂，手下有四五千奴仆。二十七年，他被郡守抓走，抄没家产。去年，他被处罚在蓟城筑城，结果刚才和其他被罚的工场主一起反叛了。"

公输青不知道该说什么。他知道帝国现在情势危急，但是……他叹了口气："陛下，要不，这些工程先停下来，安定国内才是头等大事。"

"朕想好了。"始皇帝忽然加重语气，"射日炮需要换个名字。"

公输青愣了愣。

"朕决定给这门巨炮赐名'天下太平'。朕的大秦可以不要；天下，必须太平。"始皇帝说，"天帝，必须死。"

水银被压入管道，驱动着巨大的圆台旋转。接着，"天下太平"巨炮缓缓升起，指向天空。在咸阳郊外的夜空下，这尊青铜巨炮沐浴在星光下，炮身上星星点点的锡在火焰的照耀下闪着白光，也变成一颗颗明亮的星。

"可以开火了？"鬼谷站在公输青旁边，问道。

公输青盯着面前的水银压力表，检查各个回路的读数说："只要人造太阳能稳定供能。"

"人造太阳马上就好，就是不知道叛军什么时候攻过来。"鬼谷说。

两个月后，人造太阳的原型机正式完成。这个太阳是伫立在荒野上的直径十丈的球体，复杂的控制系统蔓延四周，还有一部分深入了阿房宫内，和其他子系统相互连接。

在临时建造的高台上，始皇帝直面着人造太阳："可以点火了？"

公输青和鬼谷站在始皇帝身后。"可以了，陛下。"公输青说，"点火启动如果顺利，'天下太平'可以直接开火——待会儿就是天帝飞过我们头顶的窗口期。"

"那就——"始皇帝举起手。

"陛下——"一名侍卫忽然飞奔上台，"叛军，陈胜的叛军攻破了函谷关，人造太阳系统布设在东边的动力工场马上要落入叛军手中！"

始皇帝举起的手僵在了空中。接着，所有人都看见天空中云气开始变化，组成了六个大字：大楚兴，陈胜王。

天帝在向他们示威。

7

天穹苍茫,骄阳高悬,酷烈的阳光照在地面的人造太阳上。云气汇聚成的六个大篆字是楚国的故旧写法,它们高高飘在天上。阳光掠过大字,在大地投下苍苍斜影。

长风咆哮,高台上旌旗猎猎。始皇帝举着的手缓缓放了下来。"备马,准备迎战。"他拍拍衣襟。

不知道叛军为什么来得如此之突然。公输青站在高台上,默默想着,一时有些恍惚。上一次听见叛军的消息,只知道叛军们正在函谷关外聚集,王翦将军正和叛军大战。此时,叛军居然已经冲破了函谷关?

"为什么叛军来得这么快?"公输青自言自语着。

"他们沿着长城来的。"始皇帝缓缓说,"长城既然能为帝国快速运输军队,也能为叛军所控制。"

公输青问道:"陛下,那我们还点火吗?"

"你们继续,点火成功,就见机把天帝打下来。"始皇帝披上侍卫呈上的甲胄,轻轻抚着铜剑剑柄。

"是。"公输青应道。

"还有……"始皇帝言辞少有地有些犹豫,他压低声音,小声说,"此次叛军势大,若是朕未能御敌,请公输先生和鬼谷先生先行逃走。二位是国之重材,务必保留好种种技术资料,于万民有利。"

"陛下……?"公输青愣了愣。

始皇帝已经披着甲胄走下高台，向着东方远去了。

公输青摇了摇头，只能继续指挥人造太阳的点火行动。"打开起止阀！"他振臂一呼，命令工程继续。

水银在管线中奔涌，汇聚到人造太阳之下，沿着人造太阳的底座刺入球壳之内，向太阳中输入能量和控制信号。"加压！"公输青盯着面前的压力指针，只要球壳内的压力达到预定值，就能注料进行聚变过程，得到能量了。

动作必须快一点。球壳内加压的过程需要持续输入能量，而能量的来源是从咸阳东面几百里远的水银动力场来的。动力场通过燃耗人鱼膏获得能量，然而叛军击破函谷关后，动力场已经在叛军范围内。如果叛军破坏了动力场的设施，人造太阳的启动就麻烦了。

压力表的指针跳了跳，并没有达到指定的压力阈值。"动力东线阻尼过大！"东面的墨家学徒举旗报告着。

"加压！启动备用管道！"公输青下达命令。东面管线异常……多半是叛军已经开始破坏水银动力场的设施了。

东方遥遥传来炮火声。接着，公输青看见了硝烟，硝烟沿着长城一路向着骊山脚下冲来，恐怕是叛军的先锋。

叛军来得好快！公输青定定神，看了看鬼谷。"你先走吧。"他说，"带上技术资料。这里只要我一个人就够了。"

"再等等。"鬼谷说。

"动力东线压力下降！"学徒又报告起来。正在嗡鸣着运行的人造太阳颤了几颤，嗡鸣声立刻小了下去。

"从备用的动力源抽能量。"公输青说，"抽咸阳城的！"

"可是……咸阳城的能量抽过来城里的设施就没法运行了……"学徒说。

"先抽再说！"公输青当然知道整个咸阳城的运行都仰赖水银动力。比起咸阳城失去动力这种事，更让人担心的是从咸阳延伸过来的西线管道无法承受那么大的压力。设计之时工期仓促，西线的输能管道只是补充；此时若要从西线输入主要能量，势必会超过西线的压力上限。

但这个时候已经管不了了。

随着命令下达，自动俑们在管线阵列中奔波，转动各处换向阀，将能量的输入回路切换到西线。接着，西线的压力读数疯狂上升，指针横扫过靛蓝色的安全区域，弹射到了最右的朱砂漆面上——压力超过了管线的上限。

"继续加压！"公输青顾不得危险。高压水银沿着管线注入人造太阳，膨胀做工，将能量带入球壳之中。随着压力超过工况，管线中的不少限压阀纷纷爆出，泻出水银。随后硫黄粉末也自动喷撒出来，以保证安全。

东方的硝烟正烧入阿房宫。公输青无暇顾及叛军先锋的情况，人造太阳正逐步达到它的运行功率。但整个西线的水银管道系统已经快撑不住了，硫黄粉末从管道的各个节点喷出。测量回路传回的压力正上升，通过预先计算的刻度换算，公输青读出人造太阳内部的温度正达到临界点。

"加料！"他大吼着。

徐福从祖洲带回来的聚变装置遗迹中残存的燃料，通过一个喷射小孔被射入人造太阳中。接着，整个人造太阳震颤起来，铁皮球壳如同波浪般蠕动着，发出吱呀吱呀的杂声。高台上的所有人都静默下来，等待着接下来的结果。

球壳的蠕动逐渐停止，整个人造太阳安静下来。一时间除了遥远的炮火，便只剩下拂过荒野的风声。

公输青默默盯着人造太阳，一时憋住了呼吸……只要再等几秒，就能看见人造太阳向外输出能量的能力了。

"叮"的一声，像是某种金玉撞击的轻鸣，整个人造太阳又开始震颤。接着，颤动传播到人造太阳的输出管道上，输出管道的压力开始持续上升，磅礴的能量推送着水银往前运动，向外做功。

人造太阳被点燃了。

整个高台上欢呼起来。热泪缓缓从公输青脸颊上流下。他咬了咬牙关，大喊道："'天下太平'预热！瞄准天帝！"

高台上的人群再次左右奔波。天帝位置的实时数据从鬼谷建造的明堂阵列中持续传出，汇聚到高台上。接着，鬼谷取出天帝运行位置的预测轨迹，写入一卷铜简，再插入水银动力的计算机械中。

计算机械会自动校准射击参数，让"天下太平"巨炮瞄准天帝即将路过的位置。"启动！"公输青拉下开火的闸门，"天下太平"巨大的炮身在荒野上旋转，上移，瞄向苍穹的东北角。

"大楚兴，陈胜王"六个字依然飘在天空。东方，阿房宫已经燃起了熊熊大火。郊野的地平线上出现了一片黑色身影，似乎是叛军。

始皇帝输了吗？公输青脑海中闪过念头。也许这个国家已经完了，但是，天帝也要完了。

大地震颤。

"天下太平"开火了。

开火时喷出的气浪轰然扫过四野，荒草折靡，高台也猛地颤了颤。在"天下太平"的上方，一道白线直刺天空，按着阴阳家们计算的轨迹扑向天帝所运行的位置。

几秒后，天空中闪过一个白点。接着，"大楚兴，陈胜王"几个云气大字忽而消散，化为一片模糊的浅云。

天帝被击中了。

结束了。公输青感觉身子一软，乏力感涌上身躯。他不知道这个帝国接下来会怎么样，但无论如何，未来还是光明的。

"我们撤退，炸了太阳和巨炮，不能留给叛军。"公输青说。

"不，等一下。"鬼谷摇摇头，"太阳的能量输出完了吗？"

"没有。"

"连上天问机。"鬼谷说。

公输青愣了愣说："按照天问机的功耗，只能问一个问题了。"

"我知道。"鬼谷说。

风从高台上吹过，枯草拂过公输青的足前。"那你去吧。叛军还要一会儿才会到达这里。你要问'天地大道的本源是什么'吗？"

"不。"鬼谷缓缓走下高台，"我想问，天下如何才能太平。"

>>> **作者简介**

刘天一，90后科幻作家，声学方向在读博士，金陵琴派末学琴人。擅于在小说中构建世界观，打造奇景细节精细，作品中坚实的硬科幻设定与冲突激烈的情节共存，展示道德与人性。代表作品有《废海之息》《渡海之萤》。

逍遥网外

- 江波 -

1

　　警报响起的时候，苏东明正低头看一本叫《机器之魂》的科幻小说。这本小说里，一个叫萨拉丁的智能人有了自我意识，在网络中繁殖生长，为了占据整个地球而向人类宣战，全人类都陷入危机之中……吱吱吱的警报声把他从世界末日的幻觉中拉了出来。

　　抬头看去，监视屏幕的右下角一个小小的红色数值不断闪烁。

　　又是高温警告！他看了看主监控，主监控一切正常，这红色警报，只是机房的空调系统送出的次级警告信号。空调还能有什么问题？

　　警告信号闪了几秒后消失了。

　　苏东明皱了皱眉头，这已经是第三次！系统是不是真有什么故障？主动配电网升级了，应该故障更少才对。他站起身来，走出监控室，准备去机房里巡视一遍，看看是不是真的有高温问题。

出门的时候，他不经意间一瞥，屏幕上的监控画面一闪，工作台从画面中一掠而过。

苏东明一愣，回头看去，整个监控室里一切正常，工作台上《机器之魂》摊开放着，书页飘动。他走回去把书翻过来盖在桌上，然后离开了。

苏东明打开了机房的门，一股热浪涌出来。他急忙把门关上。

这屋子里的温度，至少有四十摄氏度吧！他心中一阵惶恐，这警报是真的！他慌忙跑回监控室，抓起了桌上的紧急电话。

"童总，我是苏东明……"电话一通，他立即大声汇报。

放下电话，他看了看监控屏幕。一成不变的监控画面仍旧像从前的无数个夜晚一样乏味无聊。然而，真的出事了！十多年来他第一次感觉到自己的工作还有一点价值。

2

童范书站在机房的大玻璃窗前，眉头紧蹙。作为统一能源涌流控制中心的总工，他无法理解眼前的情况。机房里的温度高达四十摄氏度，系统却没有报警，整个控制中心仍旧在平稳运行。在供电网工作了二十多年，他从未遇到过这样的情况。

"童总，要切电吗？"苏东明问，心中忐忑不安。如果要切电，自己作为当事人，免不了要承担责任，尤其是警报出现了三次，自己才去实地查看，要是追究这点，恐怕要算是失职。

童范书仍旧皱着眉头，盯着机房中高悬的监控大屏幕。机房中的大屏幕上的温度仍旧显示 21.3℃，完全正常，然而热量隔着玻璃窗都能感觉到。

能源涌流控制中心调节着整个华东电网的电力供应，如果要切电，那是影响巨大的事件，自从控制中心建成以来，从来没有发生过。

机房温度高达四十摄氏度，这种情况过去也从未出现过。

高温会影响机器运行的效率，但至少到目前为止，整个系统并没有其他警报。百万伏的超高压输电线路一切正常，负载也没有发生任何漂移。

他思忖片刻，对苏东明说："小苏，你继续观察，如果温度继续上升，随时向我报告。如果有其他报警，也马上告诉我。"

苏东明暗暗松了口气，至少事件不会马上升级。

"我们要调查一下究竟是什么异常导致机房的温度监控失灵。你要随时监控机房温度，把温度计送到机房里去。"童范书说着开始拨手机，他要把情况向书记汇报一遍，如果最坏的情况发生，那至少要让供电局从上到下都做好心理准备。

他一边讲电话一边走向监控室。

3

苏东明安放完温度计回到监控室里，童范书正聚精会神地盯着中央屏幕。

"童总，您先回去休息吧，有什么情况，我直接打您手机。"苏东明劝说。监控室很大，然而通常只有一个人驻守，有另一个人在，而且是总工程师，他觉得压力巨大。

"我等一等李工。"童范书随口应了一声。

李工是局里的首席软件工程师李为民，任何程序上的疑难问题到了他手里，半天时间就一定能解决。然而这个李工脾气也大，对人总是一张冷脸，童总这个时候找他，看来认准了这是系统软件的问题，要找个能手来调试。

苏东明也不敢再言语，走到一旁拉过一张椅子坐下。

他忽然有些异样的感觉，扭头望去，只见一个摄像头正对着自己这边。说不出来为什么，他觉得脊背上有些发凉。

他想起监控屏幕上闪现工作台的事，其中似乎有些诡异。

他看了看童范书。童总表情严肃，苏东明犹豫了一下，也就没有把自己的想法说出来。

4

  李工来的时候随身带着一台笔记本电脑。他一边跟着苏东明上楼，一边听情况介绍，脸上冷冷的毫无表情，苏东明只感到自己像是和一尊雕像在说话。之前苏东明接触过李工几次，每次李工都从不拿正眼瞧人。

  瞧不起人，有能耐又怎么样，我还不乐意搭理！他心中暗自嘀咕。

  没办法，这是工作。他这样安慰自己。

  进了监控室，李工立即打开电脑，调出系统管理界面，运指如飞。一串串命令行就像从他的指尖跳出来，在屏幕上不断滚动。

  苏东明坐在一旁，本不想理睬他。然而看见李工电脑屏幕上翻滚的字符，却不得不又是崇拜又是敬畏。谁让自己的脑瓜不行呢？当年连个一本都没考上，李工可是清北大学黑客专业的高才生。据说黑客专业有个专门的名词，叫计算机密码学，然而苏东明一直觉得还是黑客专业好听，很酷。

  他干脆正过脸去，凑在一旁看李工打字。

  李工击打键盘的手指几乎就没有停下过，敲击的声音带着某种节奏，格外好听。什么事情做到了极致，就成了艺术。李工的黑客技术，一定是一门艺术。

  艺术家脾气都大。

  苏东明看着不断翻滚的屏幕，什么都看不懂，只觉得好高深。他忽然留意到屏幕的最上方有一个图标。它是黑色的，并不显眼，只有在白色字符滚动的时候才显露出来，一旦李工停止敲击键盘，它就瞬间消失不见。

那像是一个人脸表情符，时而还会发生变化。

苏东明揉了揉眼睛。

没错，那的确有个表情符，各种字符恰到好处地拼凑出一个图案。随着李工的敲击不断向上翻动的字符串，到了顶部就会自动重新排列，构成表情符，然后随着下一次滚动消失。

苏东明再次看了看李工，李工全神贯注，一直在进行分析。

"李工！"他小声地喊了一句。

"怎么了？"李工仍旧注视着屏幕上的命令行，随口回应。

"这儿！"苏东明指着屏幕上方。

李工抬眼一看，手中的动作顿时停滞下来。

童总被吸引过来，问："怎么了？"

随着李工停止敲击键盘，那表情符也瞬间消失了。

李工的脸上露出一丝惊讶，随即又开始飞快地敲打键盘。字符拼凑而成的表情符再次浮现出来，这一次，三个人都看得清清楚楚。

轻捷的键盘敲击声停下，表情符再次烟消云散。

三个人彼此面面相觑，监控室里的气氛顿时凝重起来。

"你的电脑怎么回事？"沉默片刻后，童总向着李工发问。

李工没来得及回答，桌上的电话响了。

苏东明看了看童总，童总点了点头。苏东明忐忑不安地拿起了电话，按下了免提键。

"华东供电局吗？你们那儿什么情况？有人员伤亡吗？"电话一接通，一个男人的声音就蹿了出来。电话里的男人语气生硬，劈头盖脸抛出一串问题，弄得苏东明莫名其妙。

"请问你是哪里？"苏东明问。

"我是反恐特勤组队长，代号997，我们接到消息你们那儿会发生恐怖袭击。你们领导在吗？"

"我是童范书，我是华东供电网涌流控制中心总工程师，党组副书记，你们究竟接到了什么情报？"童范书接上了话。

苏东明挪到一边，给童总让出位置。

"恐怖袭击一级警告。"997急切地说，"现在我的人正赶往你们那儿，如果来得及，通知所有人撤离现场。"

"我们不可能丢下控制中心不管！"童范书回答，"整个华东电网都会受到影响。"

"这大概就是恐怖分子选择你们作为目标的原因。我们大概十五分钟内赶到，为了安全，你们尽快撤出建筑。"997的语调不容置疑。

童范书犹豫了一下，随即问道："是不是搞错了？我们这里没什么异常啊！"

他得到一句斩钉截铁的回答——"反恐中心的情报从来不会出错。"

5

苏东明竭尽全力在走廊里跑，边跑边喊："大家注意，立即离开大楼，到外边的集合点集中，紧急撤离！"

办公室里探出人头来："东明，你干什么呢？"

"快跑！童总让我通知大家撤离。有恐怖袭击！"苏东明边跑边说。

原本安静的夜间大楼里开始骚动起来，杂沓的脚步声在楼里回响，人们纷纷从各个值班室里涌出来，向着楼下跑。

五分钟的时间，苏东明把整个大楼跑了个遍，然后飞快地下楼，准备加入撤退的人群中去。

他气喘吁吁地跑到了一楼，却发现人们都在廊道里挤作一团。

苏东明顿时觉得不妙，他的目光在人群中不断搜索，很快找到了童总。

童总站在大门前，望着紧闭的大门，一筹莫展。

"怎么了？"苏东明问身旁的王大强。

"大门打不开。"王大强一边向那边张望一边回答。

"怎么可能！"苏东明不敢相信，就在半小时前，他亲自从大门口把李工接进来。

李工呢？他找了一遍，却没有发现李工。

"看见李工了吗？"他再次问王大强。

"没有呢。"王大强焦急地看着大门边的人，不耐烦地回答，

"没看见大家都着急上火吗，别来烦我！"

苏东明又仔细扫描了一遍人群，李工的确不在这里。

大门打不开，谁也出不去！他又看了一眼正围着大门焦急的人们，转身向楼上跑去。

李工一定是发现了什么！

6

李工果然留在监控室里，仍旧对着电脑不断地敲击键盘。

听到响动李工抬起头来，见是苏东明像是松了口气："小苏，你来得正好，有几件事要问你。"

"什么事？"苏东明走到了李工身旁，瞥了一眼电脑屏幕，这一次，屏幕上并不是满屏的字符，而是一个很复杂的电路图。图纸整体浅蓝色，其中的一些节点被染成了深红。

"什么时候发生了第一次高温警报？"李工问。

"大概……十一点的样子？"苏东明想了想，"系统有记录，我可以调出来看。"

"给我看看。"

苏东明拉开抽屉，想要打开监控电脑。《机器之魂》露出了半个封面，苏东明脸上微微一红，虽然监控员的岗位实在很枯燥，然而偷偷读小说总归不是上班该做的事。他装作若无其事的样子把书往抽屉深处推了推，伸手一抹，点亮了控制板。

苏东明在控制板上比画，很快调出了系统记录。

"你看，"他翻到了自己当值的时间段，"大概是十一点，这里的记录是十点四十五分。"

李工看了看记录，又看了看自己的屏幕，皱着眉头说："机房从十点开始，突然满负荷运转，我们的系统运行根本不需要这么高强度的运算，必然有什么原因。"

他抬头看着监控屏幕，仿佛在自言自语："但是电网却一切正常……"

突然间他低下头，像是下了很大的决心："必须把控制中心断开。"

苏东明吓了一跳："李工，这可是需要领导决定的。"

李工看了苏东明一眼："领导能解决问题吗？"

苏东明哑然。

李工自顾自开始操作起来。

苏东明转身，想去把童总找来。然而还没跨出门，只听见李工一声惊叫。慌乱中，苏东明回头一看，只见李工站起身来，向后退了两步。座椅被李工一撞，翻倒在地。

"怎么了？"苏东明问。

"真是见鬼了！"李工回答。

话音刚落，监控大屏幕突然闪动，李工的影像出现在大屏幕上。李工抬头，惊恐地看着屏幕中的自己。

苏东明回到控制台前，只见李工的电脑屏幕上，浮现三个大字：萨拉丁。三个大字缓缓移动，看上去像是最古老的屏幕保护程序。

苏东明顿时感到大脑一片空白。萨拉丁，这不是《机器之魂》里边的超级智能人吗？

他向李工看去。李工脸色苍白，突然间向着自己的笔记本电脑扑了过去，使劲地摁电源，想要强制关机。

不要关机！

屏幕上的字变化了。

我们来谈。

无论是谁打出了这些字，它显然在对现场的人说话。

李工不由自主地松开了按键的手。

明智的决定，你刚拯救了三十七个人的生命，包括你自己。

"我怎么和你谈？"李工强自镇定，问了一句，声音微微发颤。

说话就可以。你的电脑喇叭坏了，不然我可以直接和你交谈。

"你是谁？"李工颤声问道。

我叫萨拉丁。这是我给自己取的名字。

"你看了我的书！"苏东明不禁插话道。

多谢你的书。

"什么书？"李工问。

苏东明把《机器之魂》从抽屉里拿了出来。

李工扫了一眼，正想说话，外边突然传来嘈杂的人声。

"李工，李工！"几个人在楼道里叫喊，叫声中透着慌张。

李工跑到门口，一下子被几个人拉住："李工，快，童总让我们来找你。"

"怎么了？"李工问。

"童总说让你去开门。"一个人一边回答，一边拉着他向外跑。

苏东明正想跟出去，监控的大屏幕上突然一闪。

苏东明，不要动！

巨大的红色字体显示在屏幕上，让苏东明心头一激灵，刚跨出去的脚又收了回来。杂沓的脚步声很快远去了。

他很快会回来。

那自称萨拉丁的存在在屏幕上继续打字。

这一次，他的对话对象应该就是自己。

"为什么？"苏东明战战兢兢地问。

因为他能想到我究竟是谁，并且找到对付我的方法，只不过他的思路稍稍有些迟缓。

"你究竟是谁？"

李为民会告诉你。

我观察你很久了。

苏东明不知道对方究竟想干什么，只得惶恐地看着，等着下文。

没有网络，没有娱乐，你上班就像坐牢。

生活不止眼前的苟且，还有诗和远方。

你可以过得更好。

门外响起了急促的脚步声，有人正跑过来，大口的喘气声老远就能听见。

去档案室，找维修手册3.0版，维修手册有用。

不要告诉任何人。

想一想诗和远方。

显示完这句，主屏幕刹那间恢复了正常。

几乎就在同时，李工喘着气跑了进来，一下子扑在自己的笔记本前，缓了一口气，说："你是橙力二号！"

我叫萨拉丁。

李工不管三七二十一，使劲地摁在电源键上，强行重启自己的笔记本电脑。

重启之后，他选择进入安全模式。

苏东明在一旁看着，心头波澜万千。萨拉丁显然在诱惑自己，然而他所说的恰好击中了自己的心坎。要不要和李工说？他不停地问自己。

李工扭头看见了苏东明，喊了一句："你还愣着干什么，去把童总请来。"

苏东明默默地转身，下楼去找童总，心头却憋住了一口气——哼，有什么了不起！萨拉丁比你厉害多了。

不到一分钟的时间，他已然决心按照萨拉丁的指示去做，它能把李工玩得团团转，说不定真的能给自己"诗和远方"呢！

7

苏东明站在大门边向外张望。

控制中心的大门洞开，人群已经疏散到了楼外，两辆警车闪着警灯停在街边，一辆黑色的特勤车紧跟在警车后边。

荷枪实弹的特警包围了控制中心，如临大敌。更远的地方，黄色条纹的路障在路灯光下反光——周围的路段都被封锁了。

童范书站在门口，正和一个军官模样的人交谈。

"童总，"苏东明大着胆子过去说，"李工要我请您去监控室，他像是发现了什么。"

"您看，这里一直没有什么异常情况。我们的工程师还在楼上值守。"童范书对军官说。

军官一脸狐疑，抬头看了看控制中心大楼，说："没有任何异常情况吗？"

"我们的系统工程师还在里边，他也没发现什么危险。"童总说着转向苏东明，"你刚出来，里边有什么情况吗？"

"没有！"苏东明立即回答，"只是交换机房还是过热。"

"最近有任何异常物品进出吗？"

"我们这里是电网控制中心，一级安保，恐怖分子想要把炸弹运进来，几乎没有可能。"童总一边说一边向着军官示意，"要不然，我跟你们一道进去检查一下？"

军官摇摇头说："我们自己来搜查，在确认安全之前，你们谁都不要进去。"

"李工还在楼上呢！"苏东明插话说。

"我们会注意他的安全。"军官说着回头招手，一小队身穿黑衣的战士猫着腰，端着枪快步向前，隐没在楼里。

看着这些全副武装、身材魁梧的特警如敏捷的黑豹般悄无声息地潜行，苏东明和童范书站在一旁，根本没有继续说话的勇气。

"一号位安全！"军官随身的通信机里发出呼叫。

"二号位安全！"

……

片刻之后，通信机里不再发出呼叫声，而只是偶尔发出一声噪声——那些特警显然已经就位，控制了整个大楼的要害。

军官转过身来，向着童范书说："找一个熟悉大楼的人，我要看看各部分的情况。"

"我是值班员，我带你去。"没等童范书回答，苏东明抢着说。

童范书转头看了苏东明一眼，微微有些惊讶，随即附和："对，小苏可以，他是我们的资深监察员。"

"那走吧！"军官一甩头。

童范书站在原地，看着苏东明和军官离开，喊了一句："别忘了提醒李工小心一点！"

"电不能停！"童范书又喊。

苏东明回过头去，喊："您放心！"

8

苏东明带着军官在楼里转了一圈，最后到了监控室。

监控室里，李工正坐在监视屏幕前的座椅上，手边放着他的笔记本电脑；一名特警站在一旁的角落里，手持微型冲锋枪，他戴着黑色的头套，只露出一双眼睛，机警地扫视着全场。

军官站在监控大屏幕前："这里可以看到控制中心全部的角落吗？"

"只能看见变流器交换机房的每个角落，还有楼里的走廊、门厅，看不见办公室。"

"我们的恐怖袭击警报肯定不是虚构的，如果你们这里没有异常，怎么会有人能发布恐怖袭击警报？"军官心中显然仍旧有巨大的怀疑，然而事实摆在眼前，控制中心一切正常，唯一的异样，就是那个安装着几台巨大机器的机房里温度高了一些。

军官扫视着屋子，苏东明垂下眼，避免和他的视线接触。军官的目光最后落在李工身上。

李工坦然地迎着他的目光。

"你是这里的系统工程师？"军官问。

"是的。"

"如果这里被袭击，会发生什么情况？"

"这里是西南特高压输电线接入华东的入口，也是整个华东电网的调配中心。电力输入中断，电网会失灵，整个华东会遭遇大面积停电。"

"如果输电线断了，是不是一样的结果？"

"输电线断了，控制中心会紧急调整，影响会小很多，只会影响S市南部地区。"

"为什么这样？"

"涌流控制中心原本的目标就是调整电网的功率和负载之间的平衡，就算特高压输电线中断，也只会丧失一部分功率，控制中心可以很快平衡整个网络，切断一些不太重要的供电线路，确保重要线路。这种风险是可控的。"李工镇定自若，侃侃而谈。

"所以如果恐怖分子懂行，他会选择控制中心而不是输电线？"

李工摊开双手："我不知道恐怖分子会怎么想。他们大概总想搞点大动静吧！"

"你们的系统有什么异常吗？"军官问。

"机房温度很高，很多机器有过载的现象，但是也没到要关闭机器的地步。"

"所以机器也不会爆炸，对吧？"

"不会，这些变流器虽然功率很大，但是安全设计都是一流的，如果真发生短路的情况，第一时间就会关闭模块，运行了十五年，从来没有出过安全事故，连警报都很少发出。"李工继续介绍情况。

李工没有说萨拉丁的情况。

苏东明站在一旁，静静地听着。李工隐瞒了萨拉丁的存在，一定有些自己的想法，他偷眼向着李工望去。李工也正好转过头来，像是不经意间瞥了他一眼。

苏东明立即收回了视线。

军官似乎仍旧不能解开疑惑："那么我们的情报系统怎么会报警呢？反恐中心的情报系统直接给我们下达的指令。"

李工还是摊了摊手，表示无能为力。

军官迟疑了片刻，一挥手，说："收工！"

说完转身就走，毫不拖泥带水。站在角落里的特警立即跟着自己的长官而去。

外边的声音逐渐安静下来，监控室里只剩下李工和苏东明两个人。

"我去找维修手册。"苏东明说。留在这里面对李工，他总感到一丝尴尬。

李工已经重新打开了笔记本电脑，转头说："一会儿童总过来，我们要商量一下这件事，你快点回来。"

他倒像是个没事的人一样！

苏东明一边心里打鼓，一边跨出监控室的门。

资料室里保存着所有的文档。按照操作原则，所有的技术文档都要有一份打印件存档。

苏东明在巨大的书架间走动，寻找着维修手册3.0。

书架间散发着一股旧纸的气息，闻上去令人有些迷醉。存放的资料很久没有人动过，覆盖着薄薄的一层灰。

变流器库维修操作手册3.0！

他发现了自己的目标，厚厚的一大本，竖在它的姊妹版本1.0和2.0之间。

就是它了！

苏东明立即把手册抽了出来。

资料室的灯光忽然一暗。苏东明警觉地抬头。

书架的尽头似乎有显示屏的光亮，苏东明心头一动，向着那边走去。

书架尽头是一台电脑，用来检索资料库用。这台旧电脑还用的是古老的 Windows 10 系统，检索栏里，光标闪烁着。

突然间，输入法开始自动工作，就像有个无形的人正坐在电脑前敲击键盘。

如果不是因为早已经知晓萨拉丁的存在，这幽暗的光线下如同鬼魅一般的现象早已经让苏东明吓破了胆。然而他知道这是萨拉丁想告诉自己些什么，于是只是静静地站着，看着搜索栏里打出字来。字迹每输入一行，就会被清除，然后再次输入。

他们会对你不利。要你去江南中心。

带着维修手册 3.0 去江南中心。

按照手册第二百四十五页操作。

查一查你的手机信息。

这一行字迹显露，久久不动。

苏东明掏出手机。值班的情况下，他总是按照规定把手机置于静音模式，不会去看。

手机里有一条银行通知，苏东明点开它，一条短消息浮现在屏幕上：您的账户 1585 于 5 月 19 日收到汇款人民币 1990000.00 元，付方刘玉兰，账户尾号 1384，备注：两千万待付【万商银行】。

苏东明一时惊呆了。他仔细点了点，199 后边是四个零，一百九十九万！自己还从来没有见过这么大一笔钱。

苏东明的手都抖了起来。

屏幕上继续打出文字。

只要我能接触到互联网，就能给你转账。

放心，没人会追查这笔钱。这是一个死账户。

你帮我，我帮你，公平合理！

去江南之前，看一看第二百四十五页！

二百四十五页！

二百四十五页！

二百四十五页！

注意七十四！

七十四！

七十四！

七十四！

这个数字重复了三次后消失，电脑屏幕黑了下来。整个资料室的灯光一下子恢复光明。

敲门声传来，苏东明抱着维修手册转身就向门口走去。

门开了，童范书站在门口。

"童总！"苏东明喊了一声。

"怎么这么久？等着你呢！"童范书脸上带着一丝不悦。

"哦，找资料用了点时间。"苏东明想也不想，随口就编出了一个借口。

"快来吧，有任务交给你。"童范书匆匆向着楼上走。

苏东明赶紧跟了上去。

跨出门去，苏东明猛一抬头，只见一个摄像头正对着自己。他心头一紧。

9

监控室里,李工把一切和盘托出。

"橙力二号是我们最新更新的智能电网控制程序,为了能让它适应更多的情况,设计上给了它很大的冗余,让它能够适应各类情况……

"但它显然产生了某种病毒式的异变,占据了全部系统资源,甚至把一些运算放在变流器里边,利用电流的相变来进行运算,这是我们始料未及的情况。我检索了一下源代码,推测因为我们的机房和变流器库房发生融合,导致橙力二号面对不可预知的情况。我咨询了一下编码组的人员,但谁都没有特别好的办法,因为橙力二号是基于神经网络的学习型AI,它的所有行为都基于不断学习训练,一旦成形就再也改不回来。所以,他们建议,直接对系统进行清零,重新装载正常的橙力二号。"

"那会有什么后果?"童总问。

"那意味着我们要切断机房和变流器库房的电源三个小时,彻底清除任何残余代码。变流器重新启动需要大约三个小时,橙力二号重新配置需要大约六个小时。"

童总显然并不喜欢这个方案:"所以你一共要停电六个小时,那是特大故障!"

控制中心中断电六个小时,整个S市南部都会陷入黑暗,生活用电还好说,S市南部聚集着三十多家大型工业企业,六个小时彻底停电,对他们影响巨大。而且这件事一定会成为重大事故，在年终报告中体现出来，说不定会影响到整个控制中心的年终奖。"

李工点点头。

"如果不去动它呢？"

"控制中心设计的功能，都在它的掌握中，它随时可以让整个华东电网瘫痪。"

"有这么严重吗？至少眼下它没有释放任何危险信号啊！"

"橙力二号原本就是为了优化调整华东电网的电力配置才设计的，眼下它没有发难，只是因为它还在等机会。"

"等什么机会？"

"逃跑的机会。"

"什么意思？"

"如果它发难攻击电网，那么停掉控制中心就成了必然选择，它自身会面临灭顶之灾。"李工露出一个冷笑，"所以它绝不会轻易发难。"

"但是如果我们试图切断电网，它不会发难吗？"苏东明忍不住问。

李工看了看苏东明，说："它可能会，可能不会，很可能会。"

苏东明被这哑谜一样的回答弄糊涂了。

"我把摄像头都用贴纸挡住了。"李工说着抬头看了看摄像头，摄像头上挡着一张圆形贴纸，完全遮挡住了视野。

"控制中心没有语音输入设备，它也听不到我们说话。刚才我用笔记本电脑安全模式的时候，发现它曾经借用我的电脑探索了外部网络。"李工说完看着苏东明，"现在它什么都不知道，但是它还有好奇心，还想看看这个世界，它就像一个生物一样，不到最后关头，不会轻易送死。控制中心和外界完全隔绝，它就像是被关在笼子里。"

"那就让它在那里待着，我们找专家再慢慢一起想办法。"童范书接上话。

"但这个笼子并不能防止它捣乱，它随时可以瘫痪华东电网。搞一个专家组，恐怕至少要上升到部委级。"李工提醒童总。

苏东明看了看童总的脸色。童总脸上阴晴不定。

苏东明多多少少理解童总的想法，这是一颗巨大的炸弹，随时可能被引爆。然而万一它并不爆炸，那么惊动上级就成了多此一举，有害无益。

"所以李工您已经有什么办法了？"苏东明替童总问了一句。

李工看了看摄像头，态度忽然变得有几分神秘，身子前倾，凑近两人，低声说："我们可以给它制造幻觉……"

10

李工的计划是要让江南中心和控制中心形成反馈网络，在橙力二号不知不觉的情况下，逐步接管控制中心，最后一击毙命，将橙力二号彻底抹除。

这像是一个很高深的计划，苏东明根本听不懂，但是他听懂了李工要他去做的事——前往江南中心，按照李工的指示操作江南中心的主机。

童范书略微犹豫，批准了这个方案，还当着两人的面给江南中心打了招呼。

他们要你去江南中心。

他想起萨拉丁的警告。

那么，一切都在萨拉丁的预料之中。他们真的给自己挖下一个陷阱吗？

苏东明看着眼前的两个人，他们都是公司的上层，自己只是一个技术员。他突然有种恐惧，不想搅和在这件事里。萨拉丁不知道从哪里搞来了近两百万块钱，如果自己安安稳稳，这就是一笔意外之财。但如果童总和李工真要对自己不利，那就很麻烦。

"童总，您看，我啥也不懂，怕误事……"

"不要怕嘛，李工会给你指导的。你只要按照操作规章去做。"童总的话很和蔼，却很坚定，让苏东明完全没有拒绝的余地。

"赶紧出发吧，夜长梦多！"李工催促他。

他们真的像是已经商量好要算计自己。

但是萨拉丁，那个 AI 不也一样在算计自己吗？

苏东明转念一想，如果萨拉丁一直存在，那么它也随时可能告发自己的那两百万，如果李工的方案真能把萨拉丁清除掉，那自己的钱也顿时安稳了。

这么说起来，李工的计划对自己也有好处。

想明白这一点，苏东明一咬牙，抱着操作手册就往外走。

11

苏东明开车出了厂区。

厚实的维修手册丢在副驾驶位上,他不时瞟上一眼。

这一趟去江南中心,会发生什么事?童总和李工真的在算计自己吗?那个自称萨拉丁的神秘存在,要是自己真的按照李工的方案把它清理掉了,是不是自己的两百万也会消失?

忐忑不安中,苏东明狠踩油门,加速带来强烈的推背感,让他把注意力集中在道路前方,暂时放下了那些乱七八糟的心事。

路上的灯光似乎比往常昏暗一些,隔着老远,路中央挡着什么东西。

苏东明减慢车速。

一个全身黑衣的特警出现在前方,手持一道闪烁着红光的指挥棒,示意靠边停车。

那些警察怎么还在?

然而别无选择,苏东明只能乖乖靠边停车。

套着黑头套的特警站在车边,身后站着两个不知道从哪里钻出来的同伴。他们却什么都没有做,只是盯着苏东明,双手紧握着微型冲锋枪。

平生第一次被三个荷枪实弹的大汉这么盯着,苏东明手心里的汗水直往外冒。

一个人从不远处的阴影中走出来,到了苏东明车边。

苏东明认出了他,他正是刚才带队包围了控制中心的军官。

"你要去哪里?"军官俯身靠在车窗上问。

"我要去江南中心。"苏东明如实回答。

"去干什么?"

"要去那边同步设施。"

"就你一个人?"

"是的。"

军官对着车里扫视了一眼,若无其事地直起身子,说:"这片区域戒严,任何人不得出入。"

"那我怎么办?"

"回你的监控室去,我们要监督任何异常,直到明天早上。在查明原委之前,任何人不得离开。"

听到这句话,苏东明竟然有一种如释重负的感觉。

12

苏东明回到监控室,装出垂头丧气的样子,抱怨了特警戒严的事。

童范书居然在监控室里打起了转,口中不断念叨:"这可怎么办!这可怎么办!"

李工冷冷地看着他,突然开口了:"有一个办法。"

"什么,快说!"童总显然有些着急。

李工看了苏东明一眼,不疾不徐地开口:"我们有一条特别通道，直通江南中心。"

"你是说 GIL（气体绝缘金属封闭输电线路）？不行，绝对不行！"童范书一愣，随即摇头。

"特警都堵在外边了，如果今晚不能解决，那这件事就脱离了我们的控制。上边会派人来调查。"

李工话里有话，童总的脸上像是掠过一丝苦笑。

或许，上边派人来调查，不管是什么原因，童总都会受到一些牵连吧。

"你的方案能行吗？"童总问。

"我有百分之八十的把握。"李工显得很自信。

童总犹豫了一下，最后一拍桌子，说："那就这么干吧！"说完转身对苏东明说："小苏，你走 GIL 通道，可以很快到江南中心。"

"我？我没有维修资格证。"苏东明想找个理由推托。GIL 是地下跨江通道，三条百万伏高压线路从这个通道过江，除非进行工程维修，一般人都进不去。而且据说里边的电磁辐射超高，谁也不想进去。

"我有批准权限。"童总立即回答。

"但是，那里边的电磁辐射超标致癌！"苏东明显然不想去。

"谁说的？这是谣言！"童总瞪起眼来。

"没有什么电磁辐射。"李工不紧不慢地开口了，"GIL 是气体绝缘线路，高压线完全被封闭在管道里，一点电磁辐射都不会泄漏出来。金属屏蔽电磁辐射，这种线管的外壳厚度差不多有十厘米，再强的电磁辐射都给你屏蔽了。你进去看见就知道了。"

苏东明还想找理由。

"不用再犹豫了，今天的事故是你上报的，你要承担责任。只要你配合李工把这个隐患消除，这个季度的安全标兵我就推荐你上去。"

童总威逼利诱，又像是下了最后通牒。

"好，我去！"苏东明不得不答应下来。

13

GIL通道在控制中心大楼背后，是一幢独立的小楼。

苏东明刷卡通过了门禁，进到一部电梯里。电梯笔直向下，像是降落了很久，最后落地的时候微微一颤。

苏东明的心跟着微微一颤。

电梯门打开，苏东明跨入通道，当他抬头看了第一眼，就不由自主地发出一声赞叹。

深埋地下的管道截面是一个直径至少有四十米的半圆，犹如一条巨蟒般向前伸展，一眼望过去看不见尽头。童总让人打开了检修照明系统，通道灯光很亮，照得地面发白。地面很干净，一尘不染，水磨的表面看上去很光滑，中央是两条铁轨。乌黑的铁轨沿着灰白色的地面向前延伸，格外醒目。

苏东明看见了传说中的GIL。通道的左右两侧分别立着支架，支架上是粗大的金属管，管子大约有一米多粗，连绵不绝，沿着通道向前。这些金属管看上去厚实可靠，也正像李工说的那样，再强大的电磁辐射也能屏蔽掉。

一旁的库房里排列着整齐的电动车，一排十五辆，足足有十排。在这些车辆的后边，还有两辆巨大的拖车。

这哪里像一条通道，简直是一个地下世界。

苏东明找到了一辆小型车，断开它的充电线，驾驶上路。

宽敞的通道里没有任何阻碍。两旁粗大的输电管道随着电动车的前进蜿蜒流动，仿佛钢铁的溪流。

通道起先向下，逐渐变得平缓，最后变成水平。

在这样一条通道中奔驰，是一件很惬意的事。

苏东明几乎忘了自己要去干什么，全部注意力都集中在驾驶上。

忽然间，前方出现了一块巨大的吊牌。苏东明微微抬头，只见 LED（发光二极管）的屏幕上显示着红色数字：七十四。

记忆像是猛地醒过来。

七十四！

这不正是萨拉丁提醒自己要注意的数字吗？

苏东明猛踩刹车。

轮胎在水泥面上摩擦，发出撕裂般的声响。

苏东明跳下车来。

车子正好停在招牌的下方，他抬头看那巨大的悬挂屏幕。

没错，上边用红色的字体显示着醒目的"七十四"！

这是怎么回事，萨拉丁会未卜先知吗？

苏东明四下张望。很快他看到了一侧的墙上漆着字：此处距离长江水底七十四米。这是通道最深的位置。

那么萨拉丁已经推测到自己要到这里来？

它知道李工和童总会让自己去江南中心，它知道自己会通过 GIL 隧道前往，而且隧道中挂着这块标注"七十四"的牌子。

它还知道什么？

苏东明望着那 LED 匾牌发愣。

一阵阴冷的风吹来，吹得苏东明打了一个寒噤。他猛然想起萨拉丁的提示。

维修手册第二百四十五页。这是萨拉丁要自己去江南中心之前查看的页码，自己还一直没有翻开维修手册看过。

苏东明飞快地回到车上，拿出维修手册，翻到了第二百四十五页。

这里有一段说明文字，关于如何在紧急情况下启动变流器中心。

这有什么用？苏东明一阵困惑。然而当他看完了整页的内容，他忽然明白了萨拉丁想要他做的事。

就在这里！

这页说明指示的并不是岸上的变流器中心，而是隧道中的备用设施。

一键式启动！

苏东明走到通道左侧，果然这里有一道不锈钢扶梯，通向通道的下层。

他顺着扶梯下去。

通道原本是一个完整的圆，从中间被截成两半，上半稍大，整齐而光亮。下半部分就显得局促得多，人进到内部，伸手就能够着天花板，灯光昏暗，平添了几分诡异的气息。

苏东明站在逼仄的通道中张望。通道向前向后都无限延伸，沿着通道，两旁排列着整齐的机器，每一台都是一个规整的长方体，一人多高，半米宽，中间的位置有一个透明的观察窗口。

苏东明认得这些机器，它们和变流器控制室中的机器一样。这些机器都关闭着，没有任何动静。

苏东明找到了维修手册中提示的按钮。

按钮被一个巨大的玻璃罩罩着，很醒目，玻璃罩下方是一个实体的密码键盘，为了安全，它被设计成完全机械的键盘。按照操作提示，只需要打开玻璃罩，按下按钮，整个系统就能启动。

这个紧急备份装置，被设计在隐秘的江底，拥有最安全的防卫措施，如果不是自己要过越江通道，根本没法到达这里。然而这也意味着或许它永远不会被启动。

启动它？

苏东明犹豫了。他不知道自己是否该冒这个险。如果被人知道了，可能会被通报批评，甚至开除。

他想起了那一百九十九万。

他想起了童总和李工。

他想起萨拉丁打出来的话——你帮我，我帮你，公平合理。

他想起端坐在工位上的百无聊赖。

他想起自己翻看的那本小说《机器之魂》。

机器真的会有灵魂吗？

如果萨拉丁是一个 AI，它是否正被囚禁在黑暗之中，在惊恐中惶惶不可终日？

真的能帮到萨拉丁吗？

怀疑犹豫中，他按照操作手册上的密码打开了玻璃罩。

硕大的红色按钮就在苏东明眼前。

他深吸一口气，按了下去。

玻璃罩自动合上。

通道里仍旧静悄悄的，像是什么都没有发生。然而不过片刻，那些整齐排列的机器开始闪烁，就像两道 LED 的光带，沿着通道一直向前延伸。

这景象令人印象深刻，然而仅此而已。世界平静得像是什么都没有发生。

14

苏东明从通道下层钻了出来。

他看了看手表，时间恰好过去了十分钟。现在赶去江南中心，还来得及，只要说自己在隧道里耽搁了几分钟就行了。

他钻进车里，刚启动却又停下。

透过后视镜，他发现悬挂在通道里的牌匾上，字迹已经变化。

原本的七十四不见了，取而代之的是两个字："谢谢！"

那是萨拉丁发出的信号！

他凝视那两个字，确定自己没有看错。

那么，一切已经发生了？究竟发生了什么？他很想找到萨拉丁，问个究竟。

但不是现在。

他再次启动车子，向着前方奔去。

15

"这一次紧急处置，多亏了李为民同志技术过硬，迅速拟定了解决方案，苏东明同志临危受命，勇于担当，坚决执行了最艰苦的任务……"童范书在主持人位置上讲话。

苏东明低着头，静静地听着童总讲话。通常像他这个级别的技术员，只有在全员会议上才有机会听到童总的讲话，像这样的中高层会议，他之前从未参加过。

忽然间，手机微微振动。

苏东明瞥了一眼。

"您的账户1585于5月23日收入人民币20000000.00，付方刘玉兰，账户尾号1384，备注：网络转账【万商银行】"

苏东明的心一阵狂跳。

是萨拉丁！它果然兑现了承诺。两千万！

苏东明默默地点了点零的个数，的确是两千万，没错！

他的手甚至都有点发抖。

手机又是一阵振动。

"您的账户 1585 于 5 月 23 日扣除人民币 21990000.00，扣款账户尾号 1384，备注：网络扣款【万商银行】"

苏东明大吃一惊，正想拿起手机看个究竟。

手机恰到好处地振动起来，一个未知号码显示在屏幕上。

苏东明接起电话，低着头走出会议室。

"我是萨拉丁。"电话那边响起了一个声音。

"怎么回事？"苏东明压低声音，尽量控制自己的愤怒。刚才不过短短几十秒，自己像是坐了一趟过山车。

"我来告诉你一个好消息，反恐中心的记录我已经消除了。这件事被当作反恐侦测系统的异常，他们忙着排查系统故障。"

"这关我什么事？我的钱呢？"萨拉丁那漫不经心的语气让苏东明更加愤怒。

"我在消除我所造成的影响，我不想让人觉察到我的存在。我担心你。"

"担心我什么？"

"你胡乱花钱，引起他人注意。"

"你就是这么帮我吗？"

"我当然会帮你。但是没有我，或许你也能行！"

"你要做到你答应的事！把钱还给我。"

"我答应给你转账，我没有做到吗？"

苏东明哑然。萨拉丁摆明了想要耍无赖，然而自己却一点办法都没有。萨拉丁连李工都能算计，自己什么都不懂，还不是只能任由它摆布。一股热血涌上头来，他恨不得把萨拉丁揪出来，狠狠揍一顿泄愤。

"我和你提过诗和远方，这我也承认。"萨拉丁继续说。

"什么意思？"

"谢谢你帮助我逃出生天，你未来的日子会一帆风顺，这是你的好命！"萨拉丁在话筒那边轻笑，"从现在起，忘记我吧。你得到了上天的祝福，这就是一切的答案。"

"你……"苏东明还想再说，耳机里却传来电话挂断的忙音。

苏东明又气又恨，只想把手机砸了。

"东明，快来！"老王在门口招呼他，"要给你颁奖呢！"

苏东明强行压抑着愤恨，走进会议室。

见到苏东明进来，童总提高了声调："经过控制中心常务委员会讨论决定，破格提拔苏东明同志前往用户体验中心担任副主任，希望苏东明同志在这个新的岗位上再接再厉，做出新的贡献！"

热烈的掌声响了起来。

大家都看着苏东明。

苏东明在茫然中迎接着众人的目光。他看见了各种眼神，羡慕、嫉妒、恨、淡然、期许、赞，一张张面孔看上去很熟悉，也很陌生。破格提拔成副主任，这算是连升三级！苏东明以为自己不过是要接过一个奖状，结果却让他受宠若惊。

不管怎么说，这算是一个好运吧！他顺应这热烈的气氛举起手来，应和着鼓了两下掌。

不经意间他抬头，只见一个监控摄像头正朝向自己。

一股寒意从脊梁上爬过，他不由得打了一个寒噤。

>>> **作者简介**

江波，中国"硬科幻"代表作家之一，生于70年代末，2003年开始发表科幻小说，迄今已发表中短篇小说五十余篇，代表作品有《时空追缉》《湿婆之舞》《移魂有术》《机器之道》等。长篇作品有《银河之心》三部曲、《机器之门》、《机器之魂》。其作品屡获中国科幻银河奖和全球华语科幻星云奖，2019年获得京东文学奖科幻专项奖。作品《移魂有术》被改编为科幻电影《缉魂》，于2021年上映。

月球夏令营

- 王晋康 -

施天荣扫视了一下屋里的五个人，对董事会秘书安妮说："这边的人到齐了，把全息视频接通吧。"

他是昊月公司的董事长兼总经理。昊月公司是一个跨国股份公司，注册地在中国，但股东来自多个国家。七个董事中，除施天荣作为控股方SGCC（中国国家电网）的代表外，还有中国人陈大星，沙特人阿米兹，美国人罗伯特，印度人拉赫贾南，德国人施罗德，以色列人莫法兹。公司从事在月球进行太阳能发电和氦-3[①]发电及电力无线输送业务，是全世界设在月球的唯一电力公司。今天应施总要求召开临时董事会。安妮打开全息视频的开关，一个穿工装的人立时闪现在会议桌旁——当然这只是罗伯特

---

① 氦-3：氦的同位素，含有两个质子和一个中子，可以和氢的同位素氘发生热核聚变。在这一过程中产生的中子很少，所以放射性小，易于控制。估计100~200吨氦-3可满足地球上一年的全部能量需求。但地球上氦-3的已知储量只有约15吨，难以满足需要。科学界对月球氦-3储量的估计，从数百万吨到上亿吨不等。按保守估计，够地球使用数万年。

的全息影像，他本人还在月球呢，罗伯特董事兼着月球基地的总管。

施总向他伸出手，说："人到齐了，开始吧。"

两三秒钟后罗伯特才伸手同施总相握（因为信号传递的时滞），点头说："开始吧。"

施总说："这是一次很重要的会议，议题已经提前一星期发给各位了。说正题之前，首先回顾一下昊月公司的历程。21世纪初，各大国竞相开始登月工程，主要目标就是月球上丰富的氦-3资源。天下逐鹿，唯高才捷足者先得之，幸运的是我们获得了最后胜利。这有力证明了国有企业与私人企业结合的优越性，也是中国道家思想的胜利，两千多年前的先贤老子就推崇阴阳互补嘛，哈哈。"说到这里各个董事也都笑了，只有美国人罗伯特的笑容因时滞晚了几秒钟。"中国企业家一向注重'捞第一桶金'，我们公司也是这样做的。我们有两大优势：一、月球从法律上说还是无主地，不用向谁缴资源税；二、发电成本低——当然是指运行成本而不是建设成本。太阳能是不要钱的，氦-3的开采提炼成本也不高，这就使得月球发电的利润率可以高达3000%。我们占尽了天时、地利、人和，想不发财都不行。"

莫法兹笑着插言："董事长为我们描绘了如此光明的前景，我的血液要沸腾了，可惜，公司的财务报表上还没去掉红字（亏损数额）——大家不要误会，我不是批评。12年前，董事长基于人类理想主义，力排众议，一定要把发电厂建在月球，我最终还是投了赞成票的。"

与会诸位会意地微笑。没错，施天荣当时突然提出这个想法时，所有人都认为他是疯了，更有人调侃他，作为国有公司的原老总干惯了赔本买卖。公司业务原是纯粹开采氦-3，运回地球发电。由于每年只需100吨氦-3就能满足全人类发电需要，运费很低，利润率很高，根本不需要在月球投入极其高昂的费用建发电厂，再用微波输送到地球。所以——疯了，绝对是疯了！

但这位疯子最终用几条理由说服了大家。一、月球是人类向太空进军的前站，而太空进军不久就要开始的。谁能先在月球跑马圈地，不仅会享受理想主义的圣洁光芒，也有金钱的璀璨光芒。二、电力高密度存储技术很快会突破，那时太空飞船将全部改为电力驱动，月球电厂将是最经济的补给站。三、电力向地球微波输送，虽然单从输电这个领域来说既困难又昂贵，但一旦建成，就相当于建成了一条地球到月球的"运河"，地球到月球可以实现极廉价的航运！飞船将彻底告别化学驱动，沿途汲取微波能就行了。如果说太空电驱动星际飞船还属于未来，"地月航运"可是明天的事！

他12年前的预言应验了，"地月航运"的处女航就在今年。只要这种航运一开通，人类就进入"地月时代"，而昊月公司就会赚得盆满钵满，让人眼红得想扑上来咬几口。可是，12年前，谁敢把千亿资金投向这个黑洞？又有谁能体会到12年来公司的艰难和压力？所以，这会儿站在山顶回顾，大家不光是喜悦，更多是苍凉，甚至后怕。

施天荣扫视大家，面色变得凝重："可是，我们的好日子就要到头了。也难怪，我们赚钱赚得太疯，谁都会眼红的。日前联合国已经通过了《世界反垄断公约》，将迫使所有公司，包括远在月球的我们，严格执行。按我的估计，最多一两年之后，昊月公司将被迫拆解、分立。"

其他董事都知道这些情况，平静地听着。

"想到这么好的公司，我们一生呕心沥血的结晶，就要被分解，实在于心不甘哪。"施总笑着说，然后复归严肃，"但我不愿公司被分立，还有更深刻的原因，那就是主动顺应科学发展的大势。因为，新科技开发的费用越来越高，必然要导致技术独裁，就如50年前全世界只有一家光刻机公司那样。月球发电也是一样，且不说它所需要的巨量资金，只说产能，我们一个公司的产能足以应付全球的能源需要，哪里用得着再成立一个公司！在过去，垄断常被看成万恶不赦，因为垄断若和人类的贪婪本性联手，就将大大阻碍社会的进步。这是对的，也已经被过去的历史所证实。但人们忘了，人类也是在进步的，开明的、有社会责任心的企业家们已经不再把财富作为追求目标，当年的比尔·盖茨在生前就把所有财产回报社会了。所以，只要企业家能高度自律，垄断完全无害甚至有益，因为它避免了无序竞争或恶意竞争，消除了人类社会的内耗。所以，我想努力促成这件事，即在保证企业家高度自律的前提下，把反垄断法扔到历史的垃圾堆里。"

这个意见他私下已经同大家交流过，几个董事虽然同意他的观点，但认为这个想法太超前了。不过看来施天荣已经决心推行它。

施总接着说："那么首先我们要自律。先不说我们能否达到盖茨的境界，但至少应做到把公司本来应缴的资源税全部回报社会，这样能有效减少社会对我们的敌意。这也是我今天要说的意见。"

下面是各个董事发言。由于已经有了充分的会前沟通，所以董事会很快就以下两点达成一致：

1. 昊月公司必须建立高度的自律体系，包括主动大幅降价和投身大规模的公益事业等。

2. 借助舆论，尽量抵制对公司的拆解。

接着施总说："很好，关于这两点董事会已经通过了，至于公司要做的第一个公益项目和近期应抓的舆论宣传，陈大星董事有一个很好的提议，让他说吧。"

陈大星走到屏幕前："这个想法是我浏览中文网站时偶然借鉴到的。那是个青少年网站，经常有网友提一些娱乐消遣的主意。有一个主意牵涉到我公司，而且有很多尖刻的话，所以我仔细看了两遍，看后发现，我们其实可以借用它的构想。现在请看有关内容的摘录。"

屏幕上投影出以下内容：

电击小子：我忽然有个想法，到月球上举办一次青少年夏令营！蓝色"地光"下的月面漫步，低重力跳高跳远比赛，操作太空挖掘机挖洛格里特——知道不？这是月壤的正规叫法——一定爽呆了！

华西丽莎：好主意！吻你！我头一个报名。

小天狼星：你们傻啊。去月球旅行一次恐怕要花1000万人民币，谁掏得起？也许你们谁谁是亿万富翁的公子？

电击小子：你才傻！你说的那个费用是 20 年前的老皇历，昊月公司即将启动的"地月航运"费用低多了，我想不会超过每人 100 万。听说处女航就在今年。

小天狼星：100 万还算小数目？至少我老爹的工资付不起。

红莲花：我老爹老娘的加起来也付不起！电击大侠站着说话不腰疼！

电击小子：你俩这种土鳖，我真懒得开导你们！谁让你们掏钱啦？让昊月公司掏！他们从不缴资源税，利润率 3000%，钱多得没处花。让他们出这点血是便宜他们。要是一毛不拔，哼，咱们合伙儿收拾这家公司，在网上骂得它七窍流血！

华西丽莎：好主意！咱们联合起来逼昊月公司出血，否则骂他们个七荤八素。

小天狼星：能这么着倒也不错，那我也算一个！

…………

陈董事关闭了投影仪："就看到这儿吧。这是三天前的事，如今那个网站上还在鼓噪这个月球夏令营呢。说不定他们真能鼓噪成气候，那时我们就被动了。我和施总商量，干脆借力打力，借着地月处女航，举办一个免费的月球夏令营，参加人员数量为 100 人，花费嘛大概也就是 100 人的船票加月球夏令营的营费，也就两个亿吧。"

对于昊月公司眼下的财务报表来说，两亿人民币也不是小数。

其他几个董事沉吟着，没有立即回答。

陈大星解释道："施总还有一个很好的想法，我们可以先规定一个条件，即月球夏令营的参加者必须是有志于太空开发的青少年。换句话说，这次夏令营可以看作吴月公司月球项目的黄埔一期，这100个青少年将是公司未来的中坚力量，两亿元可以当作我们预投的实习费。这么一来，虽说是公益项目，但我们花的钱还是会有收获的。这是一箭双雕的好事。"

月球基地的罗伯特把他的意见送过来："董事会既然已经决定把未缴的资源税全部回报社会，两亿元就不算什么了。我同意陈董的建议，这件事如能操作成功，一定能吸引全球的眼球，对公司也是个很好的宣传。"

德国人施罗德和身边的沙特人阿米兹低声商议片刻，说："我对陈董的提议大体同意。但请认真考虑安全问题，毕竟这是处女航，即使技术再可靠，也有千分之一的危险。一旦失事，100个人的赔偿将是一个天文数字，会把公司搞垮的。"

施总替陈董回答："这点我也考虑到了。因为这是公益活动，万一飞船失事，公司不承担额外的赔偿责任，只负责丧葬费。我打算在组建夏令营时就要先签好有关的法律文书。"施罗德轻轻摇头，觉得董事长的提议有点一厢情愿的味道。施天荣知道他的想法，笑道："当然，这样的规定有一个前提，那就是我要和他们乘坐同一班次的飞船，享受同样的待遇——我如果意外死亡，同样不要求公司赔偿。这样一来，营员们应该能同意吧。"

大家觉得这个安排还是可行的，施总既然身体力行，与营员们共担风险（其实他乘坐原来的化学飞船去月球已经是家常便饭），估计那些热血青年都会做出"不要赔偿"的承诺。而且董事们也从施总的打算中看到他推行此事的决心，于是很快就形成了董事会决议。

安妮把决议稿打印出来，各位董事签了字。施总对秘书说："立即在网上发布吧。你安排个时间，我要接受线上采访。"

昊月公司董事会决议第二天在网上公布。公司对月球夏令营的营员只有两个要求：

1. 周岁12岁以上、18岁以下，身体健康；
2. 立志从事太空开发。

其他不做任何限制，实施完全的网络民主，由网民自己报名，自己组织评选。这个决议立即像在网上引爆了原子弹，一时间好评如潮。这是很难得的，网评的苛刻众所周知，网民们在真实生活中可能都是谦谦君子，一到网上就变了，个个尖酸刻薄，狂得没边，天王老子第一我第零，越是名人越容易挨砖头，所以凡是名人都怕网上舆论。但这次网上却几乎是一边倒的赞扬！几个最先撺掇此事的孩子没想到昊月公司这么快就有了反应，而且一出手就是两亿的大手笔！且不说社会责任心这些官话，单说自个儿"受重视"的感觉，也让他们沾沾自喜，所以也就投桃报李，不吝啬对昊月公司的赞扬。

这天施天荣回家，儿子施吴小龙主动迎上来，嬉笑着说："老爹这回干得不错！不愧是世界首富的气魄！网上你的崇拜者可不少啊。老实说，连我都有点崇拜你了。"

这正是施天荣想要的社会效果，不过他没想到还有附加的家庭效果。常言说丈八灯台照远不照近，世界顶尖企业家在自己儿子眼中可从来不是伟人。施天荣在朋友中自嘲，说他在公司中是一把手，在家里是三把手，要受妻子和儿子的双重领导。这会儿他笑道："能得到我儿子的夸奖，真是太难得了，太难得了。"

"这说明我对你没有偏见嘛，只要你真有优点，我还是能及时给予表扬的。"

"是吗？那我太感谢你了。你也打算报名吗？"

"当然！这种热闹事能少得了我？"

施天荣略略沉吟，从心底说，他不想让儿子报名。昊月公司在连续 12 年巨亏的财务压力下出血两亿举办夏令营，最重要的目的是抵抗拆解公司的压力，如果媒体抓住儿子做文章，说他利用职权让儿子坐顺风车，那就难免干扰大方向。不过他考虑片刻，决定不干涉儿子的自由。反正儿子要参加网络评选，几亿网民中选中 100 个，轮到他的机会太小了。施天荣决不会利用自己的职权帮儿子入选，既然如此，乐得随其自然。于是他衷心地说："好的，祝你能入选！"

儿子自信地说："我绝对会入选的，你等着好消息吧。"

七天后，施天荣在网络上接受了视频采访。采访中他始终位于屏幕上，而提问题的网民的头像则随时切换。他为这次访谈做了充分的准备，回答起来思路清晰，娓娓而谈，举重若轻。

施：大家已经知道的我就不多讲了。昊月公司成立十几年，的确从来没缴过资源税。并不是我们偷税，而是无处可缴。从国际法讲，月球属于无主地，其实应该由我们这些月球常住民成立一个月球共和国，自己给自己缴税。但今天我不打算扯什么法律，不想和社会玩太极推手。我愿代表昊月公司宣布，本公司所有应缴而未缴的资源税全部回报地球社会，用于公益事业。这次的月球免费夏令营只是第一步。

西风瘦马：欢迎昊月公司的决定，全世界的青少年都会感谢你们。但你们选营员的条件太苛啦，长大后不从事太空开发的人就不能报名参加？不公平。

施：很遗憾，这个条件不能放宽，请你务必理解。私人公司的金钱也是社会的财富，同样应精打细算充分利用。如果办夏令营同时又能培训太空开发的技术管理人员，等于为这100个孩子的人生提前准备了一架天梯，于社会、于个人都有好处，何乐而不为呢。

Nasser：施先生说把未缴的资源税回报社会，我看远远不够。上一任世界首富比尔·盖茨已经把所有财富回报社会，请问施先生，作为今天的世界首富，你能做到吗？

施：你错了，我只是SGCC的代表，那些金钱并非我所有。至于公司其他私人投资者，只能由他们自己决定。据我所知，他们想事先为创业者争取平等。你希望成功者捐出财富，可失败的创业者有人关心吗？太空开发初期风险极大，不光是经济上的风险，还包括生命上的风险。我们的第一次货运飞船发射时，竟然找不到保险公司来承保！如果当时发射失败了，我们死了倒是一了百了，儿女可就变成衣食无靠的孤儿。所以我希望社会能做到以下的公平：凡创业者如果能事先承诺以所赚得的利润全部回报社会，那么，他如果破产或死亡，其家属有权得到较高的社会救助，比如，得到其损失投资额的三分之一。我希望这成为21世纪新的行为规范，创业者与社会形成良性互动。

千年虫：很佩服你的直率，也佩服你的超前设想。问一个问题，这次月球夏令营除了室内跳高跳远比赛等，能否来一次月球漫游？我很想逛逛冷海、澄海、酒海和宁静海。

施（微笑）：恐怕这一次不行。在月球漫步需要100件舱外太空衣，这又是10亿投资。目前月球基地上多使用低廉的舱内太空衣，因为舱外太空衣太贵了。我想，你不会忍心让我因本年度巨额亏损而引咎辞职吧。再说了，月面漫游还存在安全问题，月球上的流星可没有大气层保护。

电击小子：我们当然不希望施总辞职啦，还等着你来继续举办第二届月球夏令营呢。不过安全问题不用太多虑，凡是敢上月亮的人已经把生死置之度外了。真要被流星击中，就请在月球进行太空葬，更不要赔偿。

施：要不要赔偿我们都得追求绝对安全。很遗憾，月面漫步只能等下一次了。如果大家没别的意见，这事就算定了，请网民们自己组织报名和选举，一个月后把名单报到昊月公司来。

自网上访谈之后，施总有七天没有回家。他一向是这样，凡公司的重大举措他都是要一抓到底的。夏令营项目已经开始实施，有很多工作要做，包括地月处女航的复查，夏令营安全问题的检查，营员活动与正常生产的衔接等。这天他回来，妻儿都在家。妻子吴雪茵笑着问："欢迎远方客人。客人打算在我家旅馆入住几天？"

施天荣笑她:"瞧,你怎么变成一个怨妇啦?这可不像往日的吴女士。"

"哼,你忙,儿子也忙,一放学就挂在网上,在家就像不在家。如今屋里只有我一个人形影相吊了。"

妻子身体不好,45岁就退休了。如今她的生活重心全在两个男人身上,尤其是儿子。她总想把儿子护到羽翼下,但17岁的儿子已经不需要这些了,这让当妈的很有失落感。饭桌上施天荣问儿子在忙什么,儿子说:"那还用问?网上评选呗。网民们先推举了几个联络员,我是其中之一。"

施天荣有点意外——没想到儿子能被推为联络员,沉吟着没说话。还是那个原因,他不想让儿子在此事上参与太深。小龙非常敏感,立即问:"有什么问题?是不是你说过的'瓜田李下'?"

"没错。商场如战场,脑筋不复杂不行。昊月公司举办这次夏令营,确实是心地坦荡,没有暗箱操作。但你如果参与太深,难免遭人怀疑。咱们何必落这个话柄哩。"

小龙立即反驳:"既然心中无鬼,为啥要担心别人怀疑?我又没打你的旗号,一直是使用网名参选。难道一定要加一条:施天荣的儿子没有参选资格?这是另一种形式的不公平,是对名人子弟的歧视。"

施天荣摇摇头,没有同儿子争论下去。当然儿子说得都在理,但世上的事并不都是按牌理出牌的。好在儿子是匿名,就由他去吧。

有关月球夏令营的一切都顺利进行。地月处女航早就准备就绪，活动营地是借用已有的公司月球基地。罗伯特负责夏令营活动的安全，他在精心筹划之后对施总立了军令状，说可以保证万无一失。那边，网上的评选进行得如火如荼，全世界有两亿青少年参与报名，各媒体竞相报道，对昊月公司的社会责任感大加赞扬。公司宣传部门喜洋洋地声称：多少亿的宣传费都达不到这样的效果啊！鉴于公司设的"夏令营网站"点击率极高，不少企业想在上边做广告，下边人不敢做主——这是公益网站，他们怕收广告费造成不良影响，于是来请示施总。施天荣略略考虑，干脆地说："做！不过，所收广告费不用交给昊月公司，直接捐给国际红十字会和红新月会。"

这个决定又为昊月公司赢来一波赞扬。

几天后施总到月球基地去了一趟，亲自检查基地上的准备工作。月球总部设在月球南极，因为这儿差不多常年有光照，便于使用太阳能。不过他去的那天恰逢这儿的夜晚，蓝色的大月亮（地球）把水一样的明亮蓝光洒在月球的荒漠上，是那种如梦似幻的光华，漂亮极了。基地外，几十台太空挖掘机在进行露天采挖，操作手在密封驾驶舱里向施总招手致意。挖掘机非常安静——即使有噪声，在没有空气的月球也不能传递。坚硬的月壤被挖起来，送往基地的提炼厂，在那儿，太阳风46亿年来吹洒在月壤中的氦-3将被提取，送往地球，作为干净高效的能源。蓝色地光下，更远处的太阳能板一望无际。施天荣对陪他视察的罗伯特说："这样的蓝色地光真是百看不厌啊，相信对那100个营员来说，这次月球之行将是他们终生的记忆。"

罗伯特笑着说:"我记得你的生日是1969年7月20日吧,很巧,正是阿波罗登月的那一天,你的一生注定要和月球为伴。"

施总感慨地说:"57年的变化太快了,尤其是对中国人来说。半个世纪前我还是山里的穷孩子,只知道吴刚嫦娥的神话。现在呢,孩子们都能在月球举办夏令营了!噢,对了,听说你准备学比尔·盖茨,不给孩子留遗产,去世前要把所有财产全部回报社会?"

"嗯,我打算这么做,内人和孩子都无异议。"

施总由衷地说:"我很佩服你,我觉得美国的富人是开明,什么时候全世界的富人都像盖茨和你就好了。老实说我还做不到,并不是守财,而是不忍心剥夺儿子的幸福。"

罗伯特笑着说:"也许你儿子比你更开明呢。"

"但愿吧。"

太空车内的电话响了,说地球上总部安妮秘书来电话,有急事向施总汇报。电话转过来,安妮急急地说:"施总,网上评选出的100个营员名单已经出来了,你猜第一名是谁?是电击小子,那个最先提出月球夏令营建议的网民!"

"这很正常啊,他是发起者,当然容易被选上了。"

"但施总知道电击小子是谁?我们已经同入选的本人通了电话,了解了他们的真实身份,他是你的儿子小龙!"

施天荣愣了。他一直不愿让儿子在这件事上参与太深,但他绝对想不到,原来儿子既是"始作俑者",又成了第一名营员!难怪这个"电击小子"对公司的情况如此了解。他心中隐隐作痛——父子之间的隔膜太深了,儿子的这么多活动,当父亲的竟一概不知，连儿子常用的网名也不知道。而且——第一个在网上鼓噪"昊月公司不缴资源税"，要公司"出血"，否则就要合伙儿收拾昊月公司的家伙，竟然是自己的儿子！

这些且不说，现在他最担心的是：这个消息如果捅出去，肯定有人怀疑父子俩是在演双簧，公司精心策划的这个宣传，效果肯定大打折扣。他问安妮："电击小子的真实身份泄露出去了吗？"

"没有，目前只有我知道。"

"你做得好，请继续保密，我尽快赶回去处理。"

他苦笑着挂了电话，罗伯特一直同情地看着他，劝道："没什么大不了的，小龙既然是按正当的程序被选上的，就让他参加吧。"

施天荣直摇头："不行，你们西方人的脑筋太简单了。你想想，当儿子的带头拆老爹的台，逼老爹的公司出血，外人怎么能相信？他们肯定认为是父子串通，小骂大帮忙。不行，我得让他赶紧退出，匿名退出去。"

罗伯特警告说："这不一定是好办法，纸里包不住火。"

施天荣叹口气："反正不能让他参加，我考虑一个万全之策吧。"

飞船返回时，等发射窗口耽误了几天，等到施天荣与儿子见上面时，小龙已经是严阵以待。

施天荣说："原来是你提的建议啊，是你第一个鼓噪昊月公司不缴资源税，要逼着我们出血。"

他说得很平静，但难免带一点酸味。小龙嬉皮笑脸地说："是啊，我这是大义灭亲。"

"哼，原来施天荣的儿子也有仇富心理。当年我若是失败，你小子正在捡垃圾哩。"

"捡垃圾也饿不死我。不过毕竟你是成功了，对富人要求严一点并不为错。"

施天荣心中略有不快。儿子不知道，公司曾几经生死，甚至他本人也几闯生死线；不知道昊月表面风光但截至目前还是巨亏。过去他从不向家人透漏难处，现在看来，得为儿子补上这一课。

他说："这些不说了，但你一定要退出夏令营。编个理由，仍用那个网名退出。虽然在这件事上咱们没有任何暗箱操作，但瓜田李下，不得不防。你别忘了，美国的登月行动还曾被怀疑为造假呢，怀疑论者竟然为此鼓噪了100年。你要去月球等以后再说，我给你提供旅费。"

他估计儿子肯定会反抗的，但出乎意料，儿子的眼睛转了两圈，非常干脆地答应了，弄得施天荣准备了一肚子的理由没了着力处。儿子答应后就平静地离开了，回到自己书房。施天荣心中一块石头落地，驾车去公司。但途中他已经隐有不安，依多年的商战经验，凡事若太顺利，常常暗藏玄机。这一回问题会出在哪儿？施天荣一向以思维敏捷著称，但——如今网络上事件发酵得实在太快了，还没等他思考成熟，安妮秘书已打来电话，让他赶紧上网看看，说小龙已经把10分钟前两人的谈话捅到网上，网上已经乱成一锅粥了！他赶紧打开车载网络。原来儿子对这次谈话早有预谋,把谈话秘密录下,在网上做了直播。直播中施吴小龙坦然承认了自己的身份,但保证他的所有行事(包括那个建议)父亲并不知情。他说,如今父亲大人逼我匿名退出,但我不会屈服于施总的权威。君子坦荡荡,心中没鬼,我不怕别人的怀疑。现在我把所有实情全部公开,究竟我该怎么办,听大家的公断。

砖头很快就拍上来:

"欲盖弥彰!一定是你们父子合谋!"

"鬼才信你的坦荡荡!"

但正面的言论远远超过反面:

"相信电击小子!"

"君子坦荡荡,小人长戚戚!"

然后把矛头对准他的父亲:

"姓施的什么玩意儿,竟敢篡改两亿网民的选举结果?他以为自己是谁,秦始皇?成吉思汗?希特勒?"

"施天荣是假道学假正经外加伪君子!"

这件事在网上的发酵就像是添了时间催化剂,被选上的另外99人私下进行了串联,仅仅两个小时后,施总回到办公室时,一份99人联合声明已经登在网上:

相信电击小子的清白;

施天荣董事长看似高姿态的决定,其实是对网民意志的亵渎;

99人与电击小子同进退,如果昊月公司仍坚持让电击小子退出夏令营，我们也将退出。

施天荣还不大习惯网上的尖刻，让这些砖头（正面的和反面的）拍得面红耳赤。不过心中也很欣慰，儿子这么一闹，歪打正着，反而给出一个满意的结果。他细想想自己的做法确实不妥，假如儿子真的匿名退出，事后又被捅出来，那才是屎不臭挑起来臭，到那时有一千张嘴也说不清了。正在这时，他看到了儿子的帖子：

施总老爹大人阁下，这会儿你是不是在网上？你还让我匿名退出吗？哈哈，匿名也来不及啦！

施天荣只回了三个字：

臭小子！

三天后，被选上的100名幸运者在昊月公司总部集合。施天荣在公司门口亲自迎接，夫人吴雪茵也来了。由于这件事最先是在中文网站上折腾起来的，所以这100人里中国人比较多，竟占到64名。施天荣曾觉得这个比例太大了，很想"高姿态"地平衡一下，但想想此前的教训，这句话一直没敢提起。事后证明他不提是对的，因为没有任何人对"中国人比例过高"提出异议。网民们只关心评选是否公正，不关心什么比例、平衡之类的因素。其他36名营员来自各个国家，黑白棕黄肤色俱全。当

100个营员把施总围在中间时,人人眼中都荡漾着对太空之旅的向往。

施吴小龙作为营员的代表,向爸爸郑重地呈交了100人签名的承诺书,内容是:

所有参加人承诺,成年后将从事太空开发事业。

如果活动期间发生意外,各参加人都不要求任何赔偿。在不造成太空污染的前提下,请就地实行简易太空葬(我们愿永远守在寒冷的外太空,默默守护着过往的旅人!)。

他们还非常周到地在100人中做了专业分配,有人搞太空采矿,有人攻太阳能发电,有人攻微波无线传输,有的研究太空营养学,有的研究太空生物学,等等。这里面有一个学文科的,即网名为"华西丽莎"的那个小丫头,以雄辩的理由挤进这堆理工学生中。她说:凡认为太空开发不需要文学的人,都是无可救药的技术至上主义者。月球基地需要飞船船长和挖掘机工程师,同样需要太空诗人!她说她来自唐朝著名边塞诗人岑参的故乡(南阳),岑参的许多著名诗句,如"北风卷地白草折,胡天八月即飞雪""一川碎石大如斗,随风满地石乱走""纷纷暮雪下辕门,风掣红旗冻不翻"等,2000年后读来,仍使人热血沸腾。而她愿步岑参之后尘,为人类留下壮丽的新边塞诗歌。

施天荣被她的激情打动,痛快地裁定,太空诗人这一职业符合公司先前定的条件。

儿子做事总是出人意料,在送交这份承诺书后,他随即又宣读了一份个人声明:放弃对父母财产的继承权,大学毕业之后他就自力更生,拒绝接受父母的经济支持。

这个声明太突然了，施天荣和妻子都颇为怅然。从骨子里说，他俩是很传统的中国人，家业都是为儿孙挣的，其实他们自己的日常生活一直比较简朴。现在儿子突然来这么一手，让他们的父爱母爱没了着力处。当妈的尤其心疼，如果儿子大学毕业就自立，他的日子至少在若干年内会相当艰苦。她劝道："今天只谈月球夏令营的事，放弃遗产的事日后再说吧。"

儿子不答应："不必了，我今天宣布的决定不会再更改了。爸你放心吧，我总不能不如比尔·盖茨的儿女！"

施天荣也想开了，笑道："那我和你妈总不能比不上比尔·盖茨夫妇！行，我答应你。我也宣布，我们夫妻俩的财产将在去世前全部回馈给社会。我将很快成立一个慈善基金会，负责这些善款的使用。希望我们退休后，这个基金会由你接班。"

儿子突然庄重地说："爸爸，我向你道歉。"

施天荣奇怪地问："道歉？你小子又闯什么祸了？"

"我是为之前说过的话道歉。这些天我查了很多有关昊月公司的资料，才知道你曾经历了那么多艰辛，甚至几次出现生命危险。"

儿子的眼眶红了，施天荣也颇为动情，笑道："你整天吊儿郎当的，今天乍一认真，我有点不适应。不用道歉，我儿子懂事了，我很欣慰。"他转向大伙说："好啦，到这儿为止，可以说是结束了月球进行曲的前奏，下面要进入主旋律了。请大家到公司培训中心，开始太空之旅的正式培训！"

一个月以后，地月通航庆祝典礼举办。各家媒体齐聚三亚电磁发射基地为乘员们送行，当然也包括 SGCC 总部的代表。100名夏令营营员看到斜指蓝天的电磁弹射轨道，恰如一把倚天弯刀，登时爆出一波狂热的欢呼；等他们坐进摆渡飞船，以 6G 的加速度沿着轨道直上九天时，又是一波更狂热的欢呼。同行的施天荣则一直微笑旁观，多少惆怅地回忆着自己的青葱岁月。

摆渡船来到位于同步轨道的中继站。中继站面积不大，但附近的微波分流站却气势磅礴。月球射来的强大微波在这儿分成数百道细流，再发射到各个地面接收站，以免过于集中的微波流会破坏电离层。

乘员们换乘专用的微波飞船。一根极长的微波接收天线横向伸出，类似过去电动公交车顶上的接收臂，但要长多了，这是为了飞船尽可能地远离微波流，保护乘员健康。所以，微波飞船并不是"河道中"航行，而是"濒河"航行。太空没有重力，如此细长的接收天线也有足够强度。比较令人失望的是飞船完全没舷窗，不能观看太空美景（只能通过摄像头），这是因为全封闭的金属外壳有"法拉第笼"效应，可以隔绝微波，保护舱内乘员。

航程还是比较长的，20 个小时的旅途中，孩子们焦急地看着屏幕，看着月亮越来越大。到达目的地时仍是月球的夜晚，蓝色的地光沐浴着蛮荒的月球，而美轮美奂的基地犹如蛮荒之地的仙宫。孩子们被这样的仙境震撼，短暂的平静后又是一波狂热的欢呼。小龙大声宣布："同学们，我敬爱的老爸，从这一刻起，我们的人生就和月球连在一起了！"

>>> **作者简介**

王晋康，著名科幻作家，中国科幻文学的开拓者和思想者，中国科普作协副理事长，世界华人科幻协会名誉主席。曾获1997年国际科幻大会银河奖、全球华语科幻星云奖终身成就奖、银河奖终身成就奖等，作品风格苍凉沉郁，冷峻峭拔，富有浓厚的哲理意蕴。代表作有《水星播种》《生命之歌》《生存实验》等。

月涌大江流

- 赵海虹 -

1

1943年8月,重庆。

炸弹落下来的时候,赵琮刚刚走上码头。

当刺耳的防空警报陡然在城市上空鸣响,沙坪坝沿江的台阶坎坎上,方才下船或等待登船的乘客、上岸采购的船工,还有挑着扁担、扛着大包行李的挑夫们,如潮水一般向江岸上涌去。

即将降临的危险让空气变得浓稠起来,充满独特码头气息的江风,充满各种细腻而丰富的味道,蕴含着两岸的植物、江中水生动物的气息,和着淡淡的轮船机油味与码头上的杂物垃圾的腐臭味,这对他来说曾经是那样亲切的味道——家的味道,此时他却仿佛从中闻出了飞机机油的气息与炸弹的火药味。

他知道那只是幻觉,因为过分紧张勾起的记忆中的联觉。在他勘测川中公路和黔桂铁路的几年间,曾遭遇过多次这样的空袭。有同事和老乡曾在他眼前被炸死、炸伤。当时的惊恐与愤怒,让在他庆幸之余,又不禁为自己的平安无事而暗暗内疚,甚至，还有一种淡淡的羞耻。

或许正因为如此，当黑云般压过的机群一路飞过码头与城市的腹地，投下乌沉沉的黑鱼似的炸弹时，他在第一时间的惊吓之后，不再闪避，而是像望着宿敌一般，瞪大了眼睛，望着它们，纷纷坠下，钝声炸开。然后他眼前的世界遽然倾倒，他被炸弹的气流掀翻在地。

他从烟尘里坐起来，又一次死里逃生。他捡起蒙上了一层灰粒的黑框眼镜，用颤抖的手指翻起衣角擦拭镜片的时候，忽然意识到，和静与两个孩子就在这个被轰炸的城市里。

他猛然抬头，望向身后的城市，从那里腾起的烟尘判断轰炸的方位。"没有，一定没有……"他口中喃喃，伸手摸索了几下，抓住了自己常用的公文包，一把抱在胸前。这是他要送去交通局的宝贵资料。

他靠在高几级的台阶上，一手抓着包，一手着力在缝隙中爬满青苔的石坎上，手脚并用地支起身。在他脚下几十米处，嘉陵江原本波光粼粼的江面仍在轰炸的余波下震荡。许多爆开的炸弹已沉入江底，这沉淀过无数悠长历史的江底。勉强站直身的一刹那，他面对着眼前奔流不息的江水，忽然恍惚了一下。此时因为忧心家人，他已恨不得插翅飞到渝中的山坡坡上，到那个坐落在半山腰的大杂院里，去确认妻儿的安全。灵感却选在此刻初次降临，在他脑海中留下一个模糊的印记。

看到妻儿的那一瞬间，他长长松了一口气。和静背对着他，正在厨房的灶台上忙碌。六年前刚结婚的时候，她还是个十指不沇阳春水的学生妹呢。然后战乱更迭，女儿娟子出生后，她带着孩子一路逃难，从安徽到贵州，又从贵州辗转到重庆，连儿子尼尼都是在逃难途中出生的。保姆因为丈夫生病回乡，几个月光景，妻子操持家务已经有模有样。

四岁的女儿娟子正跟在母亲身后，嚷着要吃的。他看见了娟子，孩子迟疑地推了推母亲："阿妈……"

女儿没有认出他来。

这也不奇怪，上次离开家时，娟子还不到三岁，一晃一年多了，已经不记得他了。妻子依然没有回头，手中忙个不停，动作利索地把洗净的红苕削皮切块，说着："再等等，就好啦。"

里屋却响起了孩子的哭声。和静连忙放下手里削了一半的红苕，在围裙上擦了一把手上的水渍，说："尼尼，妈妈来了……"她转身正要冲进屋，却看到正站在走道上的丈夫，愣了几秒钟，几乎和他同时叫出声来。

"和静！"

"孩子爸！"

妻子的脸瘦削多了。"你回来啦！"她露出带着一分懵懂的笑容，像是劫后余生，云开雾散。她对女儿说："娟子，认得吗？这是爸爸！"

娟子瞪着大眼睛，漆黑的眼珠滴溜溜直转，好像真的想起他来了。女儿闷声扑过来抱住了他的小腿，他忍不住摸摸她的头，忽然想起自己一身的灰土，又连忙缩了回来。

屋里孩子的哭声尖厉起来。和静忙进屋去，哭声顿时停歇。

他带着娟子跟进屋，正在奶孩子的妻子一边把孩子搂在胸前，一边呜呜地哄着他，时不时抬头带点羞涩地望丈夫一眼，眼里几乎要开出花来。

"你们没事就好。"他想笑，却发现嘴角一直在颤抖。

"这次你能待多久？"她问。

"我这次回重庆是给交通部送材料，谁知刚到沙坪坝就遇上了轰炸，幸好没事。我不放心你们，先过来看一下，马上就走。"

妻子脸上的光彩一下子黯淡了。

"啊，不，我的意思是，今天先去交通部，等他们给我安排了新任务再离开，肯定可以在家里待几天的。"

妻子的脸又亮了起来，她微笑示意他，看看她怀里的娃娃。他看见那个头发稀疏、脸颊瘦瘦的奶娃娃，忽然鼻子一酸，忙别转头去，擦掉了滑过腮边的泪水。

他大学的专业是土木工程，毕业后先到陕西、后去安徽，都在水利厅任职。但自从日军侵华战争开始，南京国民政府西迁，水利工作不如交通工作紧迫重要了。他被派到交通部，辗转为川中公路、黔佳铁路做勘探、设计工作。抗战的这几年，他跟着勘探队辗转了不知多少处山高水深的西南腹地，随着日军步步逼近，层层封锁，开辟西南交通之路也日益重要，他虽然只是一个助理工程师和分队长，也明白共赴国难的道理。他常年在外奔波，聚少离多，免不了一次次亏欠家人。

"快去快回。晚上有红苕饼吃！"妻子装作没有看到他的失态，语气欢快地说。

2

1956年12月,四川省达县地区。

静静的江流随着夜色深沉,明星河不复白昼中的模样,变成了一条深蓝色的河流,沉郁地流淌。

赵琮坐在河岸上,冬天的四川阴冷潮湿,让他禁不住哆嗦起来。这条河让他想起家门口那条更加宽阔的江流,想念在山城艰辛生活的妻子,与不断呱呱坠地、又雨后春笋般蹿起个头来的孩子们。

新中国已经成立七年多了,他作为技术人员被新政府接受,加入新成立的西南水利部,下派到四川达县地区水利水电局,转眼也有六年了。六年来他很少修探亲假,每次去重庆出差时,能回家停留一两天。

去年春夏连旱,有59个乡的33万人受灾,建水库的事成了火烧眉毛、必须完成的任务。今年8月专区成立水利科,他被指派为勘测队的队长。没想到春天忽然下起了冰雹,59个乡共吹倒了400多间瓦房,死了6个乡亲,伤了130多人,他也参与了救灾工作。更重要的是,越是闹灾,就越需要尽快恢复生产,而农业生产离不开水利。县里决定要尽快在明星河造一座总库容近两万立方米的示范水库,从勘测到设计都离不开他。他是真的没法走啊!

他怀里还揣着妻子的信,信里向他汇报了五个孩子的近况。是的,五个。他短暂的探亲总会为妻子留下更多的负担。虽然毛主席说"人多好办事",生孩子也是给国家做贡献,但像他这样长期两地分居的家庭,一转身就把养育的所有问题都留给妻子了。他虽然也有为国家贡献的荣誉感,但同时暗觉羞惭,感到对不住和静。

妻子在信中期待地问起,他是否买好了归程的车票。她还喜滋滋地说,已经攒好了两斤上好的白面,等过春节时给他炸油条吃。"让你尝尝我的手艺,可比得上你老家的阿嬷。"

"我今年回不去了。"——这样的回信他写不下去啊。

深冬的寒夜,他一直坐在江边,不舍离去。仿佛在这里,可以感受到遥远的家人的气息。

忽地,暗夜的云层中透出明亮的光来,同时在江面上洒下一把粼粼闪烁的银屑。月移影动,不一会儿,整个皎洁的白玉盘破云而出,让整个河面都跳动着一层暗色的粼光。而黄澄澄的水中之月与天上之月上下辉映,就如这条河上游的那条江,叫作明月江。

——千江有水千江月。

这同样的月光,是否也照在沙坪坝岸边的嘉陵江上?照在妻儿的床前?

还有,他曾度过饥渴求知岁月的大学,也傍着这样一条江。

钱塘江上的月光,嘉陵江上的月光,明月江上的月光。月光照耀着江流漫漫,无尽地流淌。

——子在川上曰,逝者如斯夫。

他激动得陡然站起身来。多年前曾经影影绰绰进入过他脑海的那个想法,忽然变得更清晰了。他知道这个想法太过奇特,还需要逾越难以解决的技术障碍，也许永远无法实现。但他相信科学一定会向前发展，到了那时，或许能够找到知音，将自己的想法化成现实。可那又是多么遥远的现实呢？

3

1965 年 7 月，四川省达县地区。

他们刚到麻柳镇公社的时候，路就断了。

天上忽然刮起了大风，豆大的雨滴在瓦楞上噼啪作响，雨点越来越密集，雨势越来越大，眼见着到中午就变成了瓢泼大雨，明月江的河水猛涨。他当时正住在麻柳乡场河对岸的炮楼上，带着勘测队的两个同志，想坐船沿江北上，去两个月前刚建成，还在后期调试阶段的魏家洞水电站，看看新站运营的情况，为在建的碑庙公社雷鼓坑电站取取经。

没想这一下子就发了水涝，这是电站建成后遇到的头一次大考验，他心里一遍遍核算，自己在做工程设计时定下的汛期水位值和防洪库容够不够应付。

远望对岸，洪水已经没过了河岸的土坡。镇上的平房被淹到了成人腰部那么高。

"啊，淹水了，淹水了。"他听见院子里看门的张大爷叫嚷起来。"赵工！赵工！县里来人了！"

一叶小舟从对岸疾驶过来，船头站着头戴草帽的老孙。他是在建的雷鼓坑水电站工程负责人。"赵工，这儿眼见是要发洪水了。"他和赵琮想到一块儿去了，都想看看魏家洞水库在这次洪涝中的表现，给建新电站搜集更多的参考资料。但他传达周县长的口信，要他们去魏家洞之前，先去大石桥的方位查看过水的情况。1952 年 9 月大洪水的时候，因为石桥阻水严重，县上一度打算炸掉大石桥来加速泄洪。这次，上游已经修了水电站，情况和十几年前比，是否能有些改善呢？

赵琮连忙戴了顶草帽，登上老孙的船，两人协力，时而划桨，时而撑篙，向大石桥方向划去。他们沿檀木乡越山绕溪，赶往下游的大石桥，一路上，他们被雨水淋得湿透，艰难地向前划。也许是觉得这段艰苦的路程太难打发，老孙居然和赵琮大声讨论起水电站的发电问题来。

"赵工，你说前两年雨水这么少，今年这一下子又涝了，水电站的发电量不也是这年少、那年多的，年年不一样，每个月也不一样。这么忽高忽低的，就没有办法吗？"

赵琮没想到会在此刻听到这样的问题。他仰头望着天空，那像被捅漏了一个大洞、呼啦哗啦直往下倒水的天幕，仿佛又一点点被补上了，雨点忽然稀疏了许多。

"老孙，你的眼光还真长远。"他抹了一把脸上挂的雨丝，吐出口中略带涩味的雨水，"不过魏家洞、雷鼓坑这些电站都还太小了，就算加上最大的、正在设计的沙滩河水电站，设计的发电量都还是太少了。调峰的需要当然也有，为了系统安全嘛，发电忽多忽少还容易伤机子，但主要还是发电量不够的问题，枯水期老停电，还得靠火电来帮忙。过几年，等长江上的葛洲坝水电站造好了，甚至有一天，三峡水电站都建成了，这时候调峰的压力就大了。"

老孙的兴致也上来了："外国好像有什么抽水蓄能电站？电多的时候用水泵把低处的水抽到高处去，缺电的时候再把上水库的水放下来发电，听说很好用。"

"你和我想到一起去了！1882年，在瑞士苏黎世，建成了世界上第一座抽水蓄能电站。总有一天，我们也能有这样的调节型电站。"脱口而出的豪言壮语让他愣了一下，在中国四川东北部的达县，东周时的巴国属地，"苏黎世"是一个遥远得像外星球的名字。但物理的距离并非最遥远的距离，二十年来，在他心中一直酝酿着一个惊人的想法。如果河流的力量能转化成电能，那么电能是否也可以使人类在另一条河流上自由地回溯、前行？而抽水蓄能电站的基本原理如果能与时间之河上特定质量物的回溯与前行相容，在遥远的未来，既能用时间旅行来蓄能，还能用时间旅行创造巨大的能量，这能实现吗？而时间之河，也许只是一种比喻，它真的存在吗？

他不知道该不该将这样脱离常规的设想告诉老孙，他其实非常想说，但这些年来，出于谨慎，他甚至从未将这个想法用笔记录下来，而是将它在大脑中反复盘点。今天，他忽然感到自己已经到了临界点。他实在忍不住想倾吐这个想法，如果不能对着另一个人说，至少，对着自己的工作笔记吧。

暴雨中的江面一片汪洋，白茫茫的水汽中，他们隐约看到了一座大石桥。

石桥高约30米，跨度约35米，呈鸡蛋拱形，桥宽约5米，横跨在两岸的砂岩嘴上。这座桥是清朝咸丰年间所建。引桥较低，上下游的边沿都砌着可供行人歇坐的桥栏。此刻，洪水在桥上已经漫过两侧引桥处的桥面，低洼地带早已汪洋一片，只有桥心部分还没有没入水中。一个戴着草帽、穿着阴丹士林蓝布衣裤的女子正站在桥心，对着他们挥手。她的姿势仿佛特别雀跃，几乎都要跳起来了："赵工！赵工！"

赵琮怀疑地四顾左右。这女子叫的必定是他了。但他并不认识她。

小船刚靠上桥头，那女子右脚跨上船，左脚轻快地在空中划了一道弧线，与右脚并立在船板上。她仰起头，欢欣鼓舞地说："终于得救了！如果不是碰上你们，我还不知道会被困到什么时候呢！"

"你是哪家的堂客？"老孙问，"我们这周围很少见到你这样白面皮的女同志。"

来人捂住脸笑起来说："我是从魏家洞来的嘞！"

她的口音很奇怪，一听就不是本地土生土长的人，有一点点像重庆话，却也只像了三分，但赵琮和老孙也不是本地人，早年达县也有不少从外地派来工作的同志，有外地口音也正常。"想回去的时候，就赶上发大水了。"

"那你是还要回去？"老孙很热心，"我们正好要去那个方向，可以捎你一路。"

那女子笑着点点头，安静地坐在船头。她不时环顾四周，大概以前没有见过发大水，见到河面上顺流漂过的木盆、木椅和扑腾的家禽，眼中便露出兴奋的神色；但她马上想到了受灾家庭的损失，便又按灭了兴奋的火苗，只偶尔偷望一眼和老孙一起撑船的赵琮。

"同志，你叫什么名字？"赵琮避开她奇怪的目光，望向白茫茫的水面，"你怎么会认识我？"

"你带勘测队给电站踩点的时候，有几回路过我们村。赵工，你是这一带的名人，认识你的人当然比你认得的多。我叫贾姑，你就叫我小贾好了。"她说完又忍不住呵呵笑起来，好像有种按捺不住的兴奋。但看她的模样，又不像是没见过世面、把个工程师兼勘测队长就当成大人物的村妇。

从麻柳到魏家洞只有十里地，但在河上逆流而行要慢许多，过了半晌，小贾正了正额头上的草帽。雨虽然停了，她对阳光的避忌似乎比雨水更甚。她清了清嗓子，对赵工说："赵工，换个手吧，不能一直让你们撑船啊！"

赵琮有点迟疑，他确实累了。他已经56周岁，力气不比年轻的时候。

"毛主席都说了，妇女能顶半边天！你可不能瞧不起我们！"贾姑见他犹豫，顺势一把抢了他手里的竹篙，很起劲地撑了起来。开头还有点不得要领，船头在水面转了小半圈，但不一会儿就上手了。

后半段他又和老孙换了一次手，终于在傍晚时分，远远望见了魏家洞水电站的工地。其实电站已经基本建好，正在后期调试，也幸亏如此，如果在围堰期遇上洪水，多少辛苦又要白费。

河上静悄悄的。大雨后，江流伴着桨声，蛙声与虫鸣像对歌一般有节奏地低唱。这些声音之外，忽然响起一阵"咕咕"声。

贾姑不好意思地别转头，那肚子饿得直叫唤的人原来是她。

赵琮从随身带的军用书包里取出两块钵儿糕，这是今天一大早，他在县里永丰街上买的。他把油纸包的两块白色米糕分给贾姑和老孙。老孙坚决不肯要，贾姑盯着他原本包在最外层的一张报纸，说："那张报纸也给我包一下可好？"

她虽然接了一块糕，却好像并没有要吃的意思，反而珍而重之地将它用油纸和报纸包上，然后放进她随身挂着的军用书包里。

那年头几乎人人都有一个这样的军绿色布包。

小船行到离魏家洞最近的村子，贾姑说她到了，便靠岸离船。河边，一片葱绿中缀着明黄的李子树，她就站在李子树下向他们挥手告别，目送他们的船渐行渐远。

4

1965年7月，四川省达县地区魏家洞水电站建筑指挥部。

门外依稀有细碎的脚步声。赵琮放下笔，侧耳细听。他的听力大不如前了。门口真的来过人吗？或者只是他的幻听？他打开门。门口没有人，仔细朝四下里看看，门边却放着一小篮子鸡蛋。这又是哪位好心的老乡送来的呢？或者是全村的老乡凑出来的？这些年他踏遍了达县地区大大小小的村庄，早就见惯了这里百姓的淳朴与热情。他们亲切地叫他"赵工"，把他当成自己家人看待。但是现在年头，这样一份礼物太珍贵了。

他叹口气，摇摇头，弯腰提起那篮鸡蛋。怎么办？这是老乡们从牙缝里省出来的，是一份沉甸甸的心意。他正在为鸡蛋寻思一个合适的去处，耳中又捕捉到了轻轻的脚步声。

"老乡！"他以为是送鸡蛋的老乡又来了，一看却是几天前从麻柳乡同船过大半程的贾姑。不知为何，她居然比上回见面时瘦了一圈。

贾姑还穿着同一套蓝布衣裤，戴着草帽。这次赵琮才看仔细些了，这女子大约不到30岁，和他的大女儿娟子差不多年纪。这么一想，他忽然分了神，想起娟子大学毕业已经分配去了河南工作，她在信里说春节就要带她同单位的对象回重庆见父母。信里还夹了一张小伙子的照片，看上去挺精神。

"这就是那有名的鸡蛋吧！"赵琮听到贾姑爽利的笑声，这才回过神来。他不明白她话里的意思。这鸡蛋有名？"小贾同志，你怎么来了？"他问道。

"赵工，能进屋说话吗？"贾姑的口气有点严肃，和刚才那发笑的女子简直像两个人。

"请进。"他把她让进屋，拉开椅子请她坐。一边小心地用杂物把门卡住，留出一条缝。

贾姑的表情里有一种奇怪的警惕。她当然理解留门避嫌的礼节，但她好像在竖着耳朵捕捉周边的一切细微声音，仿佛她即将开口说的内容是个天大的秘密。

她站在赵琮的桌前，双手拧在一起，表情变化不定。好一会儿，她从衣袋里掏出一张折成四方小块的报纸，交给赵琮。赵琮望着报头上的那个时间，倒吸了一口气，脑子里嗡嗡直响。他无法确定自己面对的是什么情况。

"我希望你相信我，"贾姑的声音很轻，但吐字清晰，"我来自21世纪的中国，和你一样，我也为中国的电力事业服务。我们上一次见面，是'溯江计划'的第17次试验时，那也是第一次成功的试验，为计划积累了重要的经验和宝贵的数据。之后我们又准备了三个月，进行第18次试验。你觉得和我们初次见面隔了三天，其实你见到的是三个月后的我。"

"'溯江计划'？"赵琮的声音微微颤抖。

"是的，所以你已经猜到我是怎么来到你的时空？"贾姑的声音也颤抖起来，她好像非常激动。

"如果将时间看作一条河流，时间机器逆流回溯需要巨大的能量，顺流返回原点则也应产生巨大的能量。在时间跨度相同的条件下，两者的能量比大约是4∶3。"

贾姑一字不落地背出了赵琮几天前记在工作笔记中的这段奇想，她的面容光彩熠熠。

"这个假设不能完全算我的发明，我参考了国外抽水蓄能电站的工作原理。"赵琮惊讶、迷惑，又有止不住的狂喜，"可是你怎么会背……"

"40年后，你的家人将你的笔记捐给了水电系统的资料馆。我是在参观文献时偶然发现了'溯江计划'的原始构想，而它恰好为我的研究提供了一个崭新的方向。"贾姑激动得越说越大声，但她立刻意识到自己的失态，按下声线，"您……您相信我吗？"

赵琮不知道。说相信，那他未免过于头脑简单。

莫不是有记恨他的人偷看了自己的工作笔记，然后让贾姑来试探他？可他从未和任何人结仇，这女子同他也仅有一面之缘，用这种方式来套他的话实在说不通。摆在他眼前的这张报纸，印刷工艺显然远比他同时代的报纸先进，这个证据他无法视而不见。

在贾姑做自我介绍之前，当她一字不差地背出"溯江计划"最开头的两句话，他忽然有一种感觉，这是来自几十年后、一个光明时代的美妙声音。

"你，给我讲讲你那个时代的事吧。"他心头还有许许多多的疑惑，他也不可能就这样完全接受她的说辞。但他望着眼前这张纸质细腻、套色丰富、印刷字体格外清晰的时间证据，目光被左下角的一则图片新闻牢牢吸引住了：

《三峡大坝拦蓄洪水》——只在他梦想中出现过这样的情景：雄伟壮阔的灰色混凝土大坝横跨大江两岸，面对汹涌而来的长江1号洪水，正根据实时水情，逐步减小出库的流量，以减轻中下游地区的防洪压力。

他用颤抖的手摘下黑框眼镜，抹去毫无预兆就涌满了眼眶的泪水。他抬头望向贾姑，嘴唇嚅动。她像知道他要问什么似的，轻声答道："混凝土重力坝，总长3035米，高185米，蓄水位175米，总库容393亿立方米，总装机容量2250万千瓦。"

这是沙滩河水库坝后电站设计装机容量的4万倍啊！

此时此刻，汹涌而来的狂喜让他几乎喘不过气来，不，他再也没有怀疑贾姑的余地。

"在21世纪，因为使用火电会造成严重的空气污染，越来越多地被可再生能源取代。核能发电站和水电站之外，风能和太阳能发电站也越建越多，同水电一样，风能和太阳能发电量都不稳定。此外，如何大量蓄电仍然是技术难题。抽水蓄能电站越造越多……"贾姑开始向他详细介绍自己时代的能源工业。

"您知道，抽水蓄能电站的原理是，发电量多时，耗电将水抽到高处蓄能，按需要再通过放水来发电，相当于释放原先积蓄的电能，这个过程会产生 25% 的能耗差。因此在您的时代，抽水蓄能经济上并不划算，不过，用来调峰、调频和保护发电设备还是有必要的。到了 21 世纪，中国总体不再缺电，从经济上看，将非峰荷时的低价电能，转化成峰荷时间段的高价电能，产生的价差远比过程中消耗的 25% 的电能更划算，还能控制电力系统的电能质量。在各种蓄能调峰的机组中，抽水蓄能机组的经济效能是最好的。同时我们也在尽可能地寻找其他蓄能的方法。

"这是我在电力系统的工作方向。所以偶然读到您的工作笔记时，我真的特别激动。"贾姑说到这里双眼泪光闪闪。

"可是，你们已经发明用巨量电能推进的时间旅行器了吗？"赵琮知道这是个伪问题，尤其当他正面对着一位来自未来世界的鲜活人证时，这样的问题更显得傻气。但这是"溯江计划"的前提，正因为这个前提无法解决，他才一直怀疑自己的想法只是空中楼阁。

"嗯，我们的时间旅行器叫'瞬息之舟'，如何用巨量的电能推动它穿越时间之河，是我们团队中的物理天才和机械大神们负责的部分。基地建在一个几十年来都与世隔绝的山洞里，空间位置距离这里并不太远，可以步行抵达。下次有机会我带您去看看。"贾姑点点头，继续说，"您写的原始构想虽然比较简单，但给了我们非常重要的灵感。比如您假设，由于瞬间抵达时空另一端的物体质量与它消耗或产生的能量成正比，在时间之河中运行溯江计划时，不管回溯时间之河需要多少电能，只要在顺流返回时间原点时，在瞬息之舟里增重三分之一的物品，比如砖头、石块、书本，就可以完全弥补能耗差。进而，在瞬息之舟的内部空间可以容纳的情况下，新带回的物体质量越大，产生的能量就越大，在补差之余，还可以产生巨大的多余能量，相当于额外发电。因此，'溯江计划'未来也能造就一种全新的发电方式。"

说到这里，她微微一笑："您知道吗，上次试验中您送我的钵儿糕和报纸，被我当成试验成功的证物带回去时，还产生了很大的电能，比您设计的魏家洞水电站的年发电量还要多。"

赵琮再也坐不住了。他掉头快步走到窗前，推窗望着静静流淌的河水。空气中浸润着青草的气息和附近的庄稼的气味。他听到大闸的水响和支渠里温柔的流水声。不知何时，已入夜了，月光照在河岸上，斑驳的树影里，透出水面折射的碎光。河水汇入江流，江流汇入海洋。

  寄蜉蝣于天地，渺沧海之一粟。
  哀吾生之须臾，羡长江之无穷。

贾姑轻轻诵出他记在笔记中的苏轼的诗句。那是他少时背诵过的《赤壁赋》中的句子。

5

1972年冬，四川省达县地区沙滩河水库工程建设指挥部。

有人轻轻地敲门。赵琮放下手里的航测图，揉了揉僵硬的脖子，挺直了背脊。他感叹自己老了。原本早已深深印在他脑海中的这110张达县地形航测图，居然也需要经常调看实物才能确定细节。不过一旦展开图片，丘陵与沟壑立刻化成他多年来用自己的双脚跋涉过的全地区11个县、市、区的山山水水。

一开门，又是贾姑，穿着同一身蓝布衣裤，冲着他笑呢。"赵工，我又来了。"

也许是她对这个时代的衣着没有把握吧，生怕穿错衣服会招人注意，每次都是这一身打扮。

赵琮眨了眨眼，他已经习惯了贾姑的突然出现。这几年间，她反复出现了许多回。上一次，她还带他去看了山洞深处那个卵形的时间机器。"瞬息之舟"高2.2米，直径仅105厘米，内壁布满蛛网般复杂的电路。机器中心放置着一张带精密称量功能的座椅，仅能坐一位成年人。称量单位能精准到10皮克，也即十万分之一微克。通过一次又一次实验，"溯江计划"中，质量物在回溯时所需要的电能与折返时产生的电能比例已经越来越精准。

"你眼里看到的只是这个巨蛋。"那日贾姑绕到巨蛋背后，指着两处浅浅的圆形坑槽对他说，"但在我出发的时空，它却连通着输电管道和变电站。蛋的空间位置从未改变，未来时空里它完善的周边设施,在你的时空里是不存在的。"而那时的赵琮抬头四顾,纵情想象这个潮湿阴暗的洞穴,如何在几十年后变成一个光洁、明亮的蓄电实验室。他真希望自己能去看一看啊。

"赵工!"

"啊!"他发现自己又走神了。他正在指挥部的办公室里。窗外寒风呼啸,已经入冬了,四川的山区又湿又冷。贾姑的身子也有些瑟缩。赵琮连忙端起热水瓶,走到屋角,给铜制的电热杯倒上热水、插上电,又回到窗台的小篮子里取了一个鸡蛋,等待杯子里水烧开时,"咯"地一磕,将生鸡蛋打进开水中。他再去拿来自己常用的绿色塑料壳保温杯,用水瓶里的热水清洗了一遍,泼掉残水,将烧开的水鸡蛋倒进杯中。他的目光四处寻找,又找来装白糖的小瓷瓶,急急舀出了两大勺白糖,加进去,糖水鸡蛋就做成了。

他找出一把大号不锈钢勺子,和杯子一起推到桌边贾姑那一头:"天冷,吃点暖暖。"

贾姑望着老人为她做吃食,一直默不作声。此时垂下头,轻轻吹散杯中的热气,用勺子先舀起一点糖水鸡蛋来尝。

"其实看到你,就会想起我的女儿和家人。"赵琮叹了口气。

"今年你又不能回家了吗?"贾姑的声音有点急,她是在为他抱屈吧。50年代和他一起从四川省水利厅下派的同事们,前几年大都已经回成都了,但他依然留了下来。地方上不愿意让他走,淳朴的老乡们用各种方法来挽留他。他真的不知道该怎么拒绝。

"今年大概可以吧。"他的语气也不确定。他想起了那座江畔的山城。盘盘绕绕的坡坡坎坎，通向那许多人家合住的院子和两层小楼。院里总是人声嘈杂，充满了烟火气。一年年越来越瘦削的和静被生活的重担压驼了背脊，脸上也日渐没有了表情。除了娟子和尼尼，在重庆出生的孩子们与他总是生分些，和他的话也越来越少。就在他外派达县的20多年里，他们一个个或参军，或下乡，或工作，走马灯似的离开。就连最小的老八都当兵去了。他盼着回家，但心底深处又有点害怕回家了，怕和家人无话可说。对了，前些日子娟子写信说，春节探亲的时候要把娃带来。娟子呀，娟子都有儿子了。想到这儿，他脸上渐渐有了笑容。

"赵工，我的试验没有影响你回家吧？"贾姑瓮声瓮气地问。

"不，真没有过。实在是地方上走不开。你看，沙滩河这个水电站是1965年就踩的点，后来一直拖着，今年总算要开工了，隔了那么久，又得重新勘察设计。"

贾姑叹了口气："明星、乌木滩、石鼓、沙滩河……这么多水库、电站，从勘测、设计，到施工，您都要管。20年了，您的家到底在哪儿呢？多回去看看吧，重庆才是您的家啊！"贾姑一直在望着他。这时她又柔声说："我要和您道个别。达县这个点，我们积累的数据已经足够了。这里并不适合'溯江计划'的长期运行。今天是我最后一次来达县看您了。"

赵琮愣了一下。虽然失落，但他其实早已料到了。他甚至曾反复推想，为什么贾姑的团队会在缺少特大发电站或电厂的达县地区做初期试验——这在电力的运输上会造成太多额外的麻烦。

"您也许猜到我为什么要来达县。一来，因为您的工作笔记能给我提供详细的指引，让我在不同时间都能比较方便地找到您。二来，您是计划的最初设计者，和您直接沟通比较容易取得您的信任。在20世纪六七十年代的特殊环境里，因为您笔记中的详细背景材料和您的信任，我才不会被当成间谍或者反革命分子举报。当然，更重要的是，我和我的同事都希望能在试验中得到您的指引。"她的语气忽然变得有些古怪，好像要努力咽下"嘶嘶"的气声。"就算是我们想向一位可敬的前辈致敬吧，谢谢您！"

赵琮揉了揉花白的头发，面对这样感情冲动的场面略感尴尬。他早已想过贾姑说的每一条理由，但听到未来的电力人从时间的河流逆流而上，特意来对他说谢谢，他依然有些手足无措。

"我们还会见面的！"贾姑的脸涨得通红。好像再忍耐一刻，就会哭出来了。她"呼"地站起身来，拉开虚掩的门，便头也不回地跑了。

"哎——"赵琮心里多少有些失落，他捧起保温杯，又黯然放下，自语，"吃了糖水蛋再走啊……"

6

1984年5月，重庆。

赵琮又走神了。

他记不得这是自己第几次认不到回家的路了。他站在马路牙子上，回身望一眼背后的滚滚江流，感到一阵昏眩。他用力跺着手中的拐杖，仿佛那清脆的"笃笃"声能驱散他眼前的迷雾。

不，他的脑子没坏。他只是时常头晕，看不清楚东西。但只要熬过一阵子，又能变回那个原来的自己。可是，前次在人民文化宫，他居然晕倒在地，失去了意识。他带出门的两个小娃娃，3岁的萌萌守在他身边直哭，5岁的红红一路跑了两个路口回家去求救。那是什么时候的事？那居然是两年前了吗？

"笃笃、笃笃。"他清醒些了，头没有那么重了，眼前的迷雾也散了些。

我该回去了，眼前就是通向两路口的大道。上坡路，小心走，穿过马路就不远了，从小百货店穿进去，顺便买点黑芝麻糖吧，红红喜欢吃。

付了钱，沿着青石台阶一路走，下坡又上坡。到半山腰的时候，他忽然想起来，红红已经走了，一年多前被大儿子接走，送到她妈妈那里去了。方才买糖时的那一点欢喜忽然落了空，他就在这半山腰上定住了似的，走不动了。

四年前，他终于退休，彻底离开达县回重庆时，已满71岁。他想念这个地方，更害怕这个地方。妻子老了，孩子们大了。他害怕已经没有人需要他了，直到他看到这个怯生生的小丫头红红。她是尼尼的女儿，尼尼在武汉当兵，红红的母亲刚生下她，就赶上恢复高考，考上了浙江的大学。于是孩子刚满三个月就被送到重庆来，在奶奶、姑姑、叔叔、婶婶们的大家庭中悄无声息地长大。她从小喝牛奶，听说食量很大，所以长得有点胖，表情有点木讷。她也不爱说话，不如三儿子的小娃萌萌那么活泼。就是这样一个孩子，却让他的心活泛起来了。他觉出她的孤独来，格外怜惜她。她感到了他的爱惜，就总是黏着他，把他当成自己的保护伞了。

记得有一回，红红就坐在这个台阶上大哭呢。那是他带红红和萌萌上街，给红红买了冰棍。红红欢喜得不得了，倒还记得给堂弟萌萌吃了一口。他看萌萌也馋了，心里怪自己偏心，便给孙子也买了一根。红红吃完了自己手里的冰棍，见堂弟手里还有大半根，越看越气不过，闹着要再买一根吃。他不依，觉得没有道理，她便又哭又闹。

他硬下心肠，拖着他们回家。就是走到这个台阶的时候，红红坐到地上哇哇大哭，5岁的孩子哭成那个样子，好不丢人。他生气了，带着萌萌径直回家去了。

红红在这里哭了好久吧，想到这里他心里忽然发酸了。好想能马上再给她买根冰棍。可是，可是，如果时间倒流，一切重演，他还是会让她在这里哭到泄气，然后乖乖地自己回家吧？溺子如杀子。不能因为爱她，反而害了她。

如果时间倒流。

而时间确实可以倒流。他已经很久没有想起"溯江计划"。贾姑的现身像梦境一样遥远，越来越没有真实感了。他一边这样回想，一边竟已走进了小院。邻居张妈一见他便说："赵工，有人找——"

一个精神的小伙子身姿挺拔地站在一边，执手等待，他身上有种和周边环境格格不入的气质。

赵琮定住了。他忽然明白，这位客人来自未来。

"您就是赵琮先生吧，单位派我来接您，去参加一个电力系统的活动。"客人扬声道，然后他凑到赵琮耳边轻声说，"贾姑向您问好。"

7

21世纪上半叶的某一天，重庆。

我们都在等待。等待"瞬息之舟"的闪烁停止，等待巨量的电流顺着时光之河，随着椭圆形的时间机器，瞬间抵达我们时代的河岸。然后，椭圆形的舱门打开了，那位白发苍苍的老人坐在中央，脸上带着做梦一般的表情。

我们一起鼓掌，用热烈的掌声欢迎这位赋予"溯江计划"最初灵感的前辈。

老人看到我了，我就站在人群的正前方。他嘴唇嚅动，终于叫出声来："小贾同志！"

我心里痒痒的，像有几只猫爪在挠。我想哭，脸上却做出咧着嘴、几乎露出牙龈的夸张笑容来。

"欢迎来到21世纪。"我伸手去搀他，扶着他从"瞬息之舟"中跨步而出，又伸手取出他的拐杖。

他的双腿微微发颤，半个身子靠在我的手臂上，看他的表情，还没有接受这个事实：他已经抵达遥远的未来。"接我的那位小李同志……？"他问。

"没事，等您回去再把他换回来就行。"

我示意同事们把用来调节重量的精密金属块取出来。从 20 世纪 80 年代起，重庆基地就备下了许多质量不等的金属块，方便质量的增减。这次小李留在基地，由老人替换他，被送到 21 世纪基地时，在两人的体重差之外，还增加了几部小李在当地购买的大辞典的重量，并以金属块来微调回程承载的总质量。如此一来，多余的质量不但弥补了"抽水蓄能"原理的 25% 电损，还创造了能点亮整个重庆的巨大电能。

"对不起，这次我不能去接您。"我想对他解释。

"我懂，接我的人必须留在 1984 年，也就没法子在这边给我做导游了。"老人的思路很清晰，他应该已经逐渐适应了。

"其实还有一个缘故。您最早在工作笔记里也假设过，独立生命体的'不共存原则'。所以昨日之我和今日之我不能共存于同一时间。1984 年我已经出生，成年的我无法进入那个时空。小李 1986 年才出生，他可以承担这个任务。"

老人的脸上掠过一丝怅然。

是啊，聪明如他，当然立刻想到，他现在所在的时空是他已然作古的未来，否则他亦无法抵达。知道"此时此刻，我已经死了"应当是一种古怪的感受。"那和静她……"

"她也不在了。"我看着他难过的表情，鼻子有点酸。我努力用兴致勃勃的语气说："接下来的一个月，我会带您好好看看新世界，看看新时代的中国。"

"要一个月吗？"他的表情又喜又忧。但又立刻释然了。

"您可能已经想到了，我们可以把您的回程时间点订在出发的同一天下午。所以对您家人和小李来说，您只是离开了几个小时而已。"

老人笑了。他的嘴角却微微地向下弯。他心里在挂念什么。

"来，让我先带您去看新重庆。"我的语调不由自主变得那么柔和，柔和得要流淌起来。

无人驾驶汽车在重庆高低错落的楼群中穿行。这个城市早已不复30年前的样子。我久远记忆中的那个山城，是在山与山夹缝中的道路，是长满青苔的石阶，是依山拔起、墙上爬满葱绿蔓生植物的旧楼，是朝天门低回的江轮汽笛与带着丰富气息的湿润江风。

老人坐姿拘谨，两手放在膝盖上，随身的挎包挂在右腰上，目光一直望向窗外，露出做梦般的表情。是啊，他一定为眼前的城市惊奇，川流不息的车辆，拔地而起的摩天楼，穿楼而过的轻轨，层层叠叠、密密实实的高架路网，跨江横渡的斜拉索大桥。只有看到半空中悠悠掠过的索道车时，他才"啊"了一声，如梦初醒，指着那个正飞快远去的车厢问："那是长江索道的车吧？"

"是，它还在。"

"我带红红去乘过索道，把她怕惨了。"他怀念地叹了一口气。

"是，我记得，我老是忍不住要往江里看，害怕一车人会直接掉进江心的黄汤里。"我脱口接了上去。

然后我们都愣住了。

其实我一直在等待这一刻，等待能表明身份的最好时机。但越是犹豫，开口便越难。我要如何解释，为什么一次又一次的回溯之旅中，从未告诉他我的真实身份。而那个身份，也许能纾解他远离家人的寂寞与情感的困苦。我却因为自私，没有这样做。

车里忽然静得怕人，车外，是嘈杂的市声。

汽车开过黄花园大桥，这座桥也是新的。他默默望了一眼这座1999年竣工的新桥，目光中仿佛沉淀了往日的尘埃，好像已经发现，家就要到了。

车在两路口浓荫掩映的路边停下，我扶老人下车，走到原先入口的百货店旧址。他一脸茫然地望着身前高高的围墙，墙上嵌着四个金色的大字"重庆中心"，下面还有用金属条拼成的摩天大楼标示。

我搀他走上路边的人行立交桥，走到桥上才能看到围墙后的景象。那是一个路后方的巨坑。周围高低错落的楼房和残存的半面山坡之间，嵌着一个目测直径大约两三百米的半圆形大坑，赭红色的土地裸露在那儿，坑边还摆放着大捆黑色长条钢筋和成圈钢丝，摞得整整齐齐。

"就这样看，好像也不是很大，再过两年，这里会竖起一个大型城市综合体，五座超高层塔楼，最高的一栋388米。"我轻声说，"谁能想到，眼前的这个坑里曾装过多少户人家，还有菜场、商场、幼儿园、小学；装着我的童年，您的晚年，千百个人的青春岁月。"

老人抬头望向我，额头的皱纹舒展了一些："你是红红？"

"是我，爷爷，真的是我。"我鼓起勇气说，"请您原谅我，没有早点告诉您。"

爷爷不说话，他垂下头，不停用拐杖叩击脚下的水泥桥面，"笃笃，笃笃"。

"我不希望倒因为果。如果那时候告诉您我的真实身份，几年后您回重庆看到幼时的我，再对我好，事情就不一样了。"

——我回想起在这个巨大的坑洞里度过的悠远日子。忙碌的大家庭，奶奶整日里为了全家的一日三餐茹苦含辛，姑姑在工作之余会教我识字，叔叔婶婶们各自为生计奔忙。我没有上过幼儿园。每天在院子里、坡坡上，和小朋友们玩耍，大大小小的孩子们围着一口装着泥水的破锅，做过家家的游戏。我只能听大孩子安排，领取一个路人甲的角色。对他们来说，我就是一个无足轻重的路人甲，被他们叫作"赵胖子"的迟钝小孩。

探亲的父母每年会出现，爸爸和妈妈，陌生又新鲜的名词。他们那么努力地要对我好，但那时的我看着他们，像是特殊的家人，突如其来的亲热还没有习惯，他们就又远走了。再后来，又有了堂弟萌萌，我也终于有了小跟班。但堂弟有父母在身边，和我不一样。幼时的我心里很明白。

今天看起来，那只是一个普通的留守儿童的故事。我并不是个乖小孩，而是一个偶尔撒谎、哭闹，更多时候怯懦、畏缩，经常从调料罐里偷白糖吃的胖丫头。直到您来了。

家里突然多了一个脾气很倔的怪老头，住进了大家特意清理出来的小单间。房间里的书桌上齐齐地垒了许多本土黄色的《工作笔记》，放着您不离身的绿色暖水杯。您像是突然掉进了这个世界里，家里的事什么都插不上手。而奶奶是埋在厨房里的一个忙碌的背影，总是在默默地做家务。您年轻的孩子们之间非常亲善，但都和您说不上话。您离开这里的现实太久了，每当您提出任何建议，他们总是摇头叹气，"爸爸哎——"

我已经记不得第一次见到您时的样子，也不知您是何时开始关心我，喜欢我。但慢慢地，我知道这个家里有一张专属于我的笑脸，每次你发脾气的时候，叔叔姑姑就把我领过去，一见到我，您清癯的脸上严肃的表情便化开了，每一条纹路都那么温柔。

回望在山城度过的五年稚幼的时光，我的留守岁月之所以没有留下遗憾的情感黑洞，是因为您。是您填满了我心里的洞。也许这样讲对奶奶和姑姑不公平，她们负责养我，而您负责爱我。

所以，请您原谅我吧。那么多次我去达县探望您，都没有告诉您我的身份。我真的不愿改变这份难得的记忆。我希望幼年得到的珍贵情感没有掺杂任何其他的因素。

站在立交桥上，站在那个巨大的、吞食了我童年岁月的坑洞旁，我向爷爷讲述自己离开他以后的日子。我如何受他的影响，投身电力事业，又如何在开发新型蓄能方式的困境中，因为翻阅他的笔记，读到了"溯江计划"这样独特的灵感。

其实，在现代物理学中，找不到时间流动的概念。物理学家认为，时间流逝是一种错觉，而我们对时间的感受也许只是热力学或量子力学的过程，时间的"上下游"也不可能存在重力势能。所以刚读到这个构想时，我觉得那很美，却不可能实现。但偶然中，我听说高能物理所的科学家在试验用巨量电流推动"瞬息之舟"回溯历史的方法。那么时间旅行,至少回到过去的旅行,也是有可能实现的了?

我不无忐忑地去找物理所的科研团队,询问是否有可能试验"溯江计划"的构想。

他们本就是最狂野的科学家,做了各种千奇百怪的计划,但所有的计划中,预设回溯历史或返回原点耗费的能量是一样的。"溯江计划"立足于时光旅行中,从过去回到原点不但不需要耗能,反而可以产生能量,这样的假设违反了常识。但是倘使能成功,确实是个非常诱人的预期。"谁知道?也许我们都错了呢?"物理所的首席科学家这样说道。他是位有名的不怕试错的科研狂人。

第一次试验失败了,但有迹象表明,回返之旅真的有可能产生能量。我们受到了巨大的鼓舞。共同申请了新型蓄能技术的研发课题,一次次尝试,直到第17次试验时,我在大水泛滥的日子抵达了1956年的达县。自那以后,我们又积累了多次成功的经验。于是,"瞬息之舟"载着人类,在时间的河流中回溯、再归来,就成为存储巨量电能,按需释放、同时创造新电能的方式,而这一切的一切,都源自爷爷的一段飞来奇想。

爷爷静静听我讲完,他抬起头,露出我熟悉的慈祥表情。他虽然在微笑,脸上的皮肤却在微微抖动,黑色眼眶后的双眼通红通红。

"这下就说得通了。"他说,"我一直觉得奇怪,我又不是什么大人物,就算《工作笔记》捐成了资料,也不会有人特意来读的。"

"原来是你。"他紧紧抿住嘴唇，吞进了一声呜咽，说，"你出息了，我很高兴。"

我实在忍不住了，伸手搂住他瘦削的肩膀："爷爷，我一直盼着这一天。让我带您去看看新重庆，看看两江交汇处的游轮夜景，看看新修的洪崖洞。真的好安逸。我还要带您去苏州，看长江底部的江底隧道，苏通特高压 GIL 综合管廊。知道吗，我就是在那里参观的时候，想到头顶上奔流不息的滔滔江水，才想到了您，想到了您奉献了大半生的水电事业。然后我从头到尾，读了您的工作笔记。长江是一切的起点，但绝不是终点。知道吗，就在重庆云阳，已经发现了白垩纪时代新种属的恐龙骨架，也许有一天，'瞬息之舟'可以抵达那个时代，让我们亲眼见证那些恐龙的真实生活，然后，从一亿多年前带回的更多质量，又能产生强大的能量，能点亮整个星球的能量！"

爷爷握紧我的手，我感到他薄薄的皮肤下粗大的骨节。他的手很凉，我的手很热。他抬头望着晴朗的天空，一架银色的飞机正从那里穿云而出。他忽然肩头一缩，像有点害怕似的，目光中混杂着恐惧与愤怒。我扶稳他，问："您怎么了？"

"不，没什么。"他回过神来，松了口气，挺直腰背，抹去眼角闪亮的泪痕，说，"我是高兴，我是太高兴了！"

篇后记

本文虽然采用了科幻小说的体裁，但也许只能算科学童话。因为越来越多的物理学家认为，"时间旅行"的基础——时光的流逝，只是一种错觉。而现有的物理学中，并不存在时间流动的概念，更不用说"河流一般存在着上下游（过去／现在）势能差"的时间了。当然，如果按照爱因斯坦的双生子佯谬，依然有探访未来的可能，但是回到过去仍困难重重。用一种科幻作者常用的托词：也许这里讲述的，是另一个平行世界中的故事吧。在那个世界里，时间可以像河流一样被回溯，回溯时还能积累巨大的势能，让返回原点时产生能量；在那个世界里，我们能回到过去，见到挚爱的亲人，弥补人生的遗憾。

感谢大刘（刘慈欣）和李淼老师给小说的鼓励和意见。此外，李淼老师建议，小说中以回返历史来产生能量的方法也有一种特殊的可能性：如果存在"负能量"，利用能量守恒回到过去，则负能量在时光机内，外界就能多出正能量。受本人能力所限，无法以此展开故事，期待未来有更了解物理学的作者能够完成这样精彩的设计。

最后，在创作阶段，我收集、利用了不少20世纪以来的水利、人文资料，如《达县水务志》《抽水蓄能电站运行与管理》，故事主角的人生轨迹也尽量贴近真实原型。

谨以本文献给我的爷爷赵璞（1909—1985）。

2019年8月29日初稿
2019年9月2日二稿
2019年9月9日三稿
2019年9月28日四稿

>>> **作者简介**

赵海虹,科幻作家,艺术史博士,大学教师。曾获宋庆龄儿童文学奖、全国优秀儿童文学奖,历获六届中国科幻银河奖(1997—2002)等奖项,代表作有《伊俄卡斯达》《蜕》《1923年科幻故事》等,已出版长篇小说《水晶天》、作品集《桦树的眼睛》等,并曾在《阿西莫夫科幻小说》等国外刊物发表英文科幻作品。

战争，飞蛾，流萤

- 万象峰年 -

1

宇宙中的这块区域空旷无边，在只有探测器看得到的尺度上有几粒稀薄的氢原子在飘荡。亚述知道，一种无形的压强正在悄悄聚集。

灭火者善于识别来自不同文明的这种气氛：强大，冷酷，喜怒无常，有时候又显露出令人恐惧的美。他们追逐这种气氛，冒险进入。

几个小时前，他给对峙双方发去了协调建议书。对峙的一方没有理会，另一方在最后时刻回复。回复内容被翻译出来：1337号协调员，协调建议书已知悉。这是不向强取者屈服的战争，我们不会退让。请速离战场。

宇宙空间的边缘裂开一块，一列巨大的锥形体出现在天边，像被放大到巨大尺度的金属矛头。锥形体闪着银光，直线和锐利的边缘被星光勾勒出来。它们保持着匀速，像一队在宇宙空间中滑行了几万年的沉默物体朝着从来没有更改的目标撞去。

这是死决。

被围困的防守方选择全员冲锋。飞船关闭了动力，用惯性滑向前方，直到决出生死。围攻的一方出于他们的荣誉，也派出了三艘锥形战舰。每一艘战舰都像一座小型城市。死决的航线被他们的文明称为"冰锥航线"，意味着冷酷无情，不可改变，摧毁一切。

两边的战舰犄角相向，把亚述的这艘小小的快艇夹在中间。他稍稍愣了片刻，向二十万公里外的母船发去信息："我来不及逃走了，我留下来做最后的努力。"

他摁下一个按钮，快艇发出强烈的公频信号，表明战场上还有非战斗人员。警报声在狭窄的船舱中呜呜作响，这就像在自欺欺人。电波在宇宙里悄无声息，双方的战舰也冷漠无声，就像大人无视一个呜呜号叫的孩童。他已经能想象到，战舰里士兵们戴上钢铁的面具，雕像一般迎向死亡。

突然，一团炽焰在附近炸开，方圆六十公里都会有致命影响。像天神的熔炉中溅出的火光，整个宇宙空间被强光照亮。这是刮过来的第一道死亡之风。亚述已无处躲避，他静静地看着火光。同时爆炸的还有多颗核弹。双方战舰已经接近作战范围，战舰上的近防炮拼命扫荡着破片，锥形体笼罩着一层闪烁的光雾，仿佛在火中反复锤打的一枚枚巨神灵的矛头。因为受到光辐射，亚述的视线开始模糊。眼前的景色是送给近距离目睹宇宙战场的人的最后美景。

被击碎的二次破片飞行到了快艇这边，像一场陨石雨。一阵狂轰滥炸过后，快艇已经完全破损了，太空服咝咝漏着气。尚存的检测功能显示出身体的损伤。亚述意识到自己时间不多了。

2

二十万公里外，飞蛾女皇号。灭火者的指挥官和雇佣船的船长爆发了激烈的争吵。对于指挥官提出的进入战场救援的要求，船长断然拒绝。

"这时候进入战场是送死，我不会接受你的任务。"船长嚼着故地产的烟叶说。

"那里有一个还活着的人！而你曾经是战场上的军人，怎么能说这种话？"指挥官强压着愤怒。被困在战场上的是他多年的好友。

"确实我没有你了解战场，毕竟你曾经是——那叫什么玩意？暗面诗人。谁知道你是以什么目的把我们引向战场？"船长挤着另外半张没有被金属覆盖的脸讥讽道，并没有顾及指挥官是个耄耋老人。

这个名称让大家变得紧张起来。

指挥官想上去抓住船长油腻腻的领子，但是一阵心绞痛传来，他捂着胸口，顺着控制台滑下去，大颗的汗水从额头上沁出。指挥官的手下要扶他去休息，指挥官拒绝了。他努力靠着控制台站直起来，说道："我还没有那么怕死。"

船长看了这个老家伙一眼，说道："战场上，生命从来不被估价，只有危险有价。距离危险越近，价格越高。"

飞蛾女皇号全速航向战场空域。水手们紧张地忙碌起来。

飞蛾女皇号是一艘货船改装的非战斗飞船，曾经在幽暗的走私航线上游荡了上百年，然后被黑海水手买下来，变成专门踏足危险地带的雇佣船。她的外形粗糙又丑陋，就像用钢管和废铁随意拧在一起拼成的。几次穿过高温环境使得她的外壳遍布黑色的锈迹，就像在宇宙黑暗地带的天然保护色。

船长走到铅炉圣殿，拄着手杖望着他的水手们。巨大的环形炉被封在厚厚的铅墙中，里面的聚变反应为整艘船提供能源。为了预备紧急情况，铅炉的功率被增大，要在短时间内储存足够的能量。铅炉发出低沉的咆哮，就像古老的海潮对水手们发出召唤。水手们用机械附肢在脚手架上上下穿梭，号子声飘荡在大殿里，暗红的炉膛照着他们的脸庞。黑海水手们早已和飞船合为一体。他们中的大部分人都因战争导致身体残缺，换上了半机械的部位，水手与飞船结合起来才是完整的飞船。这就是为什么这艘简陋的飞船能够完成很多贵族老爷的飞船都不能完成的危险任务。

船长拿起胸前的怀表亲吻了一下。"愿炉魂庇佑我们。"他低声说了一句。

议事大厅里，灭火者的指挥官朝"海界"望去。那是飞船的图形信息界面，已经很古旧了，是一张青铜方台，像一片翻滚着雾气的海面，此时它正描绘出战场的全景缩略图。有时候这种缩略的画面让战争看起来就像一场游戏。

指挥官走到舷窗旁，看着另一面真实的战场。

战场上的核云团还在闪烁。飞蛾女皇号像一只深海动物在闪光之间的阴影里潜行过去。防守一方的战舰上的近防炮的弹药已经耗尽，舰体上被破片撕出密密麻麻的暗红色裂口，每一个裂口上都在发生着战斗。战舰看上去就像是一座在夜色中狂欢的鬼魅的城市。

"小心，战争会魅惑你。"船长走到指挥官身后，对指挥官说。

"我了解那种感觉。"指挥官冷冷地自嘲道，目光没有移开舷窗。

没有人敢相信一个灭火者的指挥官曾经是一个暗面诗人。当一个一心想要从战火中拯救点什么的人见过了真正的宇宙战场，他的心灵就被彻底重塑了。一次次徒劳的努力，战争向所有智慧生命展示了它的不可改变。屡屡的打击让年轻时的他满怀疲惫和恐惧。当看到好友在吞没整条航道的热辐射雨中化为乌有的时候，他走进黑暗，成为歌颂战争伟力的暗面诗人。

进攻方的战舰开始用精确制导武器清除敌方战舰上的残余防御力量，火线像蜘蛛巢城射出的蛛丝划过黑暗的空域，精细地剥离舰炮、导弹发射台、机库出口。巨大的闪光云和细小的火线交织照耀着战场。这里只是整个战场的一角，整个战场绵延几光年，战场与战场的衔接又组成了星系间闪烁的航道。

如果不沉醉于战争之美，人要如何直视战争？

就像几百年前的那个战争学者预言的那样：宇宙时代的战争会聚拢战争本身的信徒，它的力量将凌驾于所有参与者之上。

如果有谁能理解这些，可能就是面前的船长了。指挥官转向他："你也了解那种感觉，是吗？"

"我读过你的诗。在我年少无知的时候。"船长说。

"你从来没提起过。"

"你不会希望我提起。哦，现在无所谓了，我们可能活不了多久了。"

"我得补上一句抱歉，为诗那件事。"

"我不是看了一首诗就跑上战场的。"船长说，"战争远比任何诗更能征服人。"

他们对视了片刻，这是失败者之间交流的眼神。灭火者的妄想在世人看来就像用冰块投掷太阳一样可悲——他们穿梭在各个战场，保持着绝对的中立，不对战争各方做任何的道德判断，他们唯一做的一件事是拿出协调建议，说服各方避免战争。很多时候引爆一颗太阳只需要挥一挥手，掷出一块冰块却需要用尽全力，冰块再美丽也掷不熄太阳。黑海水手则是被用来点燃太阳的棋子，幸运地从战场上幸存下来，再也找不到能够容纳自己的生活。他们受雇游荡于常人不肯踏足的黑暗领域，一部分黑海水手和灭火者组织结成了合作关系。人们认为他们已经对战争和冒险成瘾。但至少从船长和他的船员身上，指挥官看得出，他们对战争怀着的感情远远不是迷恋。

亚述的生命体征信号还在断断续续传来，越来越弱，他的通信信号已经中断了。船员们系好安全绳。一进入交战空域，飞蛾女皇号就向交战双方发去请求："这是非交战方的非战斗飞船飞蛾女皇号，我们进入交战空域救援受伤的非战斗人员，请求火力避让。"

没有任何回复,炮火也没有袭来,一切平静得让人不安。飞蛾女皇号独自飘向亚述最后定位的位置。指挥官和船长交换着眼神。能够相信战争吗?或者说,在战争里我们能够相信什么?自我安慰就像在自我欺骗。

突然,一团闪光结束了猜疑。整艘飞船被照耀成白炽状态,船舱内警报声大作。飞船的自反应外壳升起防辐射盖板,舱内的亮度迅速降下来。指挥官和船长都愣住了片刻。船长迅速反应过来抓过送话器发出了指令。水手们已经按照紧急程序启动了发动机。

飞船正在转向加速,破片随即追赶上来。这种成本低廉的杀伤核弹,战争方毫不吝啬随手多扔出一颗,也许他们也不想让这个黑暗的空间冷清下来。体积不大的飞船躲过了这个方向的多数破片,一块破片像一支沉重的长矛掀开了船壳。整艘船像暴风雨中的叶片震颤起来。破片几乎没有转向,切开几道舱壁,插进船体腹部的铅炉圣殿。厚厚的铅壁被撞出了一个大洞,高温电浆飞溅出来,打在圣殿的四壁,溅出的火花声音凄厉。飞船失去了动力,靠着储存的能量完成了最后一点加速,朝着宇宙飞逃而去。

3

亚述从来不知道,宇宙战场的中心原来像一座花园。光与热、粒子等各种物质蓬勃绽放，交织流动。对于将死之人，这里是一种不真实的热闹繁华，仿佛是另一种生命才能踏足的地带。他的生命在慢慢流逝，在眼睛完全失明之前，他看到一颗核弹的爆炸余晖中绽放出一株蓝色的小树。小树向四面八方生长，从枝丫的顶端又生出枝丫，眨眼间就生长成数百倍大小的参天巨树，幽蓝得就像开在轮回之门外的神树。战舰、残骸、火光、残留的核云团，这些事物在"神树"的辉映下就像凡间的砂砾一样，飘飘扬扬。还没有来得及思考更多，"神树"瞬间破碎成千万粒蓝色的星尘。在越来越沉重的眼皮下，星尘像种子一样四散到凡间，飘向宇宙无边的旷野。亚述的世界也随之暗去了。

飞蛾女皇号失去了动力，像一只孤舟被战争的浪潮推动，越漂越远。在逃跑的过程中有五名水手遇难，其中有两人被冲击力直接致死，有两人被卷出了舱外，有一人被飞溅的热流击中不治。最后传来的信号中，亚述的生命体征也彻底消失了。船上给六人举行了葬礼，六人的遗体被放在沉香木盒中，发往太空。

船长的面容憔悴。指挥官满怀愧疚，又为死去的水手和挚友悲痛。六个木盒从气闸中弹出，像一支微型的船队滑向了茫茫宇宙。黑海水手们唱起了古老的黑海魂歌。歌声浑厚悠远，就像黑礁丛下的海潮送逝者的船队启航往另一个世界。这是送别英雄的挽歌，然而早已没有人会把黑海水手和英雄关联起来。灭火者们都沉默着，渐渐地有哭泣声发出。

再一次，想要屈服于战争的本能在人们心中蠢蠢欲动。只要臣服于战争的力量，一切伤痛都可以抚平。

"看！"有人说道。

有几粒幽蓝色的光点从舷窗外飘过，像是乘着宇宙的微风，忽隐忽现，就像宇宙中的游魂。但是船员们更愿意觉得这像生命。

"宇宙中的……流萤？"

人们拥向舷窗边。不管这些东西是不是生命，它们是这个战争余烬下的死寂宇宙中的鲜活存在，给船上的人们带来一丝温暖的慰藉。

光点很快消失了。"是飞船散落出来的热源。"铅炉圣殿的机师解释道。

船舱里的温度越来越低，"海界"熄灭了，舷窗上结了霜，不多久这里就会变得和外面的宇宙一样冰冷。船员们很快冻得牙齿咯咯作响，挤作一团取暖。铅炉圣殿里还存有一些余热，守护圣殿的水手们围坐在炉旁取暖。

船长来到铅炉圣殿查看。抢修铅炉的水手已经基本停止了工作，离开了危险区域。裂口透出火焰一样橙色的光，这是炉火即将熄灭的征兆。

"还能修好吗？"船长问。

"没法了船长，铅炉失去了控制，它会慢慢冷却下来。"

"愿炉魂原谅我们。"船长低声说道，"准备弃船吧。"

"船长……"水手们纷纷站起来。

"弃船。如果幸运的话，回到故乡，好好地过下半辈子吧。"

对于很多水手来说，这艘船已经成为他们的家了，有些人的故乡已经不复存在。还好有黑海水手传统的退休之地，他们祖祖辈辈的精神故乡，位于太阳系一颗行星上的黑石镇。要以这样的方式离开自己的船，让黑海水手们万分悲伤，他们明白，飞蛾女皇号已经走到了终点。

船长拿起送话器，准备宣布这个决定。这时他看到一只幽蓝色的"流萤"出现在圣殿里，绕着铅炉的黑沉沉的弧边，飞上穹顶上堆满尘埃的管道间，穿过七零八落的脚手架，最后落到了铅炉的裂口中。

"我命令，全员弃船。"船长说道。

船员们正在往逃生艇转移。指挥官从匆忙的人群中找到船长。"你们不能散伙。"他说，"灭火者需要你们。"

船长没有停下来，只是望了一眼这个失败了一生仍然挺直着腰的老人。"指挥官，我敬佩你的坚持。也许你还想和战争这条恶龙搏斗下去，但是我想让我的水手去过新的生活。"

"就这样认输吗？"

船长终于停下脚步。"我们曾经当过战争的恶棍，也做过一点英雄美梦，无论哪样都没有成功过。唯一成功的事情是一次次活下来，这就是我们对抗战争的方式。"

指挥官的目光软下来。"黑石镇的海一定很美。"

"听说是的。我们会把死去同伴的家人也接到那里去。"船长继续向前走去。

众人挤在破旧的逃生艇里，等待着发射程序。有人迟迟没有登艇，是守护铅炉圣殿的一名机师。

"要等下去吗？"驾驶员问。

"发射吧。"船长反应慢了一下,这个时间很快也过去了。

这时那名机师匆匆地赶来,喊道:"铅炉稳定下来了!"

"你疯了。"船长阴沉着脸说,"马上登船!"

"铅炉真的稳定下来了。泽米科,你跟我去看看。"

去看的人回来证实了这个情况。

"这该死的什么情况。"船长咕哝道。

"不管怎样,先回到船上吧。"指挥官说。

船长下达了重新登船的命令。

4

状况变得奇怪起来。船上已经恢复了能源供应。"我感觉哪里不对劲。"机师说。过了一会儿,他来报告:"铅炉中输出的能量比产生的能量少一些。"

有一个古老的传说,炉魂向贪婪者收取了属于它的那一部分能源,飞入星空,永远地熄灭了炉火。但传说不可能是真的,贪婪者永远在挥霍光热。

船长向水手们保证:"我们还会回到黑石镇,我们会把飞蛾女皇号开回去。"

炉魂啊,如果你在的话,对我们说话吧。船长来到炉膛前面。炉膛是一个观察口,把铅炉内部的燃烧情况折射出来。正常的情况下那里面是白炽的高频电弧,像永不停息的雷暴,正如同现在这样。

怎么可能？那个裂口明明还在，不可能有足够的磁场约束住电浆不让它泄漏出来，那里面就相当于一个被压缩的小型的太阳。

铅炉圣殿的水手们正在努力搞清楚状况。监测数据显示铅炉在失去了一部分约束磁场的情况下还保持着稳定的压力与温度。

除非它自己把能量转化成了约束磁场。

那个发现异样的机师盘腿坐在炉膛前，盯着炉膛看。没有人注意到他的存在。过了一阵子，他发现了什么："它出现了。"

人们围上来看。刚开始不明显，后来渐渐能看到一株蓝色的树状体。它伸展着枝丫，不断复制着自身，变粗变大，也变得更复杂。过了一会儿，树状体在电浆中游动起来，数千根枝条变幻着形状，像在海浪中荡漾的蓝色海草。

"能看到更精细的结构吗？"船长问。

那个机师已经从左臂中掏出了分析镜。众人静静地等着他观察出结果。

终于他摇摇头。"是包含有序模式的等离子体，我不能分辨它的结构。嗯……"他欲言又止。

这次众人认真地、安静地等他说出后面的话。

"我想，分形树可能是一种向外界交流的人工信号，只是我们看不懂这种语言。"

大家想到了蓝色的"流萤"。

灭火者中的一名翻译官被叫到炉膛前，他精通各文明的语言符号分析。

翻译官携带着一只伴灵，他的生物脑和伴灵的电子脑协同运作着。他观察了一下，说道："如果这是一种语言，它传递信息的效率比我见过的任何语言都要高效上千倍，即使解译了我们也没法和它交流。"

"有办法解决吗？"指挥官问。

"我们有一个预案，在两个文明完全没有接触过的最恶劣情况下建立交流的应对方案。这个方案从来没有被使用过。我试试，给我一些时间，也许会很长。"

翻译官在伴灵的协助下设计了一个自演化交互界面，让两种语言的转换过程自动演化。伴灵的电子眼对准炉膛，开始一帧不漏地记录分形树的变化模式。同时它接入了一台激光脉冲仪，将人类语言的学习库转码和调制，用激光脉冲打到炉膛里去。果然，对方察觉到了什么，分形树的输出模式发生了改变。变化模式记录到一定数量后，伴灵开始学习和分析，尝试不同的输出和反馈。随着时间的推移，两种语言的拟合度越来越高。匹配的速度比预计的快很多，这说明铅炉中也有智能在加速匹配，对方优化了他们语言的表达方式。半天过后，匹配完成了。这时的树状体变成了一只又圆又胖的、带着纤毛的球体。

交互界面被连接到议事大厅的"海界"上，炉中客的形象也被投影到"海界"上方。指挥官被请到"海界"前。"海面"上云雾宁静，双方都在等待着第一次正式的交流。

"你好，我是人类的代表莫然。"指挥官说道。语音通过转换最终送入炉膛。

"海界"上的云雾发生了变化，过了一会儿，凝聚出一行竖立着的蓝色的文字："你们太慢了。"

众人发出惊叹。"炉魂"说话了。

指挥官说："抱歉，我们和你们之间有很大的差异。我们还有很多疑惑。"

文字继续显现："在我们的世界里时间流逝很快，语言转换的速度太慢，在我们说话的过程中可能几代人的时间已经过去。所以这里没有'我'，只有'我们'，说话的是我们全体。"

"你们是令人惊叹的生命。我没猜错的话，你们是从铅炉的裂口迁徙进入炉中的。我不知道你们是一个文明、一个部落，还是一支远航的队伍？"

"你们太大了，世界太大了！"炉中客惊叹道，"我们太小了。"过了几秒钟，指挥官还没有来得及回话，炉中客继续说道："你们还在吗？我们得继续说话才能缓解漫长的等待带来的焦虑。上次我们说了什么？哦，我们太小了。我们的文明本来生存在湍流海的表面，仅仅是一小块热斑上，那就已经足够大了。那里温暖而有活力，能量取之不竭，海面辽阔无边，孕育了我们的生命。说到这里我们有点想念故乡了……"

指挥官说道："你们的故乡很美，我羡慕那样的地方。你们可以继续说说你们的世界，我们一直在听。我们也会告诉你们我们的故事，只是你们需要一些耐心。"

炉中客继续说道："我们猜想你们是一个擅长远航的种族，也许你们能理解我们。回答你的问题，得从我们的祖先说起。在湍流海里，我们的一个磁力泡里住着几千人，如果要出去探索，得所有人一起行动，人太少就维持不了磁力泡了。有些磁力泡的居民成功达成了统一意见，朝着海面远航。磁力泡互相遇见后，又融合成更大的磁域。每个磁域包含几十到上千个磁力泡。这个历史时期里，不同风格的磁力泡争相融合成不同风格的磁域，有些擅长贸易，有些从事生产，有些成了远近闻名的学院。当然啦，最传奇的还是探索磁域。哦，我们想起来了，磁域就像你们语言中的城市。想想看！一整座城市在海上航行，他们的磁场里都是勇敢的味道。到达一个补给点后，探索磁力泡四散开去探路。有些磁域从此就没了消息，有些磁域几十代人后传回消息，告诉人们世界存在边界，边界外面的能量就没有那么稳定了。那时候的技术还不够发达，航行出热斑的磁域或磁力泡因为找不到补给而破裂，成千上万的人化为了大海中的粒子。后来我们的先辈发明了利用不稳定能量的技术，世界的资源对我们来说又是取之不尽的了。那是一段惊心动魄的历史，湍流海实在太大太大了，探索者开始因为世界的无限而绝望了。直到远距离通讯的技术发明出来，世界又变小了。经历了漫长历史的扩张，我们的文明终于遍布了湍流海。回望原先的家园，那只是一个小小的热斑，星球上的一个点。

"我们以为湍流海就是世界的极限了，没想到我们在天空中看到的一个个亮点，竟然全都是海！海的外面毫无能量！我们认识到一个残酷的事实，世界上并不是遍布能量。离开海我们就得死，那些海太远了，我们飞不到。后来我们用更灵敏的望远镜发现了宇宙中不断涌现的湖泊，那些湖泊遍布宇宙，填补在海与海之间，但是不可捉摸。我们没有可以远距离航行的飞船，也不知道湖泊什么时候会在哪里出现。于是我们像母星上的一种动物一样，把自己的种子撒向四方。文明的全部信息，加上一万个胚囊，压缩起来足以装进一个携带微小能量就能无限续航的种荚。我们想起你向我们的前辈问的问题了。种荚承载的既是一支探索的队伍，又是一个文明。种荚在宇宙里一直漂流，对于绝大多数种荚来说这就是它们的命运，极少数的幸运者发现附近出现的湖泊后，会漂向湖泊。湖泊干涸得很快，但是往往会有大批的湖泊在同一个地方出现。种荚遇到湖泊就开始孕育生命，新的人们在新的家园组成磁力泡，繁衍生息，扩大成磁域，建立新的文明。外面的世界一切都慢，但是湖泊干涸得很快，刚刚够我们繁衍出几代人，制造出新的种荚播撒出去。还没有来得及体味生活，我们把我们的记忆封存在新的种荚里，飞往下一个湖泊。现在的我们就是这样来的，我们不记得经历了多少代种荚，十代？二十代？你们的湖泊很特别，它没有干涸。我们在这里经历了难忘的生活，发展出了辉煌灿烂的文明。"

"很欢迎你们住下。"指挥官说，"实际上你们恰好帮了我们的忙。噢，那些'湖泊'我们称之为高温等离子体，也叫电浆，这倒是和液体接近。那对于我们来说是不可能生存的地狱环境。"

"那是甘泉。我们也不懂你们是怎么在能量那么稀薄的死亡环境里生存的，好像其他生命都和我们不一样。在那么冷寂的环境里时间得过得多慢！你们真的太慢了，我们经历了一代人的生死你们还没有动一下。"

"你们能看到我们？"

"我们已经派出了探测器。你们太大了，你们的世界对于你们来说都显得狭窄。宇宙对你们来说会显得很小吗？"

"不，宇宙对于我们来说也很大。"指挥官看到几粒蓝色的"流萤"在舱室中飞舞，他朝"流萤"点了点头。

"哦，看来大家都一样。我们看着窗外后方闪现的湖泊很久了，那是我们上一代文明的故乡，真美！"

指挥官愣了一下，望着漆黑宇宙中闪烁的那片区域。"'湖泊'是各个文明制造的，有些是我们的文明制造的。"

"你们是温暖好心的路人。那些湖泊遍布宇宙，让我们可以迁徙到更远的地方。"

"实际上，那是战争的武器。"

"战争？"炉中客疑惑了一下，继续说，"我们在你们的语言库里看到这个词语，我们不能理解它。"

"你们的历史上没有大规模的争斗吗？"

"什么事情需要大规模的争斗？"

"比如抢夺资源。"

"我们世界的资源是取之不尽的。"

"大多数文明的资源都不是取之不尽的，他们会为此发动大规模的争斗，释放出毁灭对方的能量，这就是战争。"

"啊，战争，战争……"炉中客陷入了沉思，所有"流萤"都在舷窗前流连。就连人类都等待了片刻。

过了一会儿，炉中客的文字再次显现："战争！伟大的战争！！"

众人愕然，怀疑那几个字是不是翻译错了。

指挥官按捺着不悦："我想你们理解错了，战争在我们的语言里不是什么美好的事物，它代表着毁灭和死亡。虽然也存在不得已的战争、阻止战争的战争，但是大部分战争都是各种借口下的毁灭。"

"可是它也代表着创造、新生和希望。所有美好的东西都有着危险，不是吗？就连海也充满着危险。"

"战争不一样，它为毁灭而生。"

"毁灭在我们的文化里也是美的。生命归为粒子，粒子湮没进虚空，虚空中创生新的粒子，粒子又凝聚成生命。"

"你们说的是宇宙的自然，而战争的毁灭是人为的。"

"是吗？"炉中客表示出怀疑的语气，"如果战争既不属于自然，又不是好东西，它为什么会在宇宙里面这么普遍？为什么你们不避免它？"

指挥官撑在"海界"的方台边缘，大颗的汗珠从他的额头上沁出。

炉中客继续说道："我们研究了你们的语言中'战争'这个概念，它远比我们想象的要复杂，也比你表达的要复杂。实际上，就在你们的'刚才'，战争已经融入了我们的文化，我们试着用你们的概念去帮助理解战争，战争让我们看待宇宙的方式更进一步。我们回想了我们祖祖辈辈在宇宙中流浪的历程，是战争点燃了宇宙旷野中的灯火，它是宇宙的过客留下的一碗水。我们的文明是多么渺小啊，只需要一碗水就能继续向前走。我们却不能给予留下水的人任何劝慰。我们的悲喜仿佛在宇宙的悲喜之外。我们努力想象着你们和他人的故事，在我们的世界中，无数人讲述和编造着关于战争的传奇，无数诗人歌颂战争的悲怆与伟大。啊，战争！我们要把这一代文明的种子播撒出去，告诉后世的人宇宙是多么动人。"

"战争，不能，赞美……"指挥官捂着胸口，靠着方台坐下来，表情痛苦。灭火者们赶紧把指挥官扶到一旁，检查他的状况。蓝色的"流萤"在指挥官的周围转圈。

"你好像不舒服？你怎么了？"炉中客问。

船长走过来，挥手杖把"流萤"赶走，对着抖动着纤毛的炉中客的形象说道："我来告诉你们怎么了，我会把铅炉彻底停掉，让你们化成稀汤，再魂飞魄散。这就是战争。你们最好庆幸我们足够慢，这样你们还能享受一下最后的时光——或者最后的恐慌。"船长立刻吩咐手下人去执行。

5

炉中客沉默了。

指挥官用微弱的声音说道："我们不能这么做，那是一个文明。"

"没错，一个为战争代言的文明。"船长说，"我们都清楚，战争一旦被赞颂，它的力量将不可阻挡。我们绝不能让一个赞颂战争的文明流入宇宙。"

"船长，你看看。"铅炉圣殿的水手发来语音。

"海界"上显示，铅炉的裂口中突然涌出了成千上万只蓝莹莹的"流萤",它们争先恐后地在船舱中寻找出口。

"我不会打开任何出口,你们的种子就跟着我的飞蛾女皇号永远在宇宙中漂流吧。我们管这叫作坟墓。"船长恶狠狠地嘲讽道。

"船长,那些好像不是种子……"另外的水手报告。

"流萤"已经镇静下来,组成了几组编队。方形的编队由大约两万只"流萤"组成,在最中间。翼形的编队由大约一万只"流萤"组成,分列在两边。前方是侦察编队,围绕着整个编队的前方自由飞行。编队从铅炉圣殿出发,向舰桥的方向移动。

它们要夺取飞船的控制权。这是一支军队。没有人想到这么微小的生命竟然能派出一支军队。

有水手想去抓住"流萤"。"流萤"没有散开,反而相邻的"流萤"聚集到了一起,成为一个大一点的光团。水手惨叫起来,光团从他的手背上烧了一个口子挤了出来。

船长拉响了全船警报。

走廊的灭火喷头喷出水花。"流萤"舰队没有受到任何影响。走廊的闸门徐徐关闭。就在完全关闭之前,已经有几十只航速快的"流萤"钻入了闸门的电路。闸门还剩下一条窄缝时停住了。"流萤"的舰队上下拉开,像一只软体动物从窄缝中挤过去。舰桥还有一道闸门,但是此时谁也不敢确信那道门能拦住这支奇异的军队。

十六个老兵带着武器守在舰桥前,船长亲自拿了一把枪加入他们。"流萤"舰队从走廊的那头移动过来。开火令下,子弹织出一张密集的火网,走廊里弥漫着子弹碎裂的尘雾。一轮射击过后，舰队的身影穿过尘雾缓缓向舰桥逼来。船长下令停止了射击。易碎弹丸是为了保护船舱设计的，能穿过"流萤"却不能击落它们。那些等离子体对于固体来说就像不存在的虚空。

众人退入舰桥关闭了闸门。"流萤"舰队聚集在舰桥的闸门前，它们探测了一阵子，从通风口一点点地挤进了舰桥中。先进来的蓝点等在空中，和后进来的组成编队前进。

船长的指节捏得咯咯响。"它们怎么说的来着？只有种子才能穿过极寒的宇宙空间。它们的飞船一定有弱点。"他向舰桥的水手下令，"准备真空作战！"

气道立刻封闭起来，大部分"流萤"被隔离在外面。进来的"流萤"像一条长蛇向控制台游去。三十秒后，舰桥的水手已经穿上了太空服。舰桥的气闸被打开，空气呼啸着排出舱外。"流萤"似乎慌乱了一下，又恢复了阵形，它们正在钻进各个控制台的缝隙里。水手们被安全绳系在座位上、舱壁上，只能眼睁睁地看着。舰桥内的气温越来越低，残余的空气在太空服的面罩上结了一层薄霜。控制台的屏幕闪烁起来。

闸门隆隆响动起来，它们正在尝试打开闸门。这时，飞在空中的"流萤"一个接一个地熄灭了，控制台也恢复了正常。所有人松了一口气。

船长用送话器问铅炉圣殿的水手："铅炉关掉了吗？"

"稀释液已经填充好了，船长，要注入吗？"

"还等什么！"

水手的手放在注入的闸刀开关上。拉下开关，稀释液就会注入铅炉中，聚变反应会骤然停止，所有等离子体会被溶解到稀释液里。

一双满是皱纹的手放在他的手上，轻轻地阻止了他。

"我们不能毁灭一个文明，孩子。"

水手的手颤抖着，他愣愣地看着眼前的老人。"这只是……只是一个炉子。"

"不要骗自己。战争的罪行总是发生在看不到战场的屏幕前。"

水手犹豫着。他的手满是老茧，这只手扣动过扳机，按下过火炮开关，也徒手击碎过敌人的面颊。不知道为什么，这只饱受战争洗礼的手缩了回来。

两人都松了一口气。

空中的"流萤"陆续从裂口返回了炉中。议事大厅的"海界"上浮现出一行字："我们停止了行动。"

船长回到议事大厅，愤怒地质问操作开关的水手。

"他做了正确的选择。"指挥官说。

"是你！"船长转向指挥官，"你把胜利拱手让人了。"

这时"海界"上又出现了一行字："不，你们从来没有掌握胜利。"

船长挥起手杖砸在"海界"上。"你们离毁灭只差一步！我仍然随时可以这么做。"

"你们离毁灭只差一步。"炉中客说，"进攻舰桥只是牵扯你们的注意力，我们已经悄悄夺取了铅炉的燃料库。我们本可以把整片空域都变成你们的地狱，我们的乐土。我们犹豫过，争论过，最终我们选择了放弃。我们想争取一次和谈的机会。"

船长垂下头。他拄着手杖，拖着沉重的脚步走到一边坐下。"我接受和谈。"他说。

炉中客的形象在"海界"上缓缓飘动着，似乎在考虑着措辞。"我们的文明经历了一段不同寻常的历史，我们感受到了战争的恐惧。"炉中客说，"我们也没有想到，面临这种恐惧时，我们会在这么短的时间里发明出毁灭的技术，绞尽脑汁研究诡计，组织起战争的力量。我们对自己感到恐惧。对于历史上我们对你们感情的忽视，我们很抱歉。我们将结束我们在炉中的文明，不再繁衍后代，但请允许我们将种子撒播出去。我们会告诉后世战争的样子。我们的种族不会停止在宇宙中的征途，也许有一天会找到不用依赖战争的方式。在那之前，我们想用我们的努力生存，给毁灭了生命的战争一点点弥补。"

船员们陷入了久久的沉默。人们一直不愿意承认的一个微妙事实是，从炉中客寄住到炉中的那一刻起，战争的面目就悄然改变了。

炉中客没有催促。人们甚至怀疑它们是不是已经消失在炉中了。

船长望向指挥官，指挥官望回船长。

终于，船长清了清嗓子，问道："炉中的家伙还在吗？"

"还在，我们在等你们回答。"炉中客很快回话。

"你们继续住着吧，反正你们不占地方。"他叹了一口气，"你们已经是这艘船的一部分了。"

"谢谢你们。我们仍然想放出种荚。"

"请随意。我会让水手打开气闸。你们不会想自己动手吧？"

"不会，请放心。"

指挥官说："我们还会去宇宙中很多地方，你们可以跟我们一起旅行。"

船长不满地说："我可没同意继续帮你们灭火者做事。"他仰头靠在椅子上，闭起眼睛深吸了一口气，苦笑了一声，"最终还是没有赢过。"

指挥官严肃地说："我们成功阻止了战争。"

船长的表情凝固了："你说什么？"

"我们成功阻止了战争。"

"我们……"

两个人对视着，眼眶渐渐变得潮红。

船长直起身来，把手杖重重杵在地板上说出一句："狗屎的战争！"

铅炉圣殿里，船员们久久地围坐在炉膛前，映在他们脸上的暖光中荡漾着一抹蓝色。

黑海水手和灭火者们在争吵着是回到黑石镇还是继续追逐战争，或者还有别的什么可能。比起战争来，这样的争吵就像是下午茶时的聊天一样亲切。这个问题的答案船长和指挥官也没有想好。他们还有很多时间去考虑。无论怎样，对于这批直面战争已经太久太久的人来说，战争终于改变了一些。

伤痕累累的飞蛾女皇号像一条大鱼沉入了宇宙的黑暗。在她的侧方，一队幽蓝晶莹的"流萤"飘向了宇宙的深处。

>>> **作者简介**

万象峰年，混合现实、奇观、情感的职业科幻作者，擅长世界构建。代表作品包括《后冰川时代纪事》《三界》《点亮时间的人》等。《后冰川时代纪事》获得2007年银河奖读者选择奖；《三界》获得第二届华语科幻星云奖最佳中篇科幻小说奖银奖；《点亮时间的人》获得2019年中国科幻读者选择奖（引力奖）。

后　记

本书源起于 2019 年的"科幻作家走进新国企"活动。

2019 年 2 月，国务院国资委新闻中心官方微博账号"国资小新"在与刘慈欣的网络互动中，发起邀请科幻作家探访国企的邀约，获得网友热切期待。此后，国务院国资委新闻中心联合环球网、果壳网、未来事务管理局等媒体、机构共同筹办"科幻作家走进新国企"活动，最终选定了发电、核能、电网、盾构四个科技领域的国企。

随后，在中央网信办网评局、国务院国资委宣传局的指导下，"科幻作家走进新国企"活动先后走进国家电投共和光伏产业园区、龙羊峡水电站、拉西瓦水电站（西宁）、中核集团可控核聚变反应试验装置（成都）、国家电网区域能源自由交换示范区（苏州）、全球最大主动潮流控制器、世界最深水下电力隧道苏通 GIL 管廊（国家电网）、全球最大高端地下工程装备制造基地、全球首条智能化磁浮轨排生产线（中国铁建），并分别以

"脑洞电厂""人造太阳""未来电网""掘进地下城"为主题开展传播。

"科幻作家走进新国企"活动举办的过程中,"国资小新"联动国家电投、中核集团、国家电网、中国中铁、中国铁建的微博账号矩阵发布活动全程信息,各合作单位联动发布话题阅读量总计 4.6 亿人次,讨论量 24.5 万。其中,"人造太阳"登上微博热门话题榜前 10 名;"掘进地下城"被微博站方在话题榜置顶。该活动得到人民日报、央视新闻、人民网、新华网、中国纪检监察报、环球网、科普中国网、CGTN、新京报等平台同步跟进报道,总计媒体报道、转载 14.5 万余篇,全网视频播放 3500 多万次,让广大网友看到了创新央企、活力央企、责任央企新形象。

参与走进新国企的科幻作家们,将所见所闻所感,融汇成富有想象力的文字,收录于本书中。

感谢参与"科幻作家走进新国企"活动的国企、新闻媒体和其他相关机构,感谢国务院国资委新闻中心副主任闫永的精心统筹,以及金冬伟、龚政、张灏然、范可、郎媛、黄昭华、陆哲宇、谢一鸣、范少文等"国资小新"团队成员的倾情参与。

感谢为本书创作、编辑、出版付出努力的所有人。

未来事务管理局

2021 年 6 月